Ellen Berg
Du mich auch

P9-BZT-709

atb aufbau taschenbuch

ELLEN BERG, geboren 1969, studierte Germanistik und arbeitete als Reiseleiterin und in der Gastronomie. Heute schreibt sie und lebt mit ihrer Tochter auf einem kleinen Bauernhof im Allgäu. Im Aufbau Taschenbuch liegen bisher ihre Romane »Das bisschen Kuchen. (K)ein Diät-Roman«, »Den lass ich gleich an. (K)ein Single-Roman«, »Ich koch dich tot. (K)ein Liebes-Roman«, »Gib's mir, Schatz! (K)ein Fessel-Roman«, »Zur Hölle mit Seniorentellern! (K)ein Rentner-Roman« und »Ich will es doch auch! (K)ein Beziehungs-Roman« vor.

Beim 25-jährigen Abijubiläum treffen sich drei Freundinnen von einst wieder: Die brave Evi hat ihrem wunderbaren Gatten und den süßen Kindern zuliebe die Karriere an den Nagel gehängt und ihr Glück in der Küche gefunden. Beatrice hat Vorzeigetochter und -ehemann und jettet für ihren Marketingjob rund um den Globus. Katharina, die frühere Einser-Kandidatin, ist zur Staatssekretärin eines Ministers aufgestiegen und fröhlicher Single. – So weit die Erfolgsgeschichten vom Klassentreffen. Doch am Ende des promillereichen Abends kommt die traurige Wahrheit ans Licht: Alle drei sind von ihren Männern betrogen, ausgenutzt oder sitzengelassen worden. Im Vollrausch der Depression kommen sich die drei Frauen wieder näher. Und sie haben die Nase voll davon, dass auf ihren Herzen herumgetrampelt wird. Sie beschließen, den Spieß umzudrehen – ihre Männer sollen büßen. Und das nicht zu knapp.

Ellen Berg

Du mich auch

Ein Rache-Roman

atb aufbau taschenbuch

MIX
Papier
FSC FSC® C083411

ISBN 978-3-7466-2746-5 | Aufbau Taschenbuch ist eine Marke der Aufbau Verlag GmbH & Co. KG | 9. Auflage 2013 | © Aufbau Verlag GmbH & Co. KG, Berlin | Bei Aufbau Taschenbuch erstmals 2011 erschienen | Umschlaggestaltung Mediabureau Di Stefano Berlin, unter Verwendung einer Illustration von Gerhard Glück | Typografie Renate Stefan, Berlin | Gesetzt aus der Stempel Garamond und der Paqui durch psb, Berlin | Druck und Binden CPI – Clausen & Bosse, Leck | Printed in Germany | www.aufbau-verlag.de

Für meine besten Freundinnen

Kapitel 1

»Unverschämtheit«, murmelte die Frau mittleren Alters und holte einen kleinen Computer aus der Tasche. Ihre dunkelblaue Uniform spannte um die Hüften. Ihr Gesicht hätten selbst freundlichere Zeitgenossen einen schlechten Scherz der Natur genannt. Missmutig tippte sie die Nummer eines nussbraun lackierten Geländewagens ein, der direkt neben einem Halteverbotsschild parkte. Sie wartete ein paar Sekunden. Dann zog sie den frisch gedruckten Zettel aus ihrem Gerät und klemmte ihn hinter den Scheibenwischer.

Beatrice sah die Politesse schon von weitem. Sie beschleunigte ihren Schritt. Ihre Pumps klackerten auf dem Asphalt wie Kastagnetten, ein grünseidener Mantel umwehte sie. Sie war spät dran. Eigentlich war sie immer spät dran. Ein Passant drehte sich nach ihr um. Selbst hier, auf dem elegantesten Boulevard der Hauptstadt, war sie eine aufsehenerregende Erscheinung. So blond, so schlank, so perfekt gestylt, als käme sie von einem Covershooting für die *Vogue*. Mindestens.

Okay, okay, ein Ticket mehr, dachte Beatrice. Geschenkt. Sie stieg ins Auto und ließ den Motor an, ohne die uniformierte Frau eines Blicks zu würdigen. Doch sie hatte nicht mit deren Hartnäckigkeit gerechnet. In bemerkenswertem Tempo umrundete die Politesse den Wagen und klopfte an die Seitenscheibe. Beatrice ließ die Scheibe herunter.

»Und?«, fragte sie gelangweilt.

Es war purer Hass, der ihr entgegenschlug. Der Hass auf eine Frau, die einen teuren Wagen besaß, beneidenswerte

Modelmaße und ein Kleiderbudget, das die Monatsmiete normaler Leute vermutlich um ein Vielfaches überstieg. Und die einfach neben einem Halteverbotsschild parkte. Aber sie war erwischt worden, wenigstens das.

Die Politesse grinste höhnisch. »Pech gehabt!«

Beatrice setzte ihr reizendstes Lächeln auf. »Sehen Sie mal in den Spiegel. Dann wissen Sie, wer von uns beiden Pech gehabt hat.«

Sie ließ die Scheibe wieder hochgleiten und raste davon. Beatrice hatte einen wichtigen Termin. Eigentlich hatte sie immer wichtige Termine. Heute Abend war es allerdings ein ganz besonderer. Sie fuhr bei Rot über die Ampel, eine Farbe, die sie »Dunkelgelb« nannte. Hupend überholte sie eine schwere, schwarze Limousine mit abgedunkelten Scheiben.

»Dicke Karre, aber Slow Motion«, schimpfte sie, während sie die Adresse ins Navi eingab. Seestraße, Kahndorf in Brandenburg. Dieses komische Hotel lag offenbar am Ende der Welt. Auch gut. Sie konnte eine kleine Auszeit vertragen.

»Fahren Sie noch, oder halten Sie schon?« Katharina sah im Fond von ihrem Laptop auf und sendete polarkalte Blicke nach vorn.

Der Fahrer ließ sich davon nicht im mindesten beeindrucken. Wie in Trance steuerte er die gepanzerte schwarze Limousine, während er mit seiner Freundin telefonierte. Seine Stimme war zu einem Raunen gedämpft, doch Katharina verstand jedes Wort.

»Schatzilein, ist was Berufliches«, gurrte er. »Nein, heute Abend nicht. Ja, morgen Nachmittag. Kochst du was Schönes? Ziehst du die schwarze Wäsche an? Was? Eine – ÖL-MASSAGE? Wow, wow, wow!«

Einfach ekelhaft, dachte Katharina. Und so was arbeitet ausgerechnet als Fahrer fürs Familienministerium. Nicht auszuhalten war es mit diesem Mann. Aber mit welchem Mann war es schon auszuhalten?

»Finden Sie nicht, es wäre angebracht, Ihr regressives Frauenbild zu überdenken?«, fragte Katharina schneidend.

»Moment, Schatzilein, ja, bleib dran« – der Fahrer drehte sich um, was zu einer Beinahekollision mit einem Motorradfahrer führte – »Frau Dr. Severin? Haben Sie etwas gesagt?«

Solche Männer gehörten ins Frauenhaus. Dreimal täglich die Klos putzen und sich die Geschichten geknechteter Opfer anhören, das könnte den Typen vielleicht kurieren, überlegte Katharina.

»Keine Privatgespräche in der Dienstzeit!«, blaffte sie. »Sonst sitzen Sie demnächst wieder in der Pförtnerloge.«

»Wie Sie wünschen«, erwiderte der Fahrer achselzuckend. Halblaut wisperte er in die Freisprechanlage: »Bist so ein geiler Hase. Muss jetzt Schluss machen. Sie zickt wieder.«

Demnächst kann er sich seine Entlassungspapiere abholen, beschloss Katharina. Dem fehlt es einfach an Respekt. Immerhin gehörte sie zur politischen Elite der Republik. In ihrem dunklen Nadelstreifenanzug und mit ihrem strengen Haarknoten war sie die Verkörperung der selbstbewussten Karrierefrau. Leider entging das diesem verblödeten Steinzeitmacho.

Die Fahrt schien endlos. Katharina telefonierte. Katharina checkte ihre Mails. Katharina verschickte SMS an Parteifreunde. Handynetworken. Das machten Politikerinnen heutzutage so.

Nach einer Ewigkeit bog der Wagen in einen holprigen Feldweg ein. Sie ließ ihr Handy sinken und klappte den Laptop zu. Auf der rechten Seite kam ein See in Sicht, auf der linken ein Parkplatz. Mitten auf dem Weg stand ein roter Kleinwagen. Der Fahrer hupte ihn an. Keine Reaktion. Leise fluchend setzte er zurück, umfuhr das Auto und kurvte eine geschwungene Auffahrt hoch. An deren Ende, auf einem kleinen Hügel, stand ein rosafarbenes Schlösschen. Mit Säulen und Zinnen und Türmchen. Wie eine XXL-Version von Barbies Traumhaus.

»Gefunden!«, strahlte der Fahrer. »Schlosshotel Seeblick. Soll ich Sie hineinbegleiten?«

Zwischen zusammengekniffenen Lippen stieß Katharina hervor: »Danke. Frauen können im einundzwanzigsten Jahrhundert mehr als kochen, nuttige Wäsche anziehen und Ölmassagen verabreichen. Und sie können ganz allein auf eine Party gehen.«

Der Fahrer verzog keine Miene.

Evi saß schon länger in ihrem kleinen roten Auto, mit abgestelltem Motor. Sie hatte überhaupt keine Lust auszusteigen. Nicht einmal der aufdringliche Huper hatte sie aus ihrer Antriebsschwäche reißen können. Wenn sie ehrlich war: Ihr graute vor dem Abend. Im Grunde war ihr ganzes Leben grauenhaft. Aber sie hatte nun mal zugesagt, an dem Treffen teilzunehmen. Und ihre preußische Erziehung gebot ihr, dass sie jetzt nicht kneifen durfte.

Sie drehte den Rückspiegel so, dass sie sich betrachten konnte. Diese verhuschte kleine Person, die aus ihr geworden war. Das spießige Muttchen. Eine Lachnummer vom Scheitel bis zur Sohle. Die Frisur eine Dauerbaustelle, das Kleid ein Sack, die Schuhe wie geschaffen für ausgedehnte Bergwanderungen.

Warum war ihr das alles nicht schon zu Hause aufgefallen? Warum stellte sie erst jetzt fest, dass sie völlig falsch angezogen war, dringend zum Friseur musste und in einer Verfassung war, in der man am besten ins Bett ging und die Nacht durchheulte? Ganz zu schweigen vom üppig wuchernden Fettgewebe, das ihr den Charme einer Presswurst verlieh. Mit den Mengen von Anticellulitegels in ihrem Badezimmer hätte man den Grand Canyon glätten können. Nur, dass das Zeug bei ihr leider nicht wirkte.

Sie fingerte ein Taschentuch aus ihrer abgegriffenen Handtasche und rieb die Schminke von ihrem Mund. Es hatte keinen Sinn. Selbst ein Chanel-Lippenstift konnte nicht darüber hinwegtäuschen, dass ihre Mundwinkel steil nach unten zeigten und ihre Augen rettungslos verquollen waren. Der tränentreibende Ehestreit war das Abschiedsgeschenk ihres Gatten gewesen, bevor sie losgefahren war. Netter Versuch, eigentlich. Immerhin zeigte er nach langer Zeit mal wieder Interesse.

Sie sah auf die Uhr. Halb acht schon. Seit sieben war drinnen im Hotel vermutlich der Teufel los. Nach den zahllosen Autos auf dem Parkplatz zu schließen, musste die alte Crew ziemlich vollzählig sein. Ihr Herz klopfte. Warum hatte sie den verdammten Brief nicht einfach ungeöffnet entsorgt? Warum hatte sie die Einladung gelesen und pflichtbewusst ihr Kommen angekündigt?

Ein nussbrauner Geländewagen näherte sich von hinten und raste so haarscharf an ihr vorbei, dass eine Ladung Sand auf der Windschutzscheibe landete. Evi drehte den Rückspiegel wieder in die korrekte Position. Sie war am Ende. Und das Schreckliche war: Jeder würde es merken. Sie kannte ihn ja, den Mitleidsblick, mit dem man sie streifte, wenn sie ausging. Wenn sie überhaupt ausging. Sie hatte sich längst abgewöhnt, auf irgendwelchen Partys rumzustehen.

So richtig wohl fühlte sie sich nur in ihrer Küche. Landhausstil, frühe Neunziger, altmodischer ging's nicht. Aber sie liebte diese Küche. Sehnsuchtsvoll dachte sie an den Apfelkuchen, den sie am Nachmittag gebacken hatte. Für die Kinder. Die Kinder, die sich kaum noch zu Hause aufhielten, weil sie ihre Freunde spannender fanden als das trauernde Muttertier. Gleich würde sie aussteigen. Nur ein paar Minuten noch. Sie richtete sich sehr gerade auf und wischte sich eine Träne von der Wange.

Kapitel 2

»Liebe Schülerinnen, liebe Schüler! Äh, liebe Ehemalige!« Es piepste. Es piepste sogar ganz gewaltig. Der grauhaarige Herr mit den Schuppen auf dem Jackett schraubte aufgeregt an seinem Mikro herum. »Ich heiße Sie im Namen des gesamten Kollegiums herzlich – *piieeeps* – willkommen zum fünfundzwan... – *pieppiep* – ...zigsten Jubiläum Ihres ...«, er drehte den Zettel in seinen verschwitzten Händen um, »... Abiturs!«

Stolz auf seine rednerische Leistung hob er die Arme und nahm den Mix aus Applaus, Gelächter und Pfiffen entgegen wie ein depressiver Rockstar. Vor ihm standen etwa hundert Damen und Herren, die diese Bezeichnungen überhaupt nicht verdienten. »Ausziehen!«, kreischte eine Frau. »Pornoooo!«, grölte ein Mann. Die Stimmung hatte schon jetzt den Pegel eines Junggesellenabschieds erreicht.

Kopfschüttelnd begutachtete Oberstudiendirektor Hans-Walter Meier seine Schüler von einst. Sie standen dicht gedrängt in einem festlich geschmückten Bankettsaal mit Stuck an den Wänden und rotsamtenen Stühlen. Das Stimmengewirr schwoll stetig an. Es war ein Fehler gewesen, bereits zur Begrüßung Sekt zu kredenzen, so viel war sicher. Er schaute in die Menge, auf der Suche nach Gesichtern, an die er sich erinnerte. Ah ja. Evi Diepholt, die altkluge Musterschülerin. Und Beatrice Kramer, das kleine Luder. Er hatte den grässlichsten Beruf der Welt.

Meier räusperte sich. War es nicht immer ein aufsässiger Jahrgang gewesen? Die beschlagnahmten Haschzigaretten auf der Schultoilette fielen ihm wieder ein. Die Alkoholexzesse auf den Klassenfahrten. Die Knutschereien im Halbdunkel, wenn im Biologieunterricht Filme vorgeführt wurden. Eine unzähmbare Bande. Und das war sie immer noch.

»Ruhe bitte!«, rief er mit sich überschlagender Stimme. »Ich bitte um Auf-merk-sam-keit!« *Piiiieeeeep.*

Er hatte sich eine wohlklingende Rede ausgedacht. Mit Goethe-Zitaten, geschönten Erinnerungen und ein paar verlogenen Sentimentalitäten. Die Rede konnte er knicken.

»Hiermit, äh, erkläre ich … das Buffet für … für eröffnet!«, krähte er in letzter Verzweiflung.

Frenetischer Jubel brandete auf. Kellner flitzten umher und sorgten für mehr Sekt, während sich die Gästeschar in Richtung Buffet schob. Es roch bereits penetrant nach Bratensauce. Oberstudiendirektor Hans-Walter Meier war Vegetarier. Ächzend kletterte er von der Bühne, wo die Musiker gerade ihre Instrumente aufbauten.

»Gut gemacht«, sagte ein verwitterter älterer Herr im Tweedanzug und klopfte ihm auf die beschuppte Schulter. Er war der Lateinlehrer des Jahrgangs gewesen und sichtlich froh, dass nicht er die undankbare Rolle des Zeremonienmeisters spielen musste. »Schade nur, dass man Ihren Auftritt nicht recht zu schätzen wusste. Tja. Homo homini lupo, der Mensch ist des Menschen Wolf.«

»Ekelhafte Meute«, knurrte Meier. »Aus denen ist nix geworden. Sieht man ja.«

Am Buffet war man da ganz anderer Meinung. Unter Freudengeheul fielen sich Männer in die Arme, die einander als Halbwüchsige nie hatten ausstehen können. Lautstark prahlten sie mit ihren Erfolgen.

»Hey Sven, geil, dich zu sehen. Ich zock an der Börse. Die erste Mio hatte ich schon mit zwanzig. Und du?«

»Hautarzt. Lauer Job, fette Kohle.«

»Loser. Schon mal von Gesundheitsreform gehört?«

»Ach nee. Und du von Finanzkrise?«

Die weiblichen Gäste dagegen beäugten einander erst einmal stumm. Ihr Wettbewerb fand an der Mode- und Beautyfront statt. Faltenstatus, Hüftumfang und Outfit wurden im Sekundentakt gescannt. Der Konkurrenzkampf war so erbittert wie bei einem Casting. Sie waren Frauen. Sie waren Anfang vierzig. Und wer in den letzten zehn Jahren nicht jede Menge Geld, Schweiß und Disziplin in sein Erscheinungsbild investiert hatte, fiel hier gnadenlos durch. Aber natürlich fand sich ausnahmslos jede weit besser konserviert als alle anderen. Jede. Außer Evi.

Evi hatte das Desaster der gescheiterten Rede mit Schrecken verfolgt. Warum waren die alle so gemein? Sie verstand es nicht. Ihre gute Erziehung hätte ihr niemals erlaubt, einen ehemaligen Lehrer von der Bühne zu johlen. Sie war und blieb eben die höhere Tochter. Etwas abseits stand sie da und drehte ihr volles Sektglas in den Händen. Sie hatte nicht einmal genippt.

Freudlos nahm sie den Saal in Augenschein, die üppigen Blumenarrangements, die Papiergirlanden, die große silberne »25« über der Bühne. Immerhin hatte sie es bis hierher geschafft. Eine halbe Stunde noch und dann Abmarsch, nahm sie sich vor. Sie hatte hier nichts verloren.

Plötzlich zerriss eine schrille Stimme ihre trüben Gedanken. »Eviiii? Oh my god, bist du's wirklich?«

Sie zuckte zusammen. Entgeistert starrte sie in das Gesicht einer Fremden. Deren hochblondiertes Haar war zu einem rasanten Bob gefönt, eine cremig glänzende Bräune lag auf dem unwirklich glatten Gesicht. Und weder das grünseidene Designerkleid, der kostbare Schmuck noch die Wolke erlesenen Parfums ließ einen Zweifel offen, dass sich ein illustrer Hotelgast in dieses Inferno verirrt hatte. Die Frage war nur: Woher kannte die fremde Frau Evis Namen?

»Sweetheart, erkennst du mich denn gar nicht? Hallo? Be-a-trice! Trio fatal! Na?«

Aus dem Dämmer längst vergessener Tage stieg eine vage Erinnerung in Evi hoch. Das Trio fatal. Der verwegenste Mädchenclub der Schule. Katharina die Große, Bella Beatrice und Evi Forever. So hatten sie sich genannt. Es war Millionen Jahre her. Und das hier sollte wirklich Beatrice sein?

»Come on, wir nehmen einen Drink«, sagte das glamouröse Wesen. »Ich kann's gebrauchen. Dreimal hab ich mich verfahren, weil mein Navi dieses verstaubte kleine Hideaway nicht finden konnte.«

Vor Evis innerem Auge gewann eine Gestalt Kontur. Beatrice. Das Mädchen mit den roten Haaren. Die extravagante »Hochgeschwindigkeitsschlampe«, wie die Jungs sie verächtlich genannt hatten. Weil sie flirtete wie ein Vorstadtvamp und keinen zweimal ranließ. Extravagant war Beatrice noch immer. Nur die blonden Haare und das polierte Gesicht waren neu.

»Oh, Beatrice, nett, dich zu sehen«, sagte Evi lahm. Nie hatte sie sich unscheinbarer und übergewichtiger gefühlt als neben dieser mondänen Frau.

»Und, was machst du so?«, fragte Beatrice. Ihr Blick glitt über Evis Notfrisur, dann über das biedere graue Kleid, um schließlich an den geländegängigen Schuhen hängenzubleiben.

Auf der Stelle wurde Evi drei Zentimeter kleiner. Die Sache war klar: Beatrice hatte die Schlacht so gut wie gewonnen. Aber Feigheit vor dem Feind war das Letzte, sagte Evis Vater immer. Contenance wahren! Haltung annehmen!, hatte er ihr eingeschärft. Während sie ein Schluchzen unterdrückte, straffte Evi sich unwillkürlich. Los jetzt, lächeln. Na, also. Geht doch.

»Ich habe das große Los gezogen!«, strahlte sie. »Ein wunderbarer Mann, zwei wohlgeratene Kinder, was will man mehr? Wir leben in einer Villa im Grunewald, genau das, wovon ich immer geträumt habe. Du weißt schon, die weiße Villa mit den viktorianischen Säulen und dem Park, in dem ich Rosen züchte.«

Beatrice runzelte die Stirn, wovon infolge der regelmäßigen Botoxinjektionen nur ein millimeterfeines Anheben der Augenbrauen zu sehen war. Es stimmte, Evi hatte immer von so einem Haus gesprochen. Und von der Familie, die sie dereinst gründen wollte. Dummerweise sah sie nicht gerade aus wie eine Frau, die ihre Träume verwirklicht hatte.

»Freut mich für dich«, sagte Beatrice höflich.

»Und du?«, erkundigte sich Evi.

Das gehörte sich schließlich so. Sie spürte, wie ihr der Schweiß ausbrach. Umständlich kramte sie ein Taschentuch heraus und betupfte sich damit das Gesicht.

Beatrice legte los. »Honey, ich arbeite als Presenterin in einer Agentur. Koordiniere die Guidelines, mache Consulting und Controlling. Meine Kernkompetenz ist Concept Supervisor. Du weißt schon, Branding tunen, Kunden toasten, das übliche Business. Immer hart an der Deadline, bis zum nächsten Newsflash. Demnächst lasse ich mich vielleicht outsourcen, damit der private Cashflow stimmt. Du verstehst?«

Evi verstand kein Wort. Ein Schweißgerinnsel lief ihren

17

Rücken entlang. Wenn sie nicht bald floh, war alles aus. Lange konnte sie die Komödie nicht mehr spielen.

»Ab an die Bar!«, rief Beatrice munter. »Bella Beatrice braucht dringend einen Sundowner. Man nennt mich jetzt übrigens Bea-Bee. Die fleißige Biene. Du verstehst? Bea? Bee?«

»Klingt spannend«, lächelte Evi verlegen. »Aber das mit dem Drink wird leider nichts. Ich trinke nie, wenn ich fahre.«

»Wie jetzt?« Beatrice stemmte die Hände in die Hüften. »Übernachtest du denn nicht hier? Der olle Meier sagte mir eben, die ganze Truppe hätte gebucht. Oh my god! Der hat bestimmt Angst, dass wir austicken wie damals bei den Klassenfahrten. Weißt du noch?«

Evi wusste nicht weiter. Natürlich hatte sie ihren Koffer dabei. Aber den würde sie unausgepackt wieder mit nach Hause nehmen. Nach Hause. Sie schluckte.

»Also dann …«

»Eviiii!« Mit einem spitzen Schrei stürzte eine Frau im Nadelstreifenanzug auf sie zu und blieb dicht vor ihr stehen. »Evi Forever! Du lieber Himmel, ich habe dich sofort erkannt!«

Beatrice stutzte, dann riss sie die Arme hoch. »Yeah! Katharina die Große, Evi Forever und Bella Beatrice! Das Trio fatal is back!«

Eine peinliche Pause entstand. Sie waren ein verschworenes Dreiergespann gewesen. Damals, als Teenager. Alles hatten sie geteilt, Schulstress, Schminktipps, ersten Liebeskummer. Wie Sekundenkleber hatten sie zusammengehalten, getreu ihrem Motto: »Für immer, für ewig, für uns!«

Ein Vierteljahrhundert war das her. Beim Abiturball hatten sie noch beschlossen, für immer zusammenzubleiben. Doch es kam anders. Die rituellen Treffen wurden seltener, die ausgedehnten Telefonate auch, und schließlich verloren sie einander aus den Augen. Die Freundschaft von einst war in Vergessenheit geraten, so wie der Schulstress, die Schminktipps und der erste Liebeskummer.

Es war Beatrice, die die Situation rettete. »Gehe ich richtig in der Annahme, dass wir Staatssekretärin Dr. Katharina Severin vor uns haben, bekannt aus Funk und Fernsehen, die Hoffnung der Familienpolitik?«

»Könnte man so sagen«, antwortete Katharina geschmeichelt. »Gerade haben sie mich zur stellvertretenden Parteivorsitzenden gewählt. Mit steilen Karriereoptionen. Und was macht ihr so?«

Die Herablassung in ihrer Stimme war nicht zu überhören. Da hieß es mithalten. Eingehend berichteten Evi und Beatrice von ihrem grandiosen Leben. Katharina hörte konzentriert zu. Ihr blasses Gesicht mit den winzigen Sommersprossen war ungeschminkt und kaum gealtert. Die Haut schimmerte wie Porzellan. Eine Rose aus Stahl, dachte Evi, während Beatrice sich vornahm, später nach Katharinas Schönheitschirurgen zu fragen.

»Hört sich doch ganz gut an«, sagte Katharina obenhin, als die beiden fertig waren.

Evi fühlte sich zunehmend unwohl neben ihren furchtbar erfolgreichen Freundinnen. »War schön, dass wir uns mal wiedergesehen haben.« Sie improvisierte aufs Geratewohl. »Leider muss ich los. Ich bekomme« – sie holte Luft – »Besuch. Übernachtungsgäste. Deshalb ...«

»Kommt überhaupt nicht in Frage«, fiel Katharina ihr ins Wort. »Da treffen wir uns nach fünfundzwanzig Jahren, und du willst schon wieder den Abflug machen? Ich habe sogar eine Strategiesitzung im Familienausschuss abgesagt!«

»Und ich ein Skype-Meeting mit chinesischen Managern!«, trumpfte Beatrice auf.

Evi hatte Derartiges nicht vorzuweisen. Kleinlaut suchte sie nach plausibleren Ausflüchten, doch es gab keine. »Aber, aber …«

»Nichts aber«, bekräftigte Beatrice. »Dein ›wunderbarer Mann‹ und deine ›zwei wohlgeratenen Kinder‹ werden es ja wohl mal eine Nacht ohne dich aushalten, oder?« Sie zwinkerte Katharina zu.

Nicht nur eine Nacht, dachte Evi. Die würden nicht mal merken, wenn ich eine ganze Woche wegbliebe.

»Komm schon«, sagte Katharina. »Heute zeigen wir den Jungs, wo die Wurst wächst. Wie in alten Tagen.«

»It's raining men!«, fiel Beatrice ein. »Hallelujah!«

Zusammen mit Katharina hakte sie Evi unter, und gemeinsam schleiften sie ihre widerstrebende Freundin zur Bar. Die war ein dämmriges Gewölbe mit genoppten Ledersofas und nachgedunkelten Landschaftsgemälden an den Wänden. Am Tresen lungerten ein paar Herren herum, die sich gegenseitig mit Erfolgsgeschichten überboten. Gerade waren sie bei ihren Autos angekommen. Der Barkeeper zapfte unablässig Bier, das mit Getöse geleert wurde.

Das Trio steuerte einen ruhigen Tisch in der Ecke an. Beatrice hob lässig drei Finger und rief dem Barkeeper zu: »Caipi! Aber pronto please!«

»Echt jetzt? Caipirinha?«, gluckste Katharina.

»Warum nicht? Um eine unfallfreie Syntax müssen wir uns wohl nicht mehr kümmern«, lachte Beatrice. »Oder willst du etwa auf die Bühne schlüppern und eine Rede halten? Goodness, den Meier haben sie doch schon gegrillt! Wisst ihr noch, wie er uns das Schwimmen beibringen wollte? Und immer sein Gebiss am Beckenrand ablegte? Der ist schon durchs Wasser gepflügt, als Jopi Heesters noch sein Seepferdchen machte.«

»Nee, nee, keine Rede«, winkte Katharina ab. »Ich habe heute schon drei Reden gehalten.«

Beatrice rollte mit den Augen. Katharinas Arroganz konnte einem ganz schön auf die Nerven gehen.

»Wollt ihr denn nichts essen?«, meldete sich Evi zu Wort. Ihr Magen war ein gähnend leerer Abgrund. Sie hatte vor lauter Aufregung den ganzen Tag nichts gegessen, und die Düfte des Buffets verhießen so einiges. Außerdem konnte man immer etwas lernen für daheim, wenn man auswärts aß. Fand Evi.

»Essen?« wiederholten Beatrice und Katharina im Chor.

»Ja! Habt ihr gar keinen Hunger?«

Beatrice verzog den Mund. »Low-carb-Diät.«

»Und ich hatte schon meinen abendlichen Müsliriegel im Wagen«, fügte Katharina hinzu. »Der Fahrer besorgt ihn immer für mich.«

Jetzt bestand der Chor aus Evi und Beatrice. »Du hast einen – Fahrer?«

»Nee, einen Neandertaler, der sein Hirn in der Hose spazieren fährt. Dafür muss ich nie einen Parkplatz suchen.«

»Krass«, sagte Beatrice.

Dann kamen die Getränke.

Evi wollte protestieren, doch sie traute sich nicht. Alkohol hatte sie noch nie vertragen, schon gar nicht auf nüchternen Magen. Aber wenn sie jetzt nicht mitmachte, würde sie noch jämmerlicher dastehen als sowieso schon. Ergeben griff sie nach dem Glas, in dem eine gefährlich aussehende Flüssigkeit die Eiswürfel leise knacken ließ.

Beatrice prostete ihren Freundinnen zu. »Für immer, für ewig, für uns!«

Zu dritt wiederholten sie ihre alte Parole: »Für immer, für ewig, für uns!«

Und nun? Alle drei wunderten sich insgeheim, wie unterschiedlich sie doch waren. Damals, in der Schulzeit, war es ihnen nicht aufgefallen, aber im Laufe der Jahre hatten sich die Kontraste verschärft. Nun saßen sie fremdelnd da, drei Frauen, drei Lebensentwürfe, drei Welten. Ein unbefangener Beobachter hätte kaum vermutet, dass es etwas gab, was sie einst verbunden hatte.

»Evi und ich ankern ja im beschaulichen Hafen der Ehe«, sagte Beatrice, nachdem sie eine Weile in ihrem Drink gerührt hatte. »Und du, Katharina?«

»Nichts für mich.« Katharina lächelte nadelfein. »Ich meine, die Familie ist selbstverständlich der Nukleus der Gesellschaft, die unverzichtbare Keimzelle allen sozialen Lebens. Aber einer muss ja die Arbeit machen. Ich bin vierundzwanzig Stunden im Dienst. Da kann man keine Breichen kochen, Apfelkuchen backen und dem Herrn Gemahl abends den Rücken kraulen.«

Beim Stichwort Apfelkuchen zuckte Evi. »Aber macht das auf die Dauer nicht ein bisschen einsam?«, fragte sie.

»Ich ziehe Freundschaften vor«, erklärte Katharina. »Besonders Arbeitsfreundschaften. Der Familienminister zum Beispiel ist mein engster Vertrauter.« Sie machte eine Kunstpause, um die Verblüffung der beiden auszukosten. »Er ist ein starker professioneller Partner. Ich recherchiere für ihn, arbeite Dossiers aus. So etwas ist weit befriedigender als die Isolationsfolter einer konventionellen Zweierbeziehung.«

»Na, na!« Beatrice rührte etwas schneller in ihrem Drink. »Mein Mann ist jedenfalls sensationell – one in a million! Er verwöhnt mich, wo er kann, und hält mir den Rücken frei. Unsere Tochter ist sowieso schon aus dem Haus. Total tough, die Kleine. Sie studiert Jura.«

»Schick sie mal vorbei, wenn sie ein Praktikum machen will«, sagte Katharina gönnerhaft.

Beatrice wirkte mit einem Mal angespannt. »Nicht nötig«, flötete sie. »Die Praktika sind längst history. Nächste Woche geht sie nach Cambridge. Ist irre teuer, aber eine unverzichtbare opportunity zum Networken. Think global, sage ich immer. Sorry, Katharina, aber was soll sie hier in der Provinz?«

Der Punkt geht an Beatrice, stellte Evi fest, die den Schlagabtausch fasziniert verfolgt hatte. Die beiden spielten in derselben Liga. Und waren fest entschlossen, einander auszustechen. Evi dagegen war längst aus dem Rennen. Das machte die Sache für sie wesentlich einfacher.

Verstimmt strich sich Katharina über die festgezurrten Haare. Sie setzte eine randlose Brille auf und sah zum Tresen hinüber. Immer schön von Niederlagen ablenken, war ihre bewährte Taktik.

»Der leicht verfettete Blonde auf elf Uhr. Ist das nicht Bernd, der Schrecken unserer Mädchenblüte?«

Sie hatten damals eine Geheimsprache gehabt, so wie die tollen Kerle in den Agentenfilmen ihrer Jugendzeit. Elf Uhr, das hieß: geradeaus, etwas links. Wie auf Kommando sahen sie zum Tresen.

Sofort löste sich ein stämmiger Mann aus der Runde, der

die Blicke der drei Frauen aufgefangen hatte. Breitbeinig baute er sich vor ihnen auf.

»Na, immer noch zusammengetackert?«, fragte er. »Hui. Der flotte Dreier. Da weiß man ja gar nicht, wo man anfangen soll!«

Er grinste herausfordernd.

»Der Bernd, sieh an«, sagte Beatrice kühl. »Früher konntest du nicht mal eine Chipstüte aufreißen. Und jetzt gleich drei Mädels auf einmal? Vergiss es!«

Sofort vereiste seine Miene. »So was Überspachteltes wie du hätte bei mir sowieso nie eine Chance. Und ich stehe auch nicht auf Übergrößen und Emanzen in Nadelstreifen. Wirsing.«

Er drehte sich abrupt um und kehrte an den Tresen zurück, wo er mit Gelächter empfangen wurde.

»Typen wie der gehören auf DIN A4 gefaltet«, grantelte Katharina.

Evi war einfach nur sprachlos. Natürlich war Bernd zu weit gegangen. Doch auch in solch heiklen Momenten siegte stets ihr gutes Herz. Evi gehörte zu den sanftmütigen Menschen, die nicht einmal Spinnen töten, sondern sie gewissenhaft hinaus in den Garten tragen.

»Einen schönen guten Abend, die Damen! Darf ich mich zu Ihnen gesellen?«

Die drei hätten sich fast erhoben, so wie früher. Oberstudiendirektor Meier stand vor ihnen, ein Glas in der Hand. Sehr standfest sah er allerdings nicht mehr aus. Offenbar war er es nicht gewohnt, lauwarmen Sekt zu trinken.

»Bitte. So setzen Sie sich doch«, antwortete Evi und machte eine einladende Handbewegung. »Ist uns eine Ehre.«

Sichtlich erleichtert hockte sich der Lehrer auf einen Sessel. Der Abend war für ihn ein einziges Survival Camp. Er hatte sich den großen Auftritt erhofft, jedoch feststellen müssen, dass er nur der Statist in einem lärmenden Chaos war. Aber wenigstens an diesem Tisch wusste man, was sich gehörte.

»Eva-Maria Diepholt, Beatrice Kramer, Katharina Severin, richtig? Sie drei waren die vielversprechendsten Schülerinnen des Jahrgangs«, seufzte er. »Intelligent, interessiert, und wie man hört«, er deutete eine Verbeugung in Katharinas Richtung an, »hat Ihr enormer Fleiß Sie ganz nach oben gebracht.«

Katharina lächelte selbstzufrieden. »Könnte man so sagen.«

»Und das, obwohl Sie, nun ja, genau genommen aus eher kleinen Verhältnissen stammen«, fügte Meier hinzu.

»Aus der bildungsfernen Schicht«, verbesserte Katharina ihn scharf. »Und Sie sollten jedem mit Respekt begegnen, der die Durchlässigkeit einer demokratisch verfassten Gesellschaft demonstriert, um sich einen Platz in der politischen Elite zu erobern.«

Eine Zornesfalte erschien zwischen ihren akkurat gezupften Augenbrauen. Es ärgerte sie maßlos, dass Meier sie an ihre Herkunft erinnerte. Evi wusste, dass Katharina es immer als wunden Punkt empfunden hatte, dass ihr Vater Maurer war und ihre Mutter putzen ging. Sie hatte diese vermeintliche Schmach mit brennendem Ehrgeiz kompensiert. Von ihrer Vergangenheit wollte sie jedenfalls nichts mehr wissen.

»O ja, sicher, Sie sind ein schönes Beispiel dafür, dass wirklich jeder es schaffen kann«, beeilte sich Meier, seinen Fehler wiedergutzumachen. Dann wechselte er rasch das Thema.

»Und Sie, Evi? Ich darf doch wohl noch Evi sagen? Wie geht es dem Herrn Vater? Seiner großzügigen Spende verdanken wir ja unsere neue Turnhalle. Ein beeindruckender Mann.«

»Bestens«, murmelte Evi.

Es war ihr mindestens so unangenehm wie Katharina, dass Meier sie auf ihre Familie ansprach. Auf ihre vermögende, einflussreiche Familie, deren Erwartungen sie nie entsprochen hatte. Ihr Vater hatte ganz selbstverständlich angenommen, Evi werde mindestens einen Nobelpreis für atemberaubende wissenschaftliche Leistungen erhalten. Stattdessen sah er seine Tochter weitgehend untätig an der Seite eines Emporkömmlings, den er nicht ausstehen konnte.

Meier lächelte vertraulich. »Wenn ich fragen darf, Evi, welchen Karriereweg haben Sie eingeschlagen?«

Evi hüstelte. »Den rosenumrankten Weg der Hausfrau und Mutter.«

»Ach.«

Das anschließende Schweigen war drückend wie eine aufziehende Gewitterfront. Ohne dass er ein Wort sagte, wussten alle drei, was er dachte: Da hatte er sich so viel Mühe mit dieser Einserschülerin gegeben, der Hoffnung seines öden Lehrerlebens, und sie hatte nichts Besseres zu tun gehabt, als zur heimischen Servicekraft zu mutieren. Was für eine Enttäuschung. Betreten spielte Evi mit ihrem Ehering.

»Sehen Sie, wir alle haben etwas aus unserem Leben gemacht«, unterbrach Beatrice die Stille, die eingetreten war. »Ich bin Managing Director bei einer Agentur, Dollar & Dime heißt sie, die kennen Sie bestimmt, Consulting, Controlling, Concept Supervisor, Branding tunen, Kunden toa…«

»Allerhand«, unterbrach Meier sie. »Offen gestanden hatte ich mir bei Ihnen immer Sorgen gemacht. Sie waren ja als Schülerin, wie soll ich sagen, ziemlich leichtlebig.«

»Wie bitte?«

»Entschuldigung, in vino veritas, der Wein hat meine Zunge gelöst. Nichts für ungut. Aber Ihre kurzen Röcke und der lockere Umgang mit den Jungs und …« Er kam ins Stocken.

Beatrice kniff angriffslustig die Augen zusammen. In ihr brodelte es, das war nicht zu übersehen. Sehr langsam und sehr laut sagte sie: »Dieser Typ ist wie Herpes. Ungeheuer lästig und geht nie wieder weg.«

Erschrocken fuhr Evi zusammen. Sie wusste nicht, was schlimmer war: Meiers taktlose Bemerkungen oder Beatrices flapsiger Spruch.

»Herpes?« Meier begriff den Satz erst nach längerem Nachdenken. Als sein sektumspültes Stammhirn ihn endlich als Beleidigung klassifiziert hatte, sprang er auf, als hätte ihn ein Skorpion gebissen.

»Ich weiß, wann ich gehen muss!«, rief er aus.

»Verbindlichsten Dank, dass Sie uns nicht weiter belästigen«, setzte Beatrice nach. Betont beiläufig nahm sie einen Schluck Caipirinha, während Meier davonschlich.

»Das verspricht ja, ein netter Abend zu werden«, sagte Katharina und orderte die nächste Runde.

Beatrice lehnte sich zufrieden zurück. »Speedlästern. Wie in alten Zeiten. I love it!«

Kapitel 3

Evi schlug zu. Ohne Rücksicht auf Verluste. Vorspeisen, Nachspeisen, kalten Braten, alles lud sie durcheinander auf ihren Teller. Das Buffet hatte sich geleert, aber sie war mit den Resten vollauf zufrieden. Es war höchste Zeit. Nach zwei Caipirinhas war ihr so schwindelig, dass sie handeln musste. Mit fahrigen Bewegungen nahm sie auch noch Nudelsalat und Räucherlachs. Was sonst? Unschlüssig stocherte sie in einer Schüssel herum, in der etwas seltsam Grünes lag.

»Verzeihung, darf ich fragen, was das ist?«, fragte sie den bemützten Koch hinter dem Buffet.

»Algen, gnädige Frau. Auf einem Carpaccio vom Babybuttfilet.«

Wo war sie nur in den letzten fünfundzwanzig Jahren gewesen? Im Mustopf? Dabei waren die einzigen Bücher, die sie las, Kochbücher. Ihre Sammlung füllte inzwischen zwei ganze Regale.

»Und das Dressing?«, erkundigte sie sich.

Der Koch setzte ein verschwörerisches Gesicht auf. »Ist eigentlich ein Betriebsgeheimnis. Aber ich verrate es Ihnen.«

Evi lächelte dankbar. Sie war glücklich, dass sie über Rezepte fachsimpeln durfte, ohne von ihren emanzipierten Freundinnen als Hausmütterchen abgestraft zu werden. Aber waren es denn überhaupt noch ihre Freundinnen? Wo war sie geblieben, die Vertrautheit von einst? Evi fand Katharina und Beatrice nur noch anstrengend.

»Traubenkernbalsamico mit portugiesischem Meersalz

first flush, in einer Paranussölemulsion«, flüsterte der Mann mit der Kochmütze.

In Gedanken hatte Evi das Rezept bereits abgespeichert. Schließlich besaß sie den Ruf einer exzellenten Köchin, den es zu verteidigen galt. Sie bedankte sich artig und steuerte einen verlassenen Tisch an. Ohne Hast stapelte sie die schmutzigen Teller, räumte Gläser und Besteck beiseite und wischte ein paar Krümel von der Tischdecke. Dann setzte sie sich.

Ringsum an den Tischen war kaum noch jemand zu sehen. Die meisten Gäste drängelten sich schon auf der Tanzfläche und bewegten sich entfesselt zu den Klängen der Band. Die spielte Hits aus den Achtzigern, die begeistert mitgebrüllt wurden. Gerade war es »All Night Long« von Lionel Ritchie. Der lärmende Discosoul ließ die Gläser auf dem Tisch leise klirren.

Evi begann mit dem Tiramisu. Sobald die weiche, fette Creme ihren Gaumen streichelte, fühlte sie sich wohler. Sie liebte es zu essen. All night long. Es war der verlässlichste Trost, den sie hatte. Voll Wonne löffelte sie das süße Dessert in sich hinein.

Ihre Drinks bereute sie schon bitterlich. Nun war sie gefangen in diesem Hotel. Aber es würde bestimmt niemandem auffallen, wenn sie gleich mit einer Portion Algen nebst Babybuttfilet-Carpaccio in ihrem Zimmer verschwand. Und am nächsten Morgen würde sie sich vor dem Frühstück aus dem Staub machen. Die anderen hatten sie sowieso schon vergessen.

»Hier bist du also!«

Ertappt. Nein, die anderen hatten sie noch nicht vergessen. Schuldbewusst sah Evi von ihrem Teller auf und direkt in das Gesicht von Beatrice. Es war stark gerötet, das Make-up wirkte fleckig. Auch die Frisur hatte einiges von ihrer Perfektion eingebüßt. Da waren mehr als zwei Caipirinha im Spiel, mutmaßte Evi. Beatrice schwankte merklich und musste sich an einer Stuhllehne festhalten, um nicht aufs Parkett zu kippen. Voll Abscheu begutachtete sie Evis überladenen Teller.

»Dschieesus, isst du immer so wahllos? Was hast du dir denn da alles gekapert?«

»Schmeckt himmlisch«, erwiderte Evi in einer Aufwallung von Trotz.

Sie hatte mehr als genug von der Schlacht um Erfolg und Anerkennung. Das Schaulaufen hier war nicht ihr Ding. Sie gehörte nicht dazu, sie, die graue Maus im Zoo der Königstiger. Morgen früh würde der Spuk ohnehin vorbei sein. Warum also länger ihr wahres Gesicht verbergen?

»Du kannst gern weiterhungern. Ich esse, worauf ich Lust habe«, erklärte sie.

»Das sieht man, Sweety, das sieht man. Bist ein bisschen out of shape.« Beatrice ließ sich auf einen Stuhl fallen. »Und dein wunderwunderbarer Mann findet das – okay?«, fragte sie eine Spur zu spitz.

»Er hasst dicke Frauen«, sagte Evi. »Na und?«

Verblüfft sah Beatrice sie an. Dann wurde sie von einem Lachanfall geschüttelt.

»Du bist ja voll abgefahren«, kicherte sie. »Na und, sagt sie. Ich fass es nicht.«

»Die Zeiten, als wir uns gegenseitig den Kaviar von den Zehen geschleckt haben, sind lang vorbei«, verkündete Evi. »Wenn du meine Meinung wissen willst: Ich halte ehelichen Sex für überschätzt.«

Gleich darauf erschrak sie. Ach du liebe Güte, hatte sie das jetzt wirklich gesagt? Andererseits: War es nicht vollkommen gleichgültig, wem sie hier was über das Notstandsgebiet ihrer Ehe erzählte? Sie würden sich nie wiedersehen. Dieser Abend war lediglich eine weitere trübselige Episode in ihrem überaus trübseligen Leben. Nur ein bisschen unterhaltsamer.

Mit offenem Mund saß Beatrice da. Sie konnte kaum glauben, was Evi da gerade zwischen zwei Bissen zum Besten gegeben hatte.

»Äh – hast du das etwa ernst gemeint?«

Evi nickte und schob sich seelenruhig eine Gabel Nudelsalat in den Mund. Ein bisschen zu viel Mayonnaise und die Erbsen viel zu weich. Aber genauso war es richtig. Futtern wie bei Muttern. Sie rülpste dezent.

»Was ist denn hier los?«

Mittlerweile hatte auch Katharina den Tisch gefunden, an dem Evi mit sichtbarem Behagen die Reste des Buffets vernichtete. »Nudelsalat! Herrje, das ist ja fiesester Partyfraß aus den Siebzigern!«

»Schmeckt super«, sagte Evi ungerührt. »Willst du auch?«

»Bloß nicht.« Angewidert sah Katharina zu, wie Evi eine Scheibe kalten Bratens zersäbelte. »Hausmannskost ist der Sex der Rentner«, giftete sie. »So weit bin ich noch nicht.«

»Ach was«, sagte Evi schlicht.

Beatrice sah von einer zur anderen. Unter ihrem linken Auge zuckte es. Ihr Kopf wackelte, und ihr Magen fühlte sich an, als habe jemand einen Ameisenhaufen angezündet. Irgendetwas war anders als sonst. Was bloß? Sie kam nicht gleich drauf, doch dann wusste sie es: Sie hatte Hunger. Schrecklichen Hunger.

»Ich hole mir auch was zu essen«, beschloss sie. »Ist doch total egal heute Abend.«

Mit einiger Mühe richtete sie sich auf und stakste zum

Buffet. Drei Minuten später kam sie wieder. Sie hatte alles auf ihren Teller getürmt, was sie finden konnte, und das Ganze mit ein paar Löffeln Nudelsalat gekrönt. Ohne Zögern machte sie sich über ihre Beute her.

Katharina hob eine Augenbraue. Keine Selbstdisziplin, diese bemitleidenswerten Mädels, dachte sie. Leider sah es gar nicht so schlecht aus, was sie da in sich hineinschaufelten.

»Halloooo, die Damen!«

Drei Herren kamen an den Tisch geschlendert. Alle hielten sie Biergläser in den Händen und befanden sich in einem Zustand, den sie vermutlich »angeheitert« genannt hätten. Neugierig beäugten sie das Trio, das sich bestens ohne männliche Gesellschaft amüsierte.

»Hmmm, lecker, die drei Cremeschnittchen«, sagte einer von ihnen. »Immer noch sahnig, nach all den Jahren.«

Weder die glänzende Halbglatze noch der vorgewölbte Bauch konnte ihn davon abhalten, sich für unwiderstehlich zu halten. Gierig leckte er sich die Lippen. Es war mehr als offensichtlich, dass er das Klassentreffen nutzen wollte, um erotische Erinnerungen aufzufrischen.

»Oha. Kennen wir uns?«, fragte Beatrice.

»Besser, als du wahrhaben möchtest, Süße«, behauptete der Herr.

Beatrice lehnte sich zurück. »Ihr hohes Alter und Ihre traurige Gestalt sagen mir, dass Sie einer unserer Lehrer gewesen sein müssen.«

»Oder der Hausmeister«, gluckste Katharina. »Der hatte doch auch so eine Gruselfrisur.«

»Ich tippe auf eine missglückte Haarverpflanzung«, sagte Beatrice und deutete auf die spärlichen Flusen, die der Mann zu einem Puschel auftoupiert hatte.

»Sieht aus, als hätte er eine Teppichfliese auf dem Kopf!«, sekundierte Katharina.

Eine dunkle Wolke erschien auf der Stirn des Angesprochenen. »Nur nicht frech werden«, drohte er. »Ich bin's, Rainer, euer ehemaliger Mitschüler, und wenn ihr's genau wissen wollt: Ich hatte euch alle drei!«

Die anderen beiden Herren feixten erfreut.

»Stimmt. Du hattest uns alle drei tief in deinem verwundeten Herzen«, grinste Beatrice. »Und dann musste Oberstudiendirektor Meier einen Notarzt rufen, auf der Klassenfahrt nach Rüdesheim. Weil du dich aus lauter Liebeskummer mit einer Flasche Asbach Uralt betankt hast und wimmernd in deinem Erbrochenen herumgekrochen bist.«

Das saß. Der Mann wich zurück. »Ihr seid wohl immer noch die Königinnen der dummen Sprüche«, schnaubte er.

»Und du bist der Prinz des Klamauks«, sagte Beatrice kalt. »Husch, husch, geh spielen, Kleiner!«

Sie klatschte in die Hände wie eine Kindergärtnerin, die einen unerzogenen Youngster in die Schranken weisen musste. Die drei trollten sich ohne nennenswerten Widerstand.

Evi hörte auf zu kauen. »Ich bin beeindruckt. Denen habt ihr ja echt mal gezeigt, wo die Lampe hängt. So was bringe ich nicht fertig. Aber manchmal würde ich es gern, das muss ich zugeben.«

»Ist easy«, erwiderte Beatrice. »Fang am besten gleich damit an.«

Katharina sah den drei Männern versonnen hinterher. »Mein Bauchgefühl sagt mir, dass da was war mit dem rattigen Rainer. Eklige Engtanzfete …«

»… schlechter Wein«, ergänzte Beatrice.

»… und schlechter Sex!«, vollendete Katharina den Satz.

»Bei so viel Bauchgefühl bekomme ich Magenschmerzen!«, rief Beatrice.

Die beiden schütteten sich aus vor Lachen.

Auch Evi lachte. Ihre anfängliche Empörung über Beatrices und Katharinas Respektlosigkeit war verflogen. Ihr gefiel es mit einem Mal, wie selbstbewusst die beiden mit Männern umgingen. Für sie war das nie in Frage gekommen, in all den Jahren, die sie brav an der Seite ihres Gatten verbracht hatte. Gefangen in der Etikette, eingeklemmt auf steifen Partys, abgeschottet in ihrer Küche. Aber das hier, das war das wahre Leben. Sie konnte plötzlich gar nicht genug davon bekommen.

Ein Kellner erschien mit Gläsern und zwei Weinflaschen. »Rot oder weiß?«, fragte er.

»Beides«, antwortete Evi. Die Komödie war vorbei, jetzt kam der Spaß. »Am besten, Sie lassen die Flaschen gleich hier und bringen uns danach Champagner. Aber bitte kalt wie ein Eisbärpopo.«

Wie vom Blitz getroffen starrten Beatrice und Katharina sie an. Hatten sie sich verhört? Nein, da war sie wieder, die alte Evi Forever. Das verrückte Huhn, hinter deren guter Erziehung stets die Anarchie lauerte. Die höhere Tochter, die einst unter ihren braven Blusen heimlich Reizwäsche trug. Und als Erste ihre Unschuld verloren hatte, auf dem Rücksitz eines Fiat Panda, am helllichten Nachmittag.

»Evi forever!«, rief Katharina.

»Nudelsalat forever«, korrigierte Beatrice. »Worauf wartest du?«

»Na jaaa«, sagte Katharina gedehnt. Man sah, wie ihr das Wasser im Mund zusammenlief. »Warum eigentlich nicht?«

Sie zog ihr Jackett aus. Darunter kam eine gestreifte Hemdbluse zum Vorschein, die ihre dürre Figur unterstrich. Dann rannte sie zum Buffet.

Kurze Zeit später hatten sie den gesamten Nudelsalat verschlungen, die zwei Flaschen Wein erledigt und sich vom Koch eine Riesenschüssel Bratkartoffeln bringen lassen. Mit Speck und Zwiebeln. Schmatzend machten sie sich darüber her, als sei es das Köstlichste, was sie jemals gegessen hatten. Als der Kellner mit dem Champagner und einem Eiskübel kam, ließen sie unter Applaus die Flasche öffnen.

Beatrice hob ihr Glas. »Auf den guten alten Rentnersex!«

Sie schlürften geräuschvoll. Ihre guten Manieren brauchten sie nicht mehr. Sie waren wieder unter sich, das Trio fatal. Die Beschwörung der glorreichen Zeiten zu dritt gab ihnen das Gefühl, unverwundbar zu sein. Der ganze Übermut war wieder da, die Unbekümmertheit dreier junger Mädchen, die einst ausgezogen waren, die Welt zu erobern. Und nichts und niemand konnte sie daran hindern, wieder genau das zu tun, was ihnen Spaß machte.

Drüben auf der Tanzfläche waren die Musiker zu simplen Schlagern übergegangen. Zuckende Leiber drehten sich im farbigen Licht. Die drei Freundinnen kümmerte das nicht. Die Party, das waren sie. Die letzten Schranken fielen, die sich in fünfundzwanzig Jahren aufgebaut hatten. Ausgelassen kramten sie in ihren Erinnerungen – durchfeierte Nächte, heiße Flirts, erster Sex. Kaum zu glauben, wie wild sie damals gewesen waren.

»Wisst ihr noch, als wir nachts mit einer Flasche Wodka an den Baggersee gefahren sind? Und nackt gebadet haben?«, fragte Katharina.

»Voll der white trash«, bestätigte Beatrice. »Das war doch mit dem Wagen von Evis Vater, oder?«

»Wir mussten nicht mal Angst um unseren Führerschein haben – weil wir gar keinen hatten!«, kicherte Evi.

Katharina fuchtelte mit den Händen in der Luft herum. »Am nächsten Morgen haben wir die Sitze mit Sagrotan abgerubbelt, um die Spuren zu verwischen ...«

»... und es gab Riesenärger, weil mein Vater die Kondome im Handschuhfach gefunden hat«, stöhnte Evi. »Er hat mir eine volle Woche Hausarrest verpasst!«

»Aber du bist Nacht für Nacht aus dem Fenster gestiegen und hast mit uns dummes Zeug angestellt!« Beatrice fischte einen Eiswürfel aus dem Champagnerkübel und ließ ihn in ihr Glas gleiten. »Die Straps-Modenschau, erinnert ihr euch?«

»Aber wie!«, rief Katharina.

»Ich habe die Sachen noch«, bekannte Evi. »Als Souvenir. Dieses rosa Mieder mit der schwarzen Spitze war der Bringer bei den Jungs. Kam nur leider nie wieder zum Einsatz ...«

»Hört doch! Sie spielen unser Lied!«, rief Beatrice.

Gebannt lauschten sie auf die Stimmen der Weather Girls. Zu dritt fielen sie in den Refrain ein: »It's raining men!«

Es war vier Uhr morgens, als der Kellner die Rechnung für zwei Flaschen Wein und drei Flaschen Champagner brachte. Die anderen Tische waren längst abgeräumt. Nur ein eng umschlungenes Paar tapste noch selbstvergessen über die Tanzfläche, obwohl die Musiker längst gegangen waren. Bevor Beatrice und Katharina ihre Kreditkarten zücken konnten, hatte Evi schon ein paar große Scheine hervorgeholt, die sie dem Kellner reichte.

»Und jetzt?«, fragte Katharina.

»Wir sollten vernünftig sein, lasst uns zu Bett gehen«, schlug Evi vor. »Es ist spät geworden«

»Och nö«, widersprach Katharina. »Ist doch gerade so schön.«

Sie öffnete den obersten Knopf ihrer Hemdbluse. Man sah ihr an, dass sie es genoss, sich endlich mal ein bisschen gehenzulassen. Ein paar Strähnen hatten sich aus ihrem korrekten Dutt gelöst, ihre Augen glänzten unternehmungslustig.

»Ziehen wir erst mal – Billlanz«, sagte Beatrice mit schwerer Zunge.

Sie hatte schneller getrunken als die anderen beiden. Die letzte Flasche Champagner hatte sie fast allein geleert. Etwas stimmt nicht mit ihr, dachte Evi besorgt.

In der Tat, Beatrice wirkte mehr als derangiert. »Klassentreffen sind totaaal daneben«, murmelte sie. »Kann mich nicht erinnern, dass ich jemals so viele schlechte Sprüche an einem einzigen Abend gehört habe. Ein Glück, dass wir uns damals abgeseilt haben. Die Männer hier sind doch alle Rohrkrepierer. Oversexed und underfucked.«

»Jetzt mal ganz unter uns – was läuft wirklich bei euch?«, fragte Katharina aufgekratzt. »In Sachen Sex, meine ich?«

Verträumt beobachtete Evi die perlenden Blasen in ihrem Rest Champagner. Was hatte sie schon zu verlieren? »Also, mein Mann sagt immer: Wenn er mit mir schläft, ist das wie einen Airbus A 380 einweisen.«

Beatrice und Katharina prusteten los vor Lachen. Kreischend trommelten sie mit den Handflächen auf den Tisch. Ein Glas fiel um, und der Champagner ergoss sich auf das Kleid von Beatrice.

Mit einem Schrei sprang sie auf. »Einen ganzen Riesen habe ich für das Ding bezahlt!«

»Beruhige dich, Champagner macht keine Rotweinflecken«, sagte Evi lapidar.

Sie sah sich nach dem Kellner um und deutete auf die leere Champagnerflasche. Sogleich eilte er davon, trotz der späten Uhrzeit. Evi hatte ihm ein so absurd hohes Trinkgeld gegeben, dass er die Gunst der Stunde nutzte.

Katharina kicherte immer noch hemmungslos. »Du bist ganz großes Kino, Evilein. Wie einen Airbus A 380 einweisen, du lieber Himmel, ich könnte mich wegschmeißen!«

»Und ich kann das Kleid wegschmeißen«, schmollte Beatrice.

Katharina klopfte ihr auf den Rücken. »Kopf hoch, Montagmorgen haben die Boutiquen wieder geöffnet, und du kannst deine Kreditkarte quälen.«

Beatrice hörte kaum hin. In ihren Ohren summte es. Sie nahm alles nur noch wie durch einen Schleier wahr. Was als Lockerungsübung begonnen hatte, war mittlerweile ein bisschen aus dem Ruder geraten. Vor allem hatte sie keine Lust mehr auf das Beeindruckungsprogramm, das sie sich auferlegt hatte. Insgeheim bewunderte sie Evi für ihre Offenheit.

Katharina betrachtete sie interessiert. »Wie steht's überhaupt bei dir, Bella Beatrice? Ich meine, in puncto Sex? Dein Mann scheint ja eine Granate zu sein.«

Beatrice ließ sich schwerfällig auf den Stuhl fallen und stützte den Kopf in beide Hände. Ihre Miene verdüsterte sich plötzlich. »Ausgedehnte Liebesspiele in der Sauna.«

»Holla«, sagte Katharina anerkennend.

»Nix holla. Der Mistkerl geht fremd.«

Mit einem Schlag wurde es still. Fassungslos sahen Evi und Katharina auf die fleckige Tischdecke. Das hatten sie nicht erwartet. Ausgerechnet diese perfekte Traumfrau wurde schnöde hintergangen?

»Vor drei Monaten habe ich zum ersten Mal eine Rechnung in seiner Manteltasche gefunden«, erzählte Beatrice mit brüchiger Stimme. »Saunaclub Désirée, neunhundert Euro. So viel kann kein Mann vertrinken. Da ist es handfest zur Sache gegangen, hundertpro.«

»War bestimmt nur ein Ausrutscher«, versuchte Evi zu trösten. »So was kommt vor. Wie lange seid ihr denn schon verheiratet?«

»Fast zwanzig Jahre. Aber ein Ausrutscher war das nicht. Ich habe seine Kreditkartenabrechnung gecheckt.« Beatrice fuhr sich mit zitternden Fingern durch ihr Blondhaar. »Einmal ist eine Tragödie. Zweimal ist ein Mordgrund. Dreimal ist ein Muster.«

»Brill-llante Analyse«, sagte Katharina.

Auch ihr war die Überdosis alkoholischer Getränke mittlerweile anzumerken. Normalerweise trank sie auf Partys nur Wasser, schließlich musste sie auf ihren Ruf achten. Untadelig musste sie sein, in jeder Lebenslage. Nur hier, hier war ungefährliches Terrain.

Sie umklammerte ihr Glas. »Männer sind sowieso nicht für den täääg-lichen Bedarf geeignet.«

»Wie meinst du das denn?«, fragte Evi, die noch einigermaßen geistesgegenwärtig wirkte.

»Ach, die sind einfach – vollll daneben«, murmelte Katharina.

»Auch der, der Dingens, na, dein Minister?«, wollte Beatrice wissen. Sie hatte einen untrüglichen Instinkt. Den Instinkt einer betrogenen Frau.

Katharina starrte in ihr leeres Glas. »Der ist der schlimmste von allen. Soll ich euch mal was verraten?«

Evi und Beatrice sahen sie erwartungsvoll an. Was kam denn jetzt?

»Ein Heuchler ist er, ein mieser Heuchler!«, stieß Katharina hervor. »Lässt sich rauf und runter mit der lieben Familie fotografieren. Hält Sonntagsreden über Treue und den ganzen Krempel. Aber nachts steigt er in mein Bett und rattert, als gäb's kein Morgen. Ich habe das alles so satt.«

Beatrice neigte den Kopf. »Sieh an, der ehrenwerte – *hicks* – Herr Minister.«

»Aber, aber – hast du denn keine Angst, dass euer Verhältnis auffliegt?«, fragte Evi furchtsam.

»Er ist gaaanz vorsichtig«, seufzte Katharina.

»Und hat dir versprochen, dass er dich irgendwann vor den Traualtar führt. Wenn die Kinder größer sind. Und wenn er nicht mehr im Rampenlicht rumtanzt«, sagte Beatrice.

»Woher weißt du das denn?«

»Männer sind Schufte. Da kannst du genauso gut auf den Osterhasen warten«, erwiderte Beatrice.

Der Kellner kam mit der neuen Flasche. Sie ließen sich die Gläser vollgießen und stürzten den Champagner in einem Zug hinunter. Die Luft vibrierte. So nah waren sie einander noch nie gewesen. Selbst damals nicht. Alles konnten sie sich jetzt sagen. Die Stunde der Wahrheit war gekommen.

Evi nahm ihren ganzen Mut zusammen. »Wo wir gerade dabei sind – mein Mann will sich scheiden lassen.«

Beatrice fiel fast vom Stuhl. »Was, was, was?«

»Sei doch froh«, ätzte Katharina.

»Bin ich aber nicht.«

»Erzähl. Wann hat er es dir gesagt?«, fragte Beatrice. Eine Welle zärtlichen Mitgefühls überrollte sie. Evi wirkte trotz ihrer Leibesfülle plötzlich erschreckend zerbrechlich.

»Nee, nee.« Eine Träne rollte über Evis Wange. »Ich habe es ganz zufällig gehört, als er in seinem Arbeitszimmer telefonierte. ›Sie ist so langweilig geworden‹, sagte er. ›Dick und langweilig. Ich regle das auf die coole Art. Sie kriegt das Haus, Ende. Das Geld liegt auf den Cayman-Inseln, davon sieht sie keinen Cent.‹«

Sie schluchzte los. Noch niemandem hatte sie diese niederschmetternde Neuigkeit anvertraut. Wem auch? Die Kinder waren ihr fremd geworden. Eine beste Freundin hatte sie nicht. Und die Damen aus dem Bridgeclub kamen schon gar nicht in Frage. Die waren alle so einschüchternd mit ihrer ewig guten Laune.

»Hat er was laufen?«, erkundigte sich Beatrice. »Andere Frauen, meine ich.«

Evi zuckte mit den Schultern. »Keine Ahnung. Verstehen würde ich's. Seht mich doch an: Welcher Mann steht denn auf eine wie mich?«

Wo sie recht hatte, hatte sie recht. Evi war irgendwie liebenswert, aber verströmte die mütterliche Erotik einer Tupperdose. Und kein Mann war scharf darauf, mit seiner eigenen Mutter zu schlafen.

»Jetzt hör mir mal gut zu«, sagte Beatrice. Sie legte einen Arm um ihre weinende Freundin. »Du bist wunderbar. Na ja, vielleicht nicht gerade das Playmate of the year. Aber ich mag dich. So wie du bist.«

Erstaunt sah Evi auf. »Ehrlich?«, schluchzte sie.

»Aber klar doch«, bekräftigte Katharina. »Du bist der Knaller, immer noch. Und die Nummer mit deinem Herrn Gemahl ist längst noch nicht gelaufen.« Sie dachte kurz nach. »Wisst ihr was? Wir sollten uns bald wiedersehen. Ich glaube, es gibt einiges zu besprechen.«

»Was'n?«, fragte Beatrice.

»Männer«, erwiderte Katharina knapp.

Kapitel 4

Am nächsten Morgen erschien Evi mit einer überdimensionalen Sonnenbrille zum Frühstück. Sie sah aus wie Puck, die Stubenfliege. Ihr Magen tanzte Tango, dennoch schaufelte sie sich am Buffet eine großzügige Portion Rührei mit Speck auf den Teller. Essen hilft immer, sagte sie sich, während sie auch noch ein Stück Camembert dazulegte. Dann sah sie sich suchend nach Beatrice und Katharina um.

Der Frühstücksraum war ein weitläufiger Salon mit weißen Chippendale-Möbeln und hellgrünen Seidentapeten. Es war mittlerweile Viertel nach elf, und die Kellner deckten bereits die Tische für das Mittagessen ein. Von den anderen Gästen war nichts mehr zu sehen. Nur am großen Panoramafenster, das den Blick auf den See freigab, saßen zwei Frauen. Stumm starrten Beatrice und Katharina in den verregneten Morgen. Sie schienen fix und fertig zu sein.

»Ausgeschlafen?«, fragte Evi. Sie rückte einen Stuhl an den Tisch.

»War crazy, der Abend. Ich bin voll auf Trümmerlotte«, ächzte Beatrice. Auch sie hatte eine Sonnenbrille auf der Nase. In ihrem beigefarbenen Kaschmir-Twinset und dem riesigen Seidentuch, das sie um den Hals geschlungen hatte, wirkte sie, als käme sie direkt vom Laufsteg.

Evi dagegen hatte einen schwarzen Faltenrock und einen verwaschenen roten Pullover angezogen. Nicht gerade eine vorteilhafte Kleiderwahl, wie sie selbst bei einem flüchtigen Blick in den Spiegel festgestellt hatte. Aber was war schon vorteilhaft bei ihrer Figur?

»Mein Kopf fühlt sich an, als würde gerade mein Gehirn zersägt«, murmelte Katharina und nestelte nervös an ihrem Dutt herum. Sie trug denselben Nadelstreifenanzug wie am Abend zuvor, diesmal mit einer weißen Bluse.

»Wir haben wohl ein bisschen über die Stränge geschlagen«, sagte Evi und errötete wie ein Backfisch. »Mein lieber Herr Gesangverein.«

Unauffallig besah sie sich Beatrices fast leeren Teller. Wie konnte man bloß mit drei Gurkenscheiben überleben? Auch Katharina schien wieder auf Diät zu sein. Sie hatte gerade mal eine halbe Scheibe Knäckebrot genommen.

»Einen doppelten Espresso macchiato«, rief Beatrice einer vorbeieilenden Kellnerin zu. »Aber strrrong, bitte. Und eine große Flasche Mineralwasser.«

»Und für mich bitte eine heiße Schokolade«, ergänzte Evi.

»Äh, das gestern Abend, das – bleibt aber unter uns?«, fragte Katharina unsicher. »Ich meine, diese ganzen Katastrophen und so.«

Beatrice spießte eine Gurkenscheibe auf. »Die ehrenwerten Mitglieder des Trio fatal sind Geheimnisträger, Stufe Rot. Aber was ist mit dem Plan, Katharina?«

»Welcher Plan?«

»Na, dass wir uns bald wiedertreffen!«, sagte Evi aufgeregt. Ihre Röte steigerte sich zu hektischen Flecken.

»Ach, das.« Katharina nippte an ihrem Orangensaft und warf einen Blick in die Sonntagszeitung, die neben ihrer Teetasse lag. Es schien ihr höchst unangenehm zu sein, dass sie am Abend zuvor so redselig gewesen war. »Nun, man wird sehen.«

»Also wirklich«, empörte sich Beatrice, »jetzt tu mal nicht so, als wäre der gestrige Abend ein One-Night-Stand gewesen. Für mich war's ein Crashkurs in Frauenpower. Wenn ihr mich fragt: Es gibt Beratungsbedarf an der Männerfront.«

»Und wie stellst du dir das vor?«, fragte Katharina. »Wir sind keine Teenager mehr. Wir müssen uns halt arrangieren.«

»Gar nichts müssen wir«, drehte Beatrice auf. »Wir sitzen alle im selben Boot. Und haben schon ziemlich nasse Füße. Wollt ihr warten, bis euch das Wasser bis zum Hals steht? Und dann first class in den Untergang?«

»Ich finde die Idee jedenfalls großartig«, ereiferte sich Evi. »Ich bin so froh, dass wir uns wiedergefunden haben. Was haltet ihr vom nächsten Wochenende? Ich habe sowieso nichts vor.«

Beatrice unterdrückte eine Bemerkung über Evis wunderbaren Mann und die zwei wohlgeratenen Kinder. Für Sarkasmus bestand wahrlich kein Anlass mehr. Sie holte ihr Smartphone aus der Handtasche und klickte den Kalender an.

»Maniküre, Golfturnier, Opernpremiere. Nichts, worauf ich nicht verzichten könnte.« Sie sah zu Katharina. »Aber unsere Hochglanzpolitikerin hat bestimmt lauter oberwichtige Meetings auf der Agenda.«

»So ist es nun auch wieder nicht.« Katharina faltete ihre Zeitung zusammen. »Die Wochenenden sind eigentlich immer das Schlimmste. Systemabsturz, sozusagen.«

»Weil deine Affäre dann bei Mutti sitzt und mit den lieben Kinderchen Mensch-ärgere-dich-ganz-doll spielt?«, fragte Beatrice.

»Genau. Und ich hänge vereinsamt in meinem Appartement rum und donnere irgendwelche sturzlangweiligen Dossiers in meinen Laptop. Ich hasse meine Wochenenden!«

Sie atmete schwer. Endlich fand ihre aufgestaute Wut ein Ventil. Das war immerhin ein Anfang. Aber würde das reichen? Zweifelnd sah sie Beatrice und Evi an. Ausgerechnet eine Boutiquenbeauty und eine treuherzige Hausfrau sollten ihre Coachs in Liebesdingen sein? Doch Katharina spürte plötzlich, dass sich vielleicht doch noch etwas ändern könnte. »Also? Was sagst du?«, fragte Evi erwartungsvoll.

»Na schön, wenn's nach mir geht, steht einem konspirativen Treffen nichts entgegen«, gab Katharina nach. »Sonst verliebe ich mich am Ende noch in meinen Laptop.«

»Bullshit. Demnächst startest du durch«, erklärte Beatrice. »With a little help from your friends. Also? Selbe Location, so um vier?«

»Nächsten Samstag! Um vier im Schlosshotel Seeblick!«, juchzte Evi.

Sie griff zu ihrer Tasse und trank die heiße Schokolade mit dem Vergnügen eines kleinen Mädchens, das gerade unverhofft zu einem Kindergeburtstag eingeladen worden war.

Ein Mann in einem dunkelgrauen Anzug trat an den Tisch. »Entschuldigung, die Damen – Frau Dr. Severin? Um zwei ist die Kindergarteneröffnung. Wir müssten dann mal los.«

Katharina war vollkommen klar, dass sich ihr Fahrer mehr Gedanken um sein Ölmassagen-Date machte als um die Einhaltung ihrer Termine. Dennoch erhob sie sich. Dienst ist Dienst, und Schnaps ist Schnaps, sagte ihre Mutter immer. Zwanzig Kleinkinder und jede Menge Fotografen erwarteten sie. Wenn sie Glück hatte, erschien morgen ein herziges Foto in der Zeitung. Kinder und Tiere, der alte Trick. So was zog immer im Kampf um öffentliche Sympathie.

Im Stehen trank sie ihren Tee aus. Währenddessen beäugten ihre Freundinnen den Fahrer, der in einigem Abstand auf Katharina wartete.

»Ist das dein Neandertaler?«, flüsterte Evi kichernd.

Beatrice lachte los. »Der sein Hirn in der Hose spazieren fährt?«

»Genau der«, erwiderte Katharina. Dann lächelte sie, zum ersten Mal an diesem Morgen. »Macht's gut, Mädels. Ich freu mich auf euch. Ehrlich.«

Es war ein heiterer Sommertag, als sie sich eine Woche später wieder in der Lobby des Schlosshotels Seeblick einfanden. Lachend fielen sie einander in die Arme, als seien sie nie getrennt gewesen. Sie waren in Hochstimmung. Nur Evi hatte das unsinnige Gefühl, etwas Verbotenes zu tun. Warum eigentlich? Was war schon dabei, mit alten Freundinnen ein Wochenende zu verbringen?

Doch da war mehr. Das Klassentreffen hatte sie zu Komplizinnen gemacht. Denn nun gab es ein gemeinsames Feindbild: Männer. Männer, die logen und betrogen, Männer, die Frauen benutzten wie Tempotaschentücher.

Evi war extra beim Friseur gewesen und betrachtete sich verstohlen in einem Kristallspiegel des Hotelfoyers. Doch, mit den frischen Strähnchen war es schon besser. Auch wenn die neue karierte Hose ihren Bauch einschnürte. Natürlich konnte sie sich nicht annähernd mit ihren Freundinnen vergleichen. Katharina führte ein edles graues Kostüm spazieren, Beatrice glänzte in einem Designer-Jogginganzug aus schwarzem Samt mit Goldapplikationen. Doch das machte Evi überhaupt nichts aus, wie sie beglückt feststellte.

»Habt ihr auch so ein Klassenfahrt-Feeling?«, fragte Beatrice. »Fehlt nur noch, dass der olle Meier um die Ecke schnürt und uns zu gutem Betragen ermahnt.«

»Nichts gegen Meier, das geschuppte Monster«, widersprach Katharina. »Ohne ihn hätten wir uns wahrscheinlich nie wiedergesehen.«

»Wir können ihm ja eine Ansichtskarte schreiben«, sagte Evi arglos. »Und uns bedanken.«

Beatrice kniff die Lippen zusammen. »Du träumst wohl, Schatzi.«

Sie hatte die Zimmer gebucht und ging zum Empfang, wo sie eine Weile mit dem Concierge verhandelte. Dann drückte sie dem wartenden Pagen ihre teure Reisetasche in die Hand und kehrte zu ihren Freundinnen zurück. Bestens gelaunt winkte sie mit einer Zimmerkarte.

»Das Best of!«, rief sie. »Die Premiumabteilung!«

»Und warum nur eine Zimmerkarte?«, fragte Katharina.

»Schon vergessen? Wir sind zu dritt.«

»Weil ich die Präsidentensuite ergattert habe«, antwortete Beatrice triumphierend. »Drei Schlafzimmer, drei Bäder, Salon und Bar. Sonst noch Fragen?«

»Eine Suite …«, staunte Evi.

»Damit wir uns nicht wieder aus den Augen verlieren. Und? Was machen wir zuerst? Sauna? Eine Runde schwimmen? Oder ein Welcome Drink?«

»Wellness, bitte«, antwortete Katharina. »Habe ich seit Ewigkeiten nicht mehr gehabt. Einverstanden, Evi? Es soll hier Massagen geben, die besser sind als Sex!«

Evi schwieg unbehaglich. Doch, sie hatte sogar einen Badeanzug dabei, wenn man das unförmige Ding überhaupt so nennen konnte. Aber sie hatte es seit Jahren vermieden, irgendwem den Anblick ihres Körpers zuzumuten, es sei denn, strategisch verhüllt.

»Äh, na ja, bei mir ist wohl eher Wellfleisch als Wellness angesagt«, druckste sie herum.

Sofort war Beatrice bei ihr und legte schützend einen Arm um sie. »Nur, damit das mal klar ist: Wir sind unter uns. Du musst dich nicht verstecken. Mach locker. Oder willst du dich für den Titel der Miss Swimmingpool bewerben?« Evi schüttelte energisch den Kopf. »Na, siehst du. Also, wir checken die Suite, und dann ab ins Spieleparadies für body and soul!«

Beatrice tänzelte voraus, während Evi ihren roten Rollkoffer hinter sich herzog und Katharina eine dicke lederne Aktentasche unter den Arm klemmte. Im Gänsemarsch machten sie sich auf den Weg zum Lift.

Die Präsidentensuite war unglaublich. Eine Orgie in Rosa, voller Sesselchen und Deckchen und Rosensträuße. Die Wände waren mit goldgerahmten Gemälden geschmückt, auf denen sich Liebespaare anglühten. Ein riesiger Obstkorb zierte den Couchtisch. Die Balkontüren waren weit geöffnet. Hinter den zarten Gardinen, die von einem leichten Wind bewegt wurden, schimmerte der See.

Katharina warf sich auf eine rosasamtene Couch und schleuderte ihre Pumps von den Füßen. »Ist ja Hammer! Ein bisschen puffig, aber total gemütlich. Hier gehe ich nie wieder weg!«

»Honey, warte, bis du den Wellnessbereich gesehen hast«, sagte Beatrice. »Ich hab ihn mir auf der Website angeschaut. Die ganze Packung Luxus. Und wisst ihr was? Wir haben's uns verdient!«

»Mein Mann war sogar ein bisschen eifersüchtig, als ich weggefahren bin«, sagte Evi selig, während sie in einen betroddelten Sessel plumpste. »Schon wieder ein ganzes Wochenende allein verreist, so kennt er mich gar nicht.«

Beatrice nahm sich einen Orangensaft von der Bar. »Und das ist erst der Anfang, Darling!«

»Der Anfang wovon?« Evi verstand nicht ganz.

»Mach ihn verrückt. Zeig ihm, dass er einen Diamanten wegschmeißen will. Und wenn du ihn so weit hast, dass er auf allen vieren vor dir kniet, nackt und mit einer Rose zwischen den Zähnen, dann gibst du ihm die Kante.«

»Das bringe ich nicht fertig«, hauchte Evi.

Beatrice grinste. »Und wie du das fertigbringst! Wart's nur ab!«

Eine Viertelstunde später schlurften sie in Frottéschlappen und Hotelbademänteln zum Lift. Die Fahrt ging ins Untergeschoss. Als sich die Lifttür öffnete, riss Evi die Augen auf. So etwas hatte sie noch nie gesehen. Ein riesiger Raum lag vor ihnen, mit Wänden aus grünem Marmor und Säulen, deren Kapitelle vergoldet waren. In der Mitte erstreckte sich ein mit Travertin eingefasster Swimmingpool. Daneben waren kleinere Wasserbecken in den Boden eingelassen, aus denen Dampfschwaden aufstiegen. Das Ganze schien für überirdisch schöne Göttinnen gemacht. Aber ganz bestimmt nicht für Evi.

»Ich, ich … weiß nicht, ich glaube, mir ist nicht so nach Wellness«, flüsterte sie.

»Nur Mut, Evilein«, sagte Beatrice. »Die haben hier schon ganz andere Sachen gesehen.«

Zögernd legte Evi ihren Bademantel ab, hängte ihn an einen messingfarbenen Haken an der Wand und stürzte panisch zum Pool. Ein unförmiger Busen quoll hüpfend aus ihrem schwarzen Badeanzug hervor. Eine Taille war nicht zu erkennen. Die unrasierten Beine wirkten mehr als stämmig. Und die Füße wollte Beatrice lieber gar nicht genauer betrachten. Mit einem klatschenden Geräusch tauchte Evi ins Wasser.

Beatrice sah betreten zu Katharina. »Totalschaden. Meinst du, da ist noch was zu retten?«

»Langsam«, erwiderte Katharina. »Sie hat einfach vergessen, dass sie eine Frau ist.«

Beatrice fand, dass man dasselbe auch von Katharina sagen konnte. Mit ihrer knochigen Figur und ihrem flachen Oberkörper hätte man sie von weitem glatt für einen Jungen halten können. Harte Sehnen und Muskeln spannten sich unter der schneeweißen Haut. Vermutlich machte Katharina täglich Liegestütze und nahm außer Müsliriegeln keine feste Nahrung zu sich. Unterhalb des dunkelblauen Bikinioberteils zeichnete sich jede Rippe einzeln ab.

Ganz anders Beatrice. Sie hatte nach der dritten Operation endlich ihren Traumbusen und sich bei der Gelegenheit auch gleich den Po mit Silikon aufpolstern lassen. Der silberne Bikini bildete einen grellen Kontrast zu ihrer gelblichen Bräune, eine Folge der Self-tan-Duschen, die sie regelmäßig absolvierte.

»Warum kommt ihr nicht rein? Es ist herrlich!«, rief Evi ihnen zu.

Katharina folgte der Aufforderung mit einem gekonnten Kopfsprung, während Beatrice sich vorsichtig ins Wasser gleiten ließ, um ihre sorgsam gefönte Frisur nicht zu zerstören.

Sie paddelten eine Weile herum, dann stiegen sie in einen Whirlpool. Darin war eine Stufe eingelassen, auf der man bequem sitzen konnte. Mit Seufzern des Behagens ließen sie sich vom blubbernden Wasser massieren. Evi lehnte sich zurück und starrte an die Decke, die über und über mit Putten und Blumen bemalt war. Seit Menschengedenken hatte sie sich nicht mehr getraut, ihren Körper zu zeigen.

»Ist es sehr schlimm?«, fragte sie.

»Mittelschlimm«, log Beatrice.

»Lasst uns was trinken«, wechselte Katharina das Thema. Sie spähte umher und entdeckte etwas entfernt ein Mädchen in einem weißen Kittel, das auf einem Liegestuhl hockte. Katharinas fordernder Blick genügte. Sofort legte das Mädchen ihre Zeitschrift beiseite und näherte sich im Laufschritt. »Herzlich willkommen in der Wellnessoase des Schlosshotels Seeblick«, sagte sie atemlos. »Mein Name ist Madeleine. Was kann ich für Sie tun?«

»Wir sollten da weitermachen, wo wir letzten Samstag aufgehört haben«, schlug Katharina vor. »Drei Gläser Champagner bitte.«

Das Mädchen wollte schon gehen, doch Beatrice winkte sie noch einmal heran. »Maniküre, Pediküre, Ganzkörper-Waxing, Meersalzpeeling, Lymphdrainage. Geht das klar, Schätzchen?«

Verständnislos musterte Katharina Beatrices perfekt gepflegte Hände und Füße und ihren glatten, vollkommen haarlosen Körper. »Übertreibst du nicht ein bisschen?«

»Ist doch nicht für mich«, erwiderte Beatrice. »Ist ein Geschenk für Evi.«

»Für – mich?« Evis Augen weiteten sich vor Schreck. »Aber ...«

Beatrice betrachtete ihre eigenen manikürten Fingernägel. »Sweety, reden wir nicht lange drum rum: Da ist einiges schiefgelaufen. Betrachte das hier als Wiederaufbereitungsanlage. Tu's nicht für deinen grottigen Ehemann, tu's für dich.«

Evi schluckte. »Ich bin peinlich, oder?«

»Quatsch.« Beatrice schlug mit der flachen Hand ins

gluckernde Wasser. »Nur ein bisschen – verpeilt. Aber das ändert sich jetzt. Ich bin auch nicht mehr jung, aber ich arbeite daran, wie du siehst. Pump up the volume!« Sie machte einen Schmollmund. »Ich habe mir sogar die Lippen aufspritzen lassen!«

»Ohhh«, entfuhr es Evi. Solche Sachen kannte sie nur aus Frauenmagazinen. Dass sich auch im wahren Leben jemand so etwas traute, flößte ihr mehr als Respekt ein.

Die Angestellte blätterte währenddessen in einem Notizbuch. »Sie haben Glück. Ist nicht voll heute. In einer halben Stunde kann's losgehen. Wenn Sie das Königin-von-Saba-Package nehmen, bekommen Sie noch eine Enzym-Gesichtsmaske dazu.«

»Her damit«, nickte Beatrice. »Machen Sie alles, was für Geld zu haben ist.«

Wortlos ergab Evi sich in ihr Schicksal.

Es war schon fast acht Uhr, als die drei in ihre Suite zurückkehrten. Wohlig erschöpft ließen sie sich auf die Couchen fallen. Ihre Gesichter waren vom Wasserdampf gerötet, ihre Bewegungen träge.

»Essen um halb neun im Restaurant – schafft ihr das?«, fragte Beatrice. »Der Koch soll sensationell sein.«

Katharina gähnte. »Wollen wir uns nicht lieber was aufs Zimmer bestellen? Ich bin viel zu faul, um mich jetzt umzuziehen.«

Auf der Stelle wurde ein Bademanteldinner beschlossen. Beatrice reichte ihren Freundinnen die Speisekarten, die auf dem Couchtisch lagen. Sie waren dick wie Bibeln und mehr als appetitanregend.

»Koberind, yeah«, frohlockte Beatrice. »Das sind diese

japanischen Rindviecher, die rund um die Uhr massiert und mit Musik beschallt werden. Das Fleisch ist so zart wie ein Jungfernhäutchen.«

»Keine frauenfeindlichen Sprüche!«, sagte Katharina streng, was Beatrice demonstrativ überhörte.

Evi streckte ihre Füße von sich und bewunderte ihre frisch lackierten Zehennägel. Auch sie war massiert und mit Musik beschallt worden. Noch dazu gepeelt, enthaart und manikürt. Wie ungewohnt. Und wie herrlich. Warum war sie nie selbst auf die Idee gekommen, sich einmal verwöhnen zu lassen? Immer hatte sie nur ihre Familie verwöhnt. Damit war jetzt Schluss.

Angestrengt studierte sie die Speisekarte. »Soll ich einen Salat nehmen?«, fragte sie. »Wäre doch mehr als angebracht.«

»Abspecken kannst du immer noch«, widersprach Beatrice. »Ich esse jedenfalls das Seeblick-Schlemmermenü. Acht Gänge, acht Weine und zum Schluss die Rohmilchkäseplatte Brandenburg.«

»Ist das nicht ein bisschen viel auf einmal?«, fragte Katharina.

»Nö«, befand Beatrice. »Das sollten wir uns alle antun. Wir haben lange genug gehungert. Ich klingle mal beim Zimmerservice durch, damit sie in der Küche losschnippeln können.«

Ohne eine Antwort abzuwarten, nahm sie den Hörer vom Haustelefon ab und bestellte. Dann ließ sie sich zufrieden aufs Sofa sinken.

»Das achtgängige Schlemmermenü …«, sagte Evi beeindruckt. Ein Strahlen breitete sich auf ihrem runden Gesicht aus. Dann wurde sie ernst. »Eigentlich kann ich mir so was doch nicht leisten. Ich schleppe schon so viel Hüftgold mit mir rum, dass ich bald nur noch Umstandskleider tragen kann.«

Beatrice grinste. »Mach dir keine Gedanken, Sweety, zieh's einfach durch. Später gebe ich dir die Adresse von meinem Doc, der saugt dir alles von den Hüften, was du dir hier anfutterst! Und wenn du brav bist, spritzt er es dir anschließend in die Lippen!«

»Was hast du eigentlich alles schon machen lassen?«, erkundigte sich Katharina neugierig.

»Frag lieber, was ich noch nicht habe machen lassen«, antwortete Beatrice. »Ich würde es eine Generalüberholung nennen.«

Detailliert berichtete sie von den Treatments, die sie hinter sich hatte. Von der Lidstraffung, den Botox-Spritzen, den aufgepolsterten Wangen, den Torturen ihrer Brust-OPs. Jeder Eingriff wurde mit Schreien wonnevollen Entsetzens kommentiert. Deshalb überhörten sie das Klopfen an der Tür. Erst, als es sich zu einem lauten Bummern steigerte, stand Katharina auf und öffnete.

»Einen wunderschönen guten Abend!«

Zunächst sah man nur einen Rollwagen, der mit Geschirr, Besteck, Gläsern und silbernen Hauben beladen war. Dahinter tauchte das Gesicht eines Kellners auf. Mit sicheren Bewegungen bugsierte er sein Gefährt durch den Hindernisparcours der Couchen und Sessel zum Esstisch, der am Fenster stand.

»Bitte sehr, die Damen«, sagte er, während er mit geübten Griffen den Tisch deckte. »Kleiner Gruß aus der Küche. Selleriemousse mit einem Langustino. Dazu servieren wir einen Jahrgangschampagner rosé. Guten Appetit.« Dann zog er sich zurück.

»Das ist ja wie im Märchen!«, flüsterte Evi andächtig.

»Tja, Tischlein-deck-dich gibt's auch im wahren Leben«, sagte Beatrice. »Worauf wartet ihr?«

Sie setzten sich an den Tisch und begannen sogleich, die Selleriemousse aus den winzigen Gläsern zu löffeln. Kaum hatten sie den Gruß aus der Küche verschlungen, als es ein zweites Mal klopfte.

»Ist offen!«, rief Katharina.

Einen Gang nach dem anderen brachte der Kellner herein. Evi las jedes Mal vor, was serviert wurde: Romanescosalat mit Lammfiletstreifen, Trüffelschaumsüppchen, Loup de mer auf Fenchelrisotto, Tagliatelle mit Belugakaviarcreme, Wachtelbrust an geeister Tomatenessenz und Kerbelkonfit, Wodka-Limonen-Sorbet, Kaninchenrücken mit Backpflaumen-Chutney, Variationen von weißer Schokolade auf Himbeerbavaroise.

Zu jedem Gang wurde ein anderer Wein kredenzt, allesamt beste Lagen aus den berühmtesten Weingütern der Welt. Auch die Etiketten las Evi hingebungsvoll vor. Es war ein Fest. Sie lachten und redeten ohne Pause, während die Gläser unaufhörlich neu gefüllt wurden.

»Fehlt nur noch der Nudelsalat«, sagte Evi, als sie die letzte Himbeere von ihrem Dessertteller fischte. »Huch, ich glaube, ich habe einen Schwips!«

Katharina lockerte den Gürtel ihres Bademantels. »So viel habe ich in den letzten zehn Jahren nicht gegessen!«, stöhnte sie.

Dabei hatte sie die letzten drei Gänge kaum angerührt. Und war auffällig oft in ihrem Badezimmer verschwunden.

»Wieso bist du eigentlich so mager?«, platzte Beatrice heraus. »Ich meine, schlank ist was anderes. Du siehst aus wie dein eigenes Röntgenbild. Bist ja nur noch Haut und Knochen.«

Sie sprach aus, was auch Evi dachte. Obwohl sie ihre Freundinnen um ihre tadellose Figur beneidete, hatte Katharinas Statur etwas Abgezehrtes. Als wäre sie gerade von einer schweren Krankheit genesen.

Katharina schob den vollen Dessertteller von sich. »Redet mir bloß nicht ein, dass ich eine – Essstörung habe«, sagte sie.

»Hm.« Beatrice musterte sie aufmerksam. »Jetzt mal Klartext: Du hast das ganze Zeug erbrochen, oder?«

»Ein Infekt«, wiegelte Katharina ab. »Magen-Darm-Virus. Den haben sie momentan alle im Büro.«

»Das kannst du deiner gnädigen Frau Großmutter erzählen«, sagte Beatrice scharf. »Die Märchenstunde ist vorbei. Raus mit der Sprache. Was ist wirklich los?«

Zu ihrer größten Bestürzung füllten sich Katharinas Augen mit Tränen. »Hab eine schwere Zeit hinter mir. Es war …« Sie konnte nicht weitersprechen.

»Um Gottes willen! Was denn?«, fragte Evi angstvoll.

»Ein Kind«, flüsterte Katharina tonlos. »Ein Unfall, trotzdem wollte ich es. Doch er …«

Beatrices Gesicht verhärtete sich. »Was für ein grauenerregender Schuft. Er hat dir die Adresse einer Klinik gegeben, richtig? Mit der Ansage, dass du den kleinen Unfall gefälligst canceln sollst?«

Katharina nickte schwach. Ihre Schultern zuckten. Wie ein Häufchen Elend saß sie da.

Evi konnte sich gar nicht wieder beruhigen. »Wie furchtbar, wie schrecklich«, jammerte sie. »Du Arme. Was musst du durchgemacht haben!«

Katharina nahm ihre Serviette und trocknete sich die Tränen. »Ist echt bitter. Zu Hause hat er drei Kinder, und für mich tickt die Uhr. Vielleicht war das die letzte Chance, noch ein Baby zu haben. Nicht mal angerufen hat er, als ich nach dem Eingriff mit einer fetten Depression in der Klinik rumlag …«

»Scht, scht«, Beatrice streichelte ihr die Wange. »Das geht vorbei.«

In diesem Moment surrte Katharinas Handy. Wie elektrisiert sprang sie auf und holte ihre Handtasche. Während sie noch darin herumwühlte, bemerkte sie Beatrices strafenden Blick.

»'tschuldigung, das ist – er«, sagte sie.

»Stell sofort das Ding aus«, befahl Beatrice. »›Er‹ muss leider, leider auf dich verzichten. Frau Dr. Severin ist nämlich unerreichbar.«

»Meinst du wirklich?«, fragte Katharina zweifelnd.

»Erreichbarkeit ist der erste Fehler im weiblichen Betriebssystem«, erläuterte Beatrice. »Be beasty. Mach dich rar. Sonst wirst du uninteressant.«

»Und was ist der zweite Fehler?«, fragte Evi neugierig.

Beatrice dachte kurz nach. »Verständnis. Für jeden Pups sollen wir die Geduld einer Mutter Theresa aufbringen. Und was ist der Dank?«

»Dass sie uns wie Fußabtreter behandeln«, antwortete Katharina. »Der dritte Fehler ist übrigens, dass wir warten. Darauf, dass sie sich ändern. Die ändern sich nie. Im Gegenteil: Wenn sie erst mal gemerkt haben, dass sie alles mit uns machen können, hauen sie uns mit Kawumm in die Tonne.«

Sie schwiegen, während jede ihren unerfreulichen Gedanken nachhing.

»Wenn ich daran denke, dass er mir sogar das Geld wegnehmen will …«, sagte Evi nach einer Weile mit tränenerstickter Stimme. »Dabei ist es im Grunde mein Geld. Mein Erbe. Keine müde Mark hat er in diese Ehe mitgebracht.«

»Wenn ich daran denke, dass er unsere hart verdiente Kohle irgendwelchen billigen Mädels hinterherschmeißt …«, sagte Beatrice verbittert.

»Und wenn ich daran denke, dass er mich wie seine persönliche Sklavin behandelt, dieser Ausbeuter …«, sagte Katharina.

Beatrice gab dem Tisch einen beherzten Handkantenschlag, so dass die Gläser klirrten. »Was ist überhaupt das Ziel? Wollen wir sie wiederhaben, diese Kerle? Wollen wir um sie kämpfen?«

Evi zog die Nase kraus. »Ja, schon. Allerdings, wenn ich es mir so überlege – wieso eigentlich? Dann fängt das ganze Elend nur wieder von vorn an.«

»Stimmt«, sagte Katharina. »Ich kämpfe nun schon zwei Jahre um ihn. Aber selbst, wenn er sich tatsächlich von seiner Frau trennen würde, ich weiß nicht … Es ist zu viel passiert.«

»Dann gibt es nur eins!« Beatrice richtete sich kerzengerade auf und sah angriffslustig in die Runde. »Rache!«

Verblüfft sahen Evi und Katharina sie an. »Rache?«

»Jawolll!«, bekräftigte Beatrice. »Das weibliche Imperium schlägt zurück. Ich habe mehr als genug vom Betroffenheitsmanagement. Benutzt doch zur Abwechslung mal euer brain. Diese Kerle sind skrupellos und triebgesteuert. Da reicht es nicht, dass wir uns nobel zurückziehen. Da muss was passieren, was sie nie wieder vergessen werden! Was richtig weh tut!«

Evi räusperte sich. »Manchmal, wenn er besonders gemein

zu mir war, habe ich schon darüber nachgedacht, ob ich ihm ein Abführmittel in den Kaffee mogele. So ungefähr?«

»Du bist rührend, Liebes«, lachte Beatrice. »Sorry, aber Rache nach Hausfrauenart ist Kinderkram. Ich meine echte, fiese, grausame Rache. Mit Taktik. Und mit Raffinesse. Den Masterplan. Klar kannst du ihm ein Abführmittel unterjubeln, wenn du emotional auf der Talsohle entlangschrammst. Aber wahre Rache ist ein Gericht, das kalt genossen wird.«

Die Wirkung ihrer Sätze glich der einer Aufputschtablette. Von einer Sekunde zur anderen kippte die melancholische Stimmung. Aufgeregt redeten sie durcheinander.

»Als Erstes ist der feine Herr Minister dran«, beschloss Beatrice. »Der hat's vergurkt, auf der ganzen Linie. Ein Grund, ihn fachgerecht zu zerlegen. Rache ist das Gebot der Stunde. Du wirst ihn rückstandslos entsorgen, klar?«

Katharina atmete tief ein. »Verdient hätte er's. Aber ich hoffe, es gibt eine elegantere Lösung, als ihm eine Kugel durch den Kopf zu jagen.«

»Um Himmels willen!« Evi schlug die Hände vors Gesicht.

»Elegant ist gar kein Ausdruck«, sagte Beatrice. »Na, los doch – jetzt ist Kreativität gefragt!«

Sogleich erwogen sie verschiedene Strategien, wie sie Katharinas Geliebten zu Fall bringen könnten. Allmählich erholte sich Katharina wieder. Die Aussicht, dass sie sich für das erlittene Unrecht revanchieren würde, tat ihr gut. Als der Kellner den Wagen mit einer riesigen Käseplatte hereinrollte, nahm sie sogar todesmutig ein Stück Gruyère mit Feigensenf.

»Den Käse behältst du aber bei dir«, ordnete Beatrice an. »Sonst kette ich mich an dein Klo!«

»Nicht nötig«, sagte Katharina, »mir geht's schon besser. Ich muss einfach wieder lernen, normal zu essen. Seit ich aus der Klinik entlassen wurde, kriegte ich nichts mehr runter. Bin nur noch vor der Toilettenschüssel rumgerutscht und habe mir den Finger in den Hals gesteckt. Aber eine Therapie kommt nicht in Frage. Wenn das die Presse erfährt, kann ich einpacken.«

Evi war bereits beim dritten Stück Käse angelangt und angelte sich ein paar Muskattrauben. »Ist es nicht unglaublich, was die Männer in unserem Leben angerichtet haben?«

»Die benutzen uns als Crashtest-Dummys«, sagte Beatrice grimmig. »Meinem Mann wär's bestimmt egal, wenn er wüsste, was ich weiß. Dass er seinen unappetitlichen Gelüsten freien Lauf lässt.«

»Und wir?«, begehrte Evi auf. »Wir sind brav wie Nonnen. Ich jedenfalls.«

»Ich auch«, pflichtete Beatrice ihr bei. »Schön blöd, oder? Dabei hätte es Gelegenheiten genug gegeben. Schließlich reagieren die Männer auf meine getunten Geschlechtsmerkmale mit dem Sabberreflex.«

Ihr Bademantel hatte sich eine Handbreit geöffnet, und sie betrachtete traurig ihre straffen Brüste. »Die Dinger haben mich ein Vermögen gekostet. Aber so richtig zum Einsatz kamen sie noch nie.«

»Bei mir läuft sowieso nichts nebenher, seit ich rund um die Uhr arbeite und mich von diesem Kerl bespringen lasse«, sagte Katharina. Nachdenklich schob sie den Rest ihres Käsestückchens auf dem Teller hin und her. »Dabei haben wir früher nichts anbrennen lassen.«

Beatrice nahm einen Schluck Wein. »Tja, wir waren halt jung und voll auf Östrogen. Jetzt ist die Chance auf heißen

Sex in etwa so groß wie die Wahrscheinlichkeit, von einem Meteoriten erschlagen zu werden. Mist. Wir segeln unbespielt ins Klimakterium. Wir können nichts mehr erwarten. Keine Hingabe. Keine Ekstase. Für mich ist das Thema durch.«

Sie stand auf und schraubte so lange an der Soundanlage herum, bis sanfte Musik aus den Boxen strömte. Draußen war es längst dunkel geworden. Eine leichte Brise wehte vom See ins Zimmer. Wehmütig starrten sie in die nächtliche Schwärze.

»Also, für mich nicht.«

Es war Evi, die widersprochen hatte. Verwundert sahen Katharina und Beatrice sie an.

»Ich weiß, ich sehe nicht so aus, aber manchmal hätte ich schon Lust«, sagte Evi versonnen. »Auf ein – Abenteuer.«

Katharina lachte hektisch los. »Du bist mal wieder die Schärfste! So wie damals. Jeder dachte, Evi sei die Unschuld vom Lande, aber in Wahrheit warst du der heißeste Feger der Schule.«

»Unser Finanzberater zum Beispiel«, erzählte Evi. »Ich glaub, der steht auf Rubensrundungen. Immer, wenn er uns besucht, zieht er mich mit seinen Blicken aus. Und was soll ich sagen? Mir gefällt's!«

Beatrice betrachtete die Gemälde mit den schmachtenden Liebespaaren. »Soso, der Finanzberater. Wie überaus sexy. Aber wenn du ehrlich bist, würdest du doch bestimmt lieber mit einem verschärften Womanizer in die Kiste steigen. So einer mit Sixpack und Knackpo und ...«

»Vorbei«, wurde sie von Katharina unterbrochen. »Frauen ab vierzig können allenfalls noch bei Silberpappeln punkten. Bei diesen Herren mit den grauen Schläfen, die ihre Ärzte um

Viagra anbetteln, damit die Post abgeht. Die richtig tollen Typen können wir abhaken.«

Eine Weile war nichts zu hören außer der sanften Musik. Eine verführerische Saxophonmelodie durchpflügte den Raum. Das Essen und der Wein hatten die drei Freundinnen ermattet. Dennoch spürten sie eine gewisse Erregung. Was gab es Schöneres, als mit den besten Freundinnen über Sex zu reden?

»Es sei denn …«, sagte Beatrice plötzlich.

Katharina hob den Kopf. »Was?«

»Nun, es sei denn, wir bezahlen dafür.«

Ihre Worte waren ein Schock. Katharina verdrehte entnervt die Augen, während Evi entrüstet ihre Hände hob. Still, sehr still wurde es auf einmal am Tisch.

»Für einen Mann bezahlen«, sagte Katharina nach einer Ewigkeit. »Wie verzweifelt muss man denn dafür sein?«

Beatrice kicherte vergnügt. »So verzweifelt wie wir.«

Sie stand wieder auf und wanderte durchs Zimmer, skeptisch beäugt von ihren Freundinnen.

»Mädels, jetzt mal nicht so klemmig. Wo ist euer spirit geblieben? Wir haben alles ausprobiert, als wir noch das Trio fatal waren. Haben das Kamasutra vorwärts und rückwärts nachgeturnt. Haben akrobatische Stellungen ausprobiert, als gäb's dafür olympisches Gold.«

Dann kehrte sie an den Tisch zurück und goss den Sherry ein, der zum Käse vorgesehen war. Sie erhob ihr Glas. »Evi hat vollkommen recht. Wir sind nicht geschaffen für ein Leben ohne Sex. Oder wollt ihr etwa den Rest eures Lebens nur noch in Erinnerungen schwelgen? Prost!«

Sie tranken. Eine prickelnde Spannung lag in der Luft. So, als hätten sie in Champagner gebadet.

Evi kicherte übermütig. »Wenn ich mir vorstelle, dass heute Nacht so ein Typ hier reinspaziert käme und ...« Sie verstummte hingerissen.

Auch Katharina taute auf. »Um der Wahrheit die Ehre zu geben: Drüber nachgedacht habe ich schon öfter«, bekannte sie. »Ist das nicht der höchste Ausdruck der Emanzipation? Einfach mit den Fingern schnippen und Sex ordern? Entfesselt, anonym, ohne Reue? Her mit den Toyboys!«

»It's raining men!«, trällerte Beatrice.

Das anschließende Gelächter wirkte wie ein Befreiungsschlag. Plötzlich waren sie ausgelassen wie Backfische.

»Lasst euren Phantasien freien Lauf«, rief Beatrice. »Die Nacht ist jung. Wir könnten noch eine ganze Menge anstellen. Was wollt ihr wirklich?«

»Sprühsahne im Bauchnabel!«, rief Evi. »Das hatte ich noch nie!«

Beatrice wackelte mit den Hüften. »Wow! Weiter so! Was ist mit Ölmassagen?«

Katharina verschluckte sich fast an ihrem Sherry. Ihr blasses Gesicht rötete sich. »Ölmassagen?«, wiederholte sie.

Noch vor einer Woche hatte sie das für eine erotische Verirrung in Neandertalerkreisen gehalten. Aber jetzt ...

»Ins Koma soll er uns treiben!«, juchzte Evi.

Nun gab es kein Halten mehr. Katharina holte ihre schwere lederne Tasche und ließ sich aufs Sofa sinken. Sie zog den Laptop heraus, klappte ihn auf und begann, auf der Tastatur herumzutippen. Sofort waren Beatrice und Evi bei ihr.

»Was hast du vor?«, fragte Evi.

»Nur mal gucken«, antwortete Katharina, während sie eine Website anklickte. »Ah, da ist es ja.«

»Was denn?«

»Traumboy.de«, las Katharina vor. »Hier wird SIE verwöhnt. Von gepflegten, lustbetonten Herren. Diskretion ist selbstverständlich, Zufriedenheit wird garantiert.« Sie klickte sich durch eine Fotogalerie.

»Zufriedenheit wird garantiert«, sprach Evi mit belegter Stimme nach.

Beatrice sah Katharina neugierig über die Schulter. »Stopp mal. Der da ist cremig. André. Groß, blond, muskulös. Meint ihr, dass er uns alle drei schafft?«

»Das werden wir nie erfahren«, sagte Evi.

»Es sei denn …«, kreischten alle drei im Chor und brachen in Lachen aus.

Mit heißen Wangen starrten sie auf das Display. Es war ungeheuerlich, was sie vorhatten. Aber nicht unmöglich. Der ganze Frust, der sich in ihnen angesammelt hatte, löste sich in fiebrige Erregung auf. Warum nicht?, war alles, was sie denken konnten. Warum nicht nach all den vergeudeten Jahren?

»Wer ruft ihn an?«, fragte Katharina.

Evi schüttelte erschrocken den Kopf. »Ihr wollt doch nicht wirklich?«

»Ich übernehme das«, erklärte Beatrice. »Ich kann nämlich schon an der Stimme erkennen, ob es ein Mann draufhat. Wenn wir schon so eine abgedrehte Nummer machen, dann mit Mister Testosteron höchstpersönlich!«

Sie holte ihr Handy und wählte, während Katharina und Evi ihr gespannt zusahen.

Beatrice hob den Daumen. »Hallooo André«, raunte sie. »Bist ja ein echter Brüller. – Ja, jetzt sofort. Bist du available? – Hast du ein Auto?«

Sie hörte eine Weile zu und versuchte, ihre Freundinnen zu ignorieren, die Grimassen zogen und anzüglich gestikulierten.

»Schlosshotel Seeblick in Kahnsdorf. Die Präsidentensuite. Und noch etwas: Wir sind zu dritt!« Wieder verging eine Weile. »Natürlich bekommst du das dreifache Honorar. Bargeld? Das sollte kein Problem sein. Beeil dich! Wir sind total auf Turkey!«

»Und?« Evi zitterte am ganzen Körper.

»In einer Stunde schlägt unser Sexspielzeug hier auf«, erklärte Beatrice. Auch sie zitterte vor Aufregung.

»In einer Stunde.« Katharina konnte nur noch flüstern.

»Der Countdown läuft!«

Sie hatten geduscht. Sie hatten ihre Haare gefönt und sich gegenseitig geschminkt, so wie vor ihren Teenagerpartys. Und waren genauso aufgeregt wie damals. Die Wahrheit war: Das Trio fatal hatte inzwischen Angst vor der eigenen Courage. Wie Examenskandidatinnen hockten sie mit feuchten Händen auf dem Sofa und warteten stumm. Immer wieder sah Katharina auf ihre Armbanduhr, während Beatrice und Evi dumpf vor sich hinbrüteten.

»Und wenn ich ihm nicht gefalle?«, fragte Evi in das Schweigen hinein. »Ich meine, dann kann er doch wohl kaum seinen Mann stehen.«

»Keine Sorge«, wurde sie von Beatrice beruhigt. »Erstens ist er ein Profi. Der hat bestimmt seine Standardphantasien, die ihn antörnen. Zweitens bist du eine tolle Frau. Jetzt vergiss mal diese ganzen Selbstzweifel. Du hast ein hübsches Gesicht, befindest dich beautytechnisch im Bestzustand und hast – Lust drauf! Herrje, die paar Pfunde spielen doch keine Rolle. Ich sage immer: Hauptsache, das Mittelstück passt zusammen!«

Evi kicherte erleichtert.

»Und wenn er mich erkennt?«, gab Katharina zu bedenken. »Er könnte mich hinterher erpressen. Schreckliche Vorstellung.«

Beatrice warf einen Blick auf Katharina. Sie trug ihr langes Haar offen. In weichen Wellen fiel es über ihre Schultern. Mit dem Lidstrich und den kirschrot geschminkten Lippen sah sie aus wie ein Model. Nichts erinnerte mehr an die asexuelle Politikerin mit dem strengen Dutt.

»Ach was. So erkennt dich kein Mensch!«, beteuerte sie.

Evi spielte nervös mit dem Gürtel ihres Bademantels. »Und wer ist als Erste dran?«

»Du!«, erwiderte Katharina ohne Zögern. »Das ist nur fair. Schließlich hast du die ganze Sache ins Rollen gebracht. Lust auf ein Abenteuer und so.«

Eine leise Panik kroch in Evi hoch. Sich wilde Phantasien auszumalen war etwas ganz anderes, als sie in die Tat umzusetzen. Und wenn sie vergessen hatte, wie es ging? Oder war Sex wie Fahrradfahren – einmal gelernt, und man kann's für immer? Leider hatte sie keine blasse Ahnung. Dann fiel ihr ein, dass sie komplett enthaart war. Wirklich komplett. Sie errötete.

»Okay, Evi kostet ihn vor«, sagte Beatrice. Sie sah auf die Uhr. »Hoffentlich hat er keine Autopanne.«

In diesem Augenblick klopfte es. Wie vom Donner gerührt fuhren die drei zusammen.

Beatrice gab Evi einen freundschaftlichen Stups. »Viel Spaß! Und lass was für uns übrig!«

Auf nackten Füßen tapste Evi zur Tür. Sie spürte ihre Beine nicht mehr. In ihrem Kopf dröhnte es. Mit schweißnassen Fingern drückte sie die Klinke herunter.

Kapitel 5

»Hi, Mädels!«

Was war das denn? Alle drei erstarrten. Schon ein flüchtiger Blick genügte, um festzustellen, dass dieses Exemplar nicht das war, was sie bestellt hatten. Vor ihnen stand nicht der blonde, gebräunte, muskulöse Typ aus der Bademeisterabteilung, sondern ein eher feingliedriger junger Mann mit schulterlangen dunklen Haaren.

»Äh, könnte es sich um eine Verwechslung handeln?«, fragte Evi.

»Ich heiße Robert«, erwiderte der junge Mann sichtlich befangen. »Ich bin für André eingesprungen.« Scheu musterte er seine Klientinnen. »Aber Sie werden es nicht bereuen. Ganz bestimmt nicht.«

Beatrice verschränkte die Arme. »Moment mal, so einfach geht das nicht. Du bist doch voll die Mogelpackung. Wofür gibt es Fotos auf der Website? What you see is what you get – und wir wollten André!«

Unschlüssig stand der junge Mann da. Er lächelte schief. »Geben Sie einem hoffnungsvollen Talent eine Chance. Bei Nichtgefallen Geld zurück.«

Das klingt durchaus überzeugend, dachte Evi. Sie gab sich einen Ruck.

»Ich finde ihn niedlich«, sagte sie zu ihren Freundinnen und wandte sich dann wieder Robert zu. »Leg doch erst mal die Jacke ab. Möchtest du ein Glas Wein?«

»Danach vielleicht«, grinste Robert. »Von mir aus kann's gleich losgehen.«

Er gab Evi rechts und links Küsschen auf die Wange.

Schon diese leichte Berührung ließ Evi erbeben. Ein angenehmer Schauer überlief sie. Sie hätte es nicht zu sagen gewagt, aber ein wenig hatte sie sich gefürchtet vor dem muskulösen Kraftprotz auf der Website. Dieser eher schüchterne junge Mann jedoch flößte ihr überhaupt keine Angst ein. Er weckte sogar mütterliche Gefühle in ihr. Na ja, nicht nur. Unauffällig musterte sie ihn. Seine sanften braunen Augen. Seine schmalen Hände.

»Einverstanden«, sagte sie tapfer. »Mein Schlafzimmer ist da drüben.«

Sie nahm Roberts Hand und führte ihn aus dem Salon. Sobald sich die Tür hinter den beiden geschlossen hatte, lachte Beatrice los.

»Herrje, ein Spargel-Tarzan! Ob der sein Geld wert ist?«

Katharina wickelte aufgeregt eine Haarsträhne um ihre Finger. »Wenn er sogar Evi beglücken kann, ist er ein knallharter Profi. Wenn nicht, schmeißen wir ihn in hohem Bogen wieder raus.«

Aus Evis Schlafzimmer hörte man einen tiefen Seufzer. Dann das dezente Quietschen des Betts.

»O nee«, japste Beatrice. »Ich stell mal die Musik lauter!«

Sie sprang auf und machte sich an der Anlage zu schaffen, bis der Geräuschpegel der Musik alles andere übertönte.

Evi schlug die Augen auf und streckte sich. Draußen war es längst hell, die Sonne stand schon hoch am Himmel. Hatte sie es geträumt? Oder war sie wirklich in einen Taumel der Seligkeit gestürzt gestern Nacht? Das tiefe Wohlbehagen, das ihr Körper signalisierte, sprach für sich. Dann kamen die

Bilder. Robert, wie er hingebungsvoll vor ihr kniete. Wie er sie streichelte. Wie er ihre Fingerspitzen küsste. Wie er …

Sie lächelte unwillkürlich. O Fortuna, dachte sie, du bist wirklich schräg drauf. Hast mich jahrelang durch die Wüste wandern lassen und mich dann zielsicher zur Oase geführt. Wie zartfühlend dieser Robert gewesen war. Wie sensibel. Und im richtigen Moment so leidenschaftlich, dass sie alles vergessen hatte – ihre einsamen Nächte im verwaisten Ehebett, ihre auseinandergegangene Figur, ihre mühsam erlernte Zurückhaltung. Das alles war in einem wahren Rausch hinweggefegt worden.

Sie umarmte das Kopfkissen. »Robert«, flüsterte sie. »Süßer Robert.«

Sie war wieder eine Frau. Eine richtige Frau. Eine, die begehrt wurde. Die sich fallenlassen durfte, während ein junger Gott sie glücklich machte.

Dann fiel ihr ein, dass sie nicht die Einzige gewesen war in der vergangenen Nacht. Sie spürte einen Stich in der Herzgegend. Er hatte es für Geld gemacht. Und doch hatte es sich echt angefühlt. Wie es wohl den anderen beiden ergangen war?

Ein leichter Schwindel erfasste sie, als sie aufstand. Schlaftrunken griff sie zum Bademantel, der noch auf dem Boden lag, dort, wo sie ihn am Abend zuvor achtlos hingeworfen hatte. Sie wickelte sich fest darin ein. Dann trat sie ans Fenster. Es war ein herrlicher Tag. Vollkommen glatt lag der See da und spiegelte die Sonnenstrahlen wider.

»Hallo, Welt, ich bin wieder da«, flüsterte sie.

Der Wecker auf dem Nachttisch zeigte halb zwei. Du liebe Güte, so lange hatte sie seit Ewigkeiten nicht mehr geschlafen! Unbändiger Hunger ließ ihren Magen knurren. Sie öffnete die Schlafzimmertür und trat in den Salon. Alles war noch ruhig. Von Beatrice und Katharina war nichts zu sehen.

Mit gedämpfter Stimme bestellte Evi beim Zimmerservice Frühstück. Sie wollte alles. Heiße Schokolade, Rühreier mit Speck, Wurst und Käse. Graved Lachs und geräucherte Forelle. Pfannkuchen mit Obstsalat. Marmelade? Ja, auch Marmelade. Und Croissants, Brezeln, Brötchen! Ab jetzt wollte sie nur noch alles.

Nachdem man ihr versichert hatte, dass man das Frühstück binnen fünfzehn Minuten anliefern werde, setzte sie sich in einen Sessel. Ihr Herz klopfte. Danke, Robert, dachte sie lächelnd.

»Du bist schon auf?« Katharina kam in den Salon geschlendert, ebenfalls im Bademantel. Auch sie lächelte.

»Ich habe Frühstück bestellt«, wisperte Evi. »Willst du auch was?«

Katharina schüttelte den Kopf und nahm sich eine Flasche Mineralwasser aus der Minibar. Ohne nach einem Glas zu suchen, setzte sie die Flasche an und trank sie in einem Zug aus.

»Nun sag doch schon«, flüsterte Evi. »Wie war's?«

Gedankenverloren hockte sich Katharina auf den Teppichboden und umschlang ihre Knie. Ihre Züge wurden weich.

»Ich wusste gar nicht, dass so etwas möglich ist. So viel Gefühl. So viel Zärtlichkeit.« Sie schluckte. »Ich glaube, dass wir irrsinniges Glück hatten, meinst du nicht auch?«

»Es war himmlisch«, brach es aus Evi heraus. »Und ich will mehr davon!«

»Kannst du haben«, erwiderte eine heisere Stimme.

Mit dem aufrechten Gang einer Königin kam Beatrice ins Zimmer stolziert. Sie dehnte sich wie ein Kätzchen und ließ sich dann auf die Couch fallen. »Dieser Robert ist eine Offenbarung!«

Katharina legte den Kopf schräg. »Ich fühle mich wie ein Oldtimer, der jahrelang nur rumgestanden hat und jetzt wieder eine Rallye gefahren ist. Mit vollem Tempo ins erotische Nirwana!«

»Oldtimer? Hört sich an, als gäb's einen neuen Pfleger im Altersheim«, protestierte Beatrice. »Das war doch keine Seniorennummer. Ich hatte durchaus den Eindruck, dass der gute Junge auf seine Kosten gekommen ist.«

»Ich auch«, riefen Katharina und Evi gleichzeitig.

Verzückt glucksten sie vor sich hin. Sie hatten es getan. Sie hatten einen Bungeesprung in ein neues, aufregendes Leben gewagt. Und es fühlte sich so gut an!

Sobald der Zimmerkellner das Frühstück brachte, ließen sie sich gemeinsam am Tisch nieder. Evis Bestellung hätte auch für fünf gereicht. Nachdem Beatrice Espresso geordert hatte und Katharina einen Earl Grey, waren sie wunschlos glücklich. Sie aßen mit dem Hunger von Seefahrern, die soeben einen neuen Kontinent entdeckt hatten.

»So. Der first step liegt hinter uns«, sagte Beatrice, während sie die Salzkrümel von einer Brezel knabberte. »Eine sehr – befriedigende Form der Rache, nicht wahr? Jetzt kommt step two!«

»Wir brauchen ein Konzept«, überlegte Katharina. »Am besten beginnen wir mit einer strategischen Analyse der Schwächen.« Sie setzte ein geschäftiges Gesicht auf. »Evi – was ist die Achillesferse deines Gatten? Wo triffst du ihn am empfindlichsten?«

Evi trank mit geschlossenen Augen ihre heiße Schokolade. »Geld«, sagte sie dann. »Geld bedeutet ihm alles.«

»Und genau das will der bad boy dir wegnehmen, richtig?«, fragte Beatrice. »War da nicht was mit Geheimkonten auf den Cayman-Inseln?«

»Stimmt. Davon hat er jedenfalls gesprochen, als ich ihn belauscht habe.« Evi atmete tief durch.

»Na, bei mir ist der Fall sonnenklar: Mein Goldstück hat ein ekliges Doppelleben«, erklärte Beatrice. »Das ist seine Sollbruchstelle. Als CEO einer Bank kann er sich das nämlich überhaupt nicht leisten. Wenn das ruchbar wird, ist er ein No-Go. Und dass ich das Geld in Sicherheit bringe, versteht sich ja wohl von selbst.«

Katharina stellte ihre Teetasse ab. »Wir müssen alles schriftlich festhalten. Wir erstellen ein Dossier!«

Sie stand auf und nahm sich einen Notizblock vom Beistelltisch. Dann holte sie einen vergoldeten Stift und ihre randlose Brille aus der Handtasche. Schon nach zehn Minuten hatten sie einen ersten Schlachtplan entworfen.

Katharina rückte ihre Brille gerade und las mit gewichtiger Stimme vor: »Evi Forever muss erst mal herausbekommen, wie viel Geld wo gebunkert ist. Als Informationsquelle tippe ich auf den Finanzberater. Der steht doch auf dich. Geh mit ihm essen. Zieh dir was Hübsches an.«

»Mit XL-Dekolleté«, warf Beatrice ein. »Zeig, was du hast!«

»Wirklich?« Evi verzog das Gesicht. »Ich bin nicht gerade eine Mata Hari oder so was.«

»Dann wirst du es eben jetzt«, feuerte Beatrice sie an. »Setz deine beste Waffe ein: deine Weiblichkeit!«

Nicht im Traum wäre Evi früher auf die Idee gekommen, dass sie über so etwas wie weibliche Waffen verfügte. Doch die Nacht mit Robert hatte vieles verändert.

»Ich probier's«, versprach sie.

Mit ihrem Stift setzte Katharina einen akkuraten Haken neben Evis Namen. »Jetzt zu dir, Bella Beatrice. Du hast die Saunaquittung hoffentlich aufgehoben?«

Beatrice nickte.

»Dann solltest du weitere zweckdienliche Beweise sammeln.«

»Wie jetzt – Beweise?« Irritiert sah Beatrice in die Runde. »Ich kann ja wohl schwerlich in so einen Sexclub einreiten und Schnappschüsse fürs Familienalbum anfertigen.«

»Blendende Idee«, grinste Katharina. »Genau so machst du es.«

»Die lassen sie doch erst gar nicht rein in so einen komischen Dingsclub«, sagte Evi stirnrunzelnd.

Beatrice starrte unverwandt auf die Wurstplatte. Plötzlich fing sie an zu kichern. »Ich hab's!«, rief sie aus. »Ich heuere in so einem Dingsbums an!«

»Das tust du nicht!«, kreischte Evi.

»Na ja, ich bin nicht gerade das Filetstück von der Frischfleischtheke, aber ich denke mal, in solchen Etablissements brauchen sie Frauen für jeden Geschmack. Und nach der letzten Nacht traue ich mir so einiges zu!«

Mit einer energischen Bewegung setzte Katharina auch einen Haken hinter den Namen von Beatrice. Dann legte sie den Stift beiseite. »Bei meiner Dumpfbacke geht es um die Karriere. Ich werde von jetzt an Spuren auslegen. Ein paar Andeutungen gegenüber Parteikollegen. Dass ich mir Sorgen mache um den Herrn Minister. Außerdem speichere ich ab jetzt seine SMS und seine Mails. Die Anbringung einer Kamera über dem Bett dürfte ein Kinderspiel sein.«

Beatrice klatschte in die Hände. »Und im richtigen Moment lässt du die Bombe platzen!«

»Außerdem wäre da noch die Sache mit seinem Doktortitel.«

»Was denn?«, fragte Evi.

»Gekauft, an so einer komischen amerikanischen Uni, die in Wirklichkeit nur aus einem Briefkasten besteht«, erklärte Katharina. »Der Sieg ist unser!«

»Für immer«, sagte Evi.

»Für ewig«, beteuerte Beatrice.

»Für uns«, lachte Katharina.

»Mannomann, ich fühle mich großartig«, sagte Beatrice, während sie ihre Hände hinter dem Kopf verschränkte. »Sagt mal, hat Robert mit euch auch …«

»Was?«, fragte Katharina.

»Na, die Petersburger Schlittenfahrt …?«

Evi dachte nach. »Ist das diese Stellung, bei der …« Sie zögerte.

»Du meinst a tergo oral?«, fragte Katharina so sachlich, als ginge es um die Bedienungsanleitung eines DVD-Players.

»Es hat mich fast zerrissen«, schwärmte Beatrice. »Der Junge hat Sachen drauf, also, man könnte süchtig danach werden!«

Evi schloss genießerisch die Augen. »Aber vor allem hat er ganz, ganz viel Gefühl …«

»Fast zu viel für einen Profi«, warf Beatrice ein. »Satisfaction guaranteed, das ist das eine. Aber wenn ich es richtig sehe, hat er nicht nur unser Lustzentrum gehackt, sondern auch die emotional area.«

Sie seufzten unisono.

»Wie viel Prozent gebt ihr ihm?«, fragte Beatrice.

Evi erschauerte. »Eine Million?«

»Wie auch immer, er ist ein Meister seines Fachs«, befand

Katharina. »Ich wusste gar nicht, dass ich so viele erogene Zonen habe.«

»Du *bist* eine erogene Zone«, verbesserte Beatrice. »Es muss halt einer ran, der deine Hormone Limbo tanzen lässt. Die Frage ist, ob wir einen Rabatt bekommen, wenn wir ihn öfter ordern.«

Sie lachten los. Natürlich war es nicht das letzte Mal gewesen, dass sie Robert empfangen hatten. Natürlich würde er ab jetzt ihr Beglücker vom Dienst sein. Diese Aussicht versetzte sie in eine euphorische Stimmung.

Es war fünf Uhr nachmittags, als sie duschten und sich für die Heimreise fertig machten. Dann standen sie mit ihrem Gepäck im Salon. Keine von ihnen hatte Lust, in den ungeliebten Alltag zurückzukehren.

»Wann treffen wir uns wieder?«, fragte Evi.

»Also, ich hätte nichts gegen kommenden Samstag einzuwenden«, antwortete Katharina. »Aber auf die Dauer kann ich mir den Luxusschuppen hier nicht leisten.«

»Dann kommt doch zu mir!«, schlug Evi vor. »Mein Mann und die Kinder sind am Wochenende sowieso unterwegs. Ich könnte uns was Schönes kochen!«

»Sweety, das wäre allerliebst!«, sagte Beatrice. »Simse uns die Adresse, und wir sind zur Stelle! Wie heißt du jetzt überhaupt?«

»Wuttke«, erwiderte Evi.

»Aber du hast nichts mit der Wuttke KG zu tun, oder?«

»Leider doch«, sagte Evi. »Der Gatte, den ich hatte, ist Werner Wuttke, der Bauunternehmer.«

»Huuuuh.« Beatrice verzog mitleidig den Mund. »Na, jetzt verstehe ich so einiges.«

Katharina strich sich über die Haare, die wieder zu einem

strengen Dutt zusammengezurrt waren. »Nicht vergessen – ab jetzt handeln wir ergebnisorientiert. Wir haben keine Zeit zu verlieren. Alles Weitere besprechen wir am kommenden Wochenende!«

»Ich freue mich so«, lächelte Evi.

»Na, und wir erst«, bekräftigte Beatrice.

Als Evi ihren roten Kleinwagen in die Garage fuhr, sah sie, dass der schwarze Porsche ihres Mannes darin stand. Das war ziemlich ungewöhnlich. Werner Wuttke verbrachte den Sonntag meist auf dem Golfplatz und ging anschließend mit seinen Kumpels essen.

Sie erstarrte vor Schreck. Wollte er sie kontrollieren? Und, schlimmer noch: Würde er ihr ansehen, was geschehen war? Ja klar würde er es sehen. Sie fühlte sich, als hätte ihr jemand auf die Stirn tätowiert: ICH HABE ES GETAN! MIT EINEM CALLBOY!

Plötzlich zerfloss sie in Schuldgefühlen. Was hatte sie bloß angerichtet? Werner würde sie zur Rede stellen und ihr eine fürchterliche Szene machen. Innerlich zerbröselte sie bereits. Ganz klein machte sie sich, als sie mit ihrem roten Rollkoffer das Haus betrat. Sie hatte es immer geliebt, dieses Haus, ihre Traumvilla mit den englischen Stilmöbeln und den dicken Teppichen. Heute erschien es ihr wie ein Gefängnis. Ein Zuhause war es längst nicht mehr.

Sie spähte vorsichtig den Flur entlang. Von ihrem Gemahl war keine Spur zu sehen. Sie wollte jetzt nur noch in die Badewanne und im heißen Wasser an Robert denken. An den süßen, den unvergleichlichen Robert. Lautlos schlich sie die Treppe zum ersten Stock hoch.

»Eva-Maria! Da bist du ja endlich!«

Sie zuckte zusammen. Wenn ihr Mann überhaupt daheim war, verschanzte er sich für gewöhnlich in seinem Arbeitszimmer. Doch jetzt stand er breitbeinig oben auf dem Treppenabsatz, das Gesicht knallrot von der Sonne. Werner war Anfang fünfzig, beleibt und färbte sich die Haare. Sein blaugelb gestreiftes Polohemd zeigte Schweißflecken unter den Achseln.

Evis Knie verwandelten sich in Pudding. »Oh, hallo«, hauchte sie. »Hattest du einen schönen Tag?«

»Dasselbe wollte ich dich gerade fragen«, knurrte er. »Bist ja neuerdings nur noch unterwegs. Wo ist der verdammte Kuchen? Sonst gibt es doch sonntags immer einen. Funktioniert hier denn gar nichts mehr?«

»Ich backe dir gleich lecker Apfelkuchen, wenn du willst, Schnuffelbär«, beschwichtigte Evi ihren Mann.

Sie wollte sich schnell an ihm vorbeidrücken, doch er hielt sie am Handgelenk fest. »Ist dir jedenfalls gut bekommen, dein Wochenende mit den Freundinnen. Was habt ihr eigentlich so gemacht?«

Etwas Lauerndes lag in der Frage. Evi wurde rot. Wir haben im Whirlpool geplanscht, acht Gänge vernichtet und uns sündhaft teuren Gourmetsex geleistet, wäre die korrekte Antwort gewesen.

»Och, nichts Besonderes«, log sie. »Nur ein bisschen Wellness. War langweilig, aber ganz nett.«

Werner betrachtete seine Frau aufmerksam. Evi sah irgendwie anders aus. Ihre Augen leuchteten, ihre Bewegungen waren geschmeidiger als sonst, ein eigenartiger Glanz lag auf ihrem Gesicht.

»Die Kinder sind nicht da«, sagte er. Ein lüsterner Zug umspielte seinen Mund. »Was hältst du von einer kleinen Siesta? So wie früher?«

77

Vollkommen perplex stand Evi da. Wie lange war es her, dass er mit ihr schlafen wollte? Und wie lange hatte sie sich genau danach gesehnt? Doch die Vorstellung, dass er sie berührte, nach allem, was Robert mit ihr angestellt hatte, löste spontanen Brechreiz in ihr aus.

Seine Stimme nahm einen fordernden Klang an. »Na los doch, Evimaus, wie in alten Tagen!«

Offenbar nahm er zur Kenntnis, dass Evi erwacht war aus dem Dämmerschlaf ihrer brachliegenden Sinnlichkeit. Und dass sie dadurch ganz schön sexy wirkte. Panik stieg in ihr hoch. Nicht auszudenken, wenn Werner die Segnungen des Ganzkörper-Waxing entdeckte.

»Nee, neeee«, erwiderte sie gedehnt, während sie ihr Handgelenk befreite. »Ich muss dringend – äh, bügeln. Und den Rasen sprengen. Und den – den Müll rausbringen.«

Dummerweise war sie eine Niete, was überzeugende Ausreden betraf.

»Das hat doch Zeit«, widersprach er. Seine Stimme klang rau. »Komm schon, stell endlich deinen Koffer ab, und dann lassen wir es krachen ...«

Werners Ausdrucksweise war nie besonders zartfühlend gewesen. Und wenn das so weiterging, würden sie tatsächlich im Bett landen. Offene Verweigerung hätte schließlich verdächtig ausgesehen. Evi war am Ende mit ihrem Latein. Schon beugte er sich über sie und versuchte sie zu küssen. Sein Atem roch nach abgestandenem Bier.

Es war das Schrillen des Telefons, das Evi erlöste. Behände sprang sie die Treppenstufen hinunter und lief in die Küche, als seien alle sieben Teufel hinter ihr her. Sie riss den Hörer von der Telefonanlage. Es war ihr Vater.

»Ja, es geht mir gut«, sagte sie hastig. »Nein, Werner ist

da. Kommt doch zum Abendessen vorbei. Ja, natürlich passt das. Warum denn nicht? In einer halben Stunde? Ich mache uns ein schönes Gulasch!«

Sie legte auf und sank erleichtert auf den nächstbesten Küchenstuhl. Das war der perfekte Lustkiller. Wenn Werner hörte, dass ihre Eltern kommen würden, nahm er Reißaus, so viel war sicher. Evis Vater verachtete Werner, sein neureiches Gehabe, sein dröhnendes Gelächter, seine notorische Angeberei. Und Werner hasste ihn dafür.

»Evilein?«, riss Werner sie aus ihren Gedanken. Er war ihr in die Küche gefolgt. Wie ein läufiger Hund, dachte Evi. Fehlt nur noch, dass er mit dem Schwanz wedelt.

»Also?«, fragte er. »Wie steht's nun mit einem gepflegten Schäferstündchen?«

Eigentlich passte Werners unvermuteter Annäherungsversuch bestens in den Racheplan, überlegte Evi. Mach ihn verrückt, hatte Beatrice gesagt. Zeig ihm, dass er einen Diamanten wegschmeißen will. Und wenn du ihn so weit hast, dass er auf allen vieren vor dir kniet, nackt und mit einer Rose zwischen den Zähnen, dann gibst du ihm die Kante.

Jetzt hieß es, klug zu handeln. Hinhalten und langsam kommen lassen. Die Sache hinauszögern. Bis er vor Begehren implodierte. Evi stand auf und legte die Arme um ihren Mann. Sein Schweißgeruch war ein Frontalangriff auf ihr Geruchszentrum, seine sonnenverbrannte Haut glänzte wie zerlassene Butter auf einer Grilltomate. Egal. Sei eine Mata Hari, ermahnte sie sich. Kämpfe mit den Waffen einer Frau!

»Du, ich hätte irre Lust drauf«, gurrte sie. »Wir könnten auch mal – was Neues ausprobieren.«

»Was – Neues? An was hattest du denn gedacht?«, fragte er heiser.

Sie presste sich an ihn und stellte ungläubig fest, dass seine Erregung spürbare Formen angenommen hatte. Da war ja noch Leben in den Trümmern seines Körpers!

»An was ganz, gaaanz – Besonderes«, flüsterte sie.

Werner war nicht gerade ein phantasievoller Liebhaber. Am Anfang hatte er sich noch Mühe gegeben. Nun ja, jedenfalls im Rahmen seiner begrenzten Möglichkeiten. Doch schon nach einem Jahr Ehe hatte sich sein Vorspiel auf das Ausknipsen der Nachttischlampe beschränkt. Das Nachspiel bestand seitdem aus seinem zufriedenen Grunzen, das übergangslos in lautstarkes Schnarchen mündete. Evi erschauerte, als ihr die Petersburger Schlittenfahrt einfiel. Werner war völlig ahnungslos. Und dabei würde sie es belassen.

»Lass dich überraschen«, raunte sie. »Leider müssen wir das ein klitzekleines bisschen verschieben. Meine Eltern kommen in einer halben Stunde.«

»Deine Eltern?« Er kniff enttäuscht die Augen zusammen. »Wer ist denn auf die blöde Idee gekommen?«

Evi gab ihm einen Kuss auf die Wange und hatte sofort den Wunsch, ausgiebig zu duschen.

»Auch das haben wir früher öfter gemacht«, verteidigte sie sich. »Weißt du noch? Meine Eltern sind jeden Sonntagabend zum Essen bei uns gewesen. Ich dachte, man könnte diese schöne Tradition wieder aufleben lassen. Deshalb habe ich sie eingeladen.«

»Eingeladen? Bist du komplett übergeschnappt?« Unbändige Wut verzerrte Werners Gesicht.

Und Evi? Evi genoss es. Normalerweise wäre sie jetzt im Boden versunken. Doch insgeheim triumphierte sie. Sie hatte Macht über ihn. Sie konnte ihn manipulieren. Am liebsten wäre sie in der Küche herumgetanzt, so befreiend war diese

Entdeckung. Sie spielte ein Spiel, das wunderbare, perfide Spiel der Rache.

Während eine Schimpfkanonade über sie erging, holte sie seelenruhig einen Topf aus dem Schrank, füllte ihn mit Wasser und stellte ihn auf den Herd. Sie hörte gar nicht hin. Sie kannte sein Repertoire an Kraftausdrücken ja zur Genüge. Die perlten an ihr ab wie Wasser auf frisch eingecremter Haut. Schweigend griff sie zu den Zwiebeln und machte sich daran, sie zu schälen.

»... jedenfalls werde ich nicht zusehen, wie dein eingebildeter Herr Vater an meinem Tisch sitzt und seine verdammten Weisheiten ablässt!«, brüllte Werner.

»Immerhin verdanken wir ihm unseren Wohlstand!«, rutschte es ihr heraus.

Das war ein Fehler, ein furchtbarer Fehler. Evi wusste es, bevor er auch nur ein Wort darauf erwidern konnte. Er durfte nicht mal ahnen, dass sie rebellische Gedanken hegte. Sie musste ihn doch in Sicherheit wiegen!

»Was hast du da gerade gesagt?«, fragte er in drohendem Ton.

War jetzt alles aus? Würde er seine Sachen packen? Und sie mittellos zurücklassen, bevor sie irgendetwas dagegen unternehmen konnte?

Ein gütiges Schicksal kam ihr zu Hilfe. Ihre Augen tränten heftig vom Zwiebelschneiden, und es war das erste Mal, dass sie sich darüber aus tiefstem Herzen freute.

»Es tut mir so leid«, schluchzte sie los, während sie sich den Zwiebelsaft in die Augen rieb, um den Effekt zu steigern. Es brannte wie Hölle. »Ich bin so undankbar. Du hast die ganzen Jahre für uns geschuftet, das weiß ich doch.«

Tränenüberströmt drehte sie sich zu ihrem Mann um.

»Verzeih mir«, schniefte sie. »Es war so – dumm von mir!« Sie tätschelte seine Schulter. »Ich mache alles wieder gut, ja? Und mein Vater ist einfach nur ein bisschen zu streng. Es zerreißt mir das Herz, wenn ihr streitet. Er mag dich, ehrlich. Er kann es nur nicht richtig zeigen.«

Das war schon die zweite dreiste Lüge an diesem Abend. In Kombination mit dem Tränenausbruch verfehlte sie nicht ihre Wirkung.

»Nun hör schon auf mit der Heulerei«, sagte Werner begütigend. »Aber es bleibt dabei – ich verzieh mich. Warte nicht auf mich, kann später werden.«

»Es tut mir so – so l-leid«, wiederholte Evi stammelnd, während sie sich zu ihren ungeahnten schauspielerischen Fähigkeiten beglückwünschte. War echt oscarverdächtig, ihre Performance. Schade, dass ihre Freundinnen sie nicht sehen konnten.

»Du bist mir auch wirklich nicht böse?«, fragte sie schluchzend. »Das würde ich nicht ertragen. Du bist doch alles, was ich habe. Du bist der Vater unserer Kinder. Du bist … einfach mein Schnuffelbär!«

Weinend klammerte sie sich an ihn, als sei er der rettende Anker in einem Meer der Verzweiflung.

»Dass ihr Weiber immer gleich übertreiben müsst«, schnaubte Werner unangenehm berührt. Nun war er es, der Schuldgefühle hatte, stellte Evi befriedigt fest.

»Ich schwöre, dass ich meine Eltern nie wieder gegen deinen Willen einladen werde«, wimmerte sie. »Ich will nur, dass du glücklich bist. Ich tue alles für dich. Alles, was du willst!«

Verdutzt sah er sie an. So viel Unterordnung war er nun auch wieder nicht gewohnt. Doch Evis bedingungslose Kapitulation stimmte ihn milde.

»Wir sollten mal wieder was zusammen unternehmen«, lenkte er ein. »Nur wir beide. Und dann erzählst du mir, was du Neues ausprobieren möchtest, ja, Evilein, Kleines?«

Evi atmete innerlich auf. Wenn Werner sie »Kleines« nannte, bedeutete das Entwarnung.

»Es wird toll, das verspreche ich dir«, murmelte sie.

Dann verschwand Werner endlich. Evi riss ein Stück Küchenkrepp von der Rolle und wischte sich damit die brennenden Augen. Sie hatte gewonnen. Von jetzt an würde sie die Oberhand behalten, während der gute Werner sich der Illusion hingab, er hätte ein devotes kleines Haustier namens »Evilein, Kleines«.

Ihre Laune stieg von Sekunde zu Sekunde. Sie summte leise vor sich hin, während sie die Zwiebeln anbriet und einen Beutel mit Gulasch aus der Tiefkühltruhe nahm. Sie hatte genug vom emotionalen Gefrierbrand ihrer Ehe. Vom Küchenfenster aus sah sie, wie der Porsche röhrend wegfuhr.

Eines Tages werde ich die Türschlösser austauschen, nahm sie sich vor. Und seinen Porsche werde ich ihm auch wegnehmen. Die Zeiten der Duldungsstarre sind vorbei.

»Du wirst alles verlieren«, flüsterte sie. »Dein Geld, dein Haus, deine Frau, deine Kinder, dein Auto. Und zwar in dieser Reihenfolge.«

Es war kaum zu fassen, wie stark sie sich fühlte. Das hatte sie dem Trio fatal zu verdanken. Zu gern hätte sie jetzt Beatrice und Katharina angerufen. Doch die Zeit drängte. Sie hatte nur noch eine Viertelstunde, bis ihre Eltern eintreffen würden. In Windeseile schälte sie Kartoffeln und ließ sie in den Topf gleiten. Ein sanftes Ziehen an ihrer intimsten Stelle erinnerte sie daran, dass ein neues, aufregendes Leben auf sie wartete.

»Kind, du siehst phantastisch aus!«, rief Evis Mutter, als sie die kleine Freitreppe zur Villa hochstieg. »Hast du dir endlich mal etwas gegönnt?«

»Könnte man so sagen«, erwiderte Evi und ließ die Umarmung ihrer Mutter über sich ergehen.

Seit Evis Heirat war das Verhältnis zu ihren Eltern ungefähr so entspannt wie ein Tormann vorm Elfmeter. Das Ehepaar Diepholt konnte seiner Tochter einfach nicht verzeihen, dass sie sich an einen »Nouveau Riche verschleudert« hatte, wie sie es mit feinem Snobismus formulierten.

Evis Vater schwenkte eine Champagnerflasche. »Die Blumengeschäfte haben sonntags bekanntlich geschlossen«, erklärte er. »Und was verschafft uns die ungewohnte Ehre dieser Einladung?«

»Ich will doch hoffen, dass dein Missgriff nicht anwesend ist?«, erkundigte sich ihre Mutter.

»Keine Sorge, heute ist hier wernerfreie Zone«, antwortete Evi. »Schnuffelbär hat Ausgang.«

»Oh, bitte verschone mich mit diesen albernen Kosenamen. Schnuffelbär, das ist einfach nur peinlich!«

Ihre Mutter war das, was man eine Dame nannte. Ein teures, beigefarbenes Designerkostüm umschloss ihre schlanke Gestalt, üppige Perlenketten klimperten an ihrem Hals. Das Haar schimmerte bläulich und war in abgezirkelten Wellen frisiert. Auch Evis Vater war überirdisch elegant gekleidet. Trotz der Wärme des Sommerabends trug er einen dunkelblauen Dreiteiler und eine Fliege zum blütenweißen Hemd.

Bei Evi hatte es gerade mal zu einem Zufallsgriff in den Schrank gereicht, der ihr ein rot-weiß gestreiftes Sommerkleid beschert hatte. Es besaß den Charme eines Zirkuszelts und war so eng, dass sie mit dem Reißverschluss auf halbem

Wege steckengeblieben war. Aber was war nicht zu eng in ihrem Kleiderschrank?

»Kommt doch erst mal rein«, forderte sie ihre Eltern auf.

Herr und Frau Diepholt hatten das Haus schon mehrere Monate nicht mehr betreten. Neugierig sahen sie sich um.

»Du hast endlich die Wände streichen lassen!«, rief Lucrezia Diepholt aus. »Wie überaus entzückend, dieses Hellblau! Und das Gemälde da hinten – ist das später Holbein oder früher Rembrandt?«

»Mittlerer No-Name«, erwiderte Evi matt. »Hat Werner billig geschossen, auf einer Auktion.«

Wie kam ihre Mutter nur auf Rembrandt? Solche Kostbarkeiten kamen bei Werner nicht in Frage. Er war der klassische Schnäppchenjäger. Stumm gingen sie zu dem Bild, das sich bei näherem Hinsehen als ziemlich scheußliche Männerphantasie in Öl entpuppte. Es zeigte eine nackte, korpulente Frau, die auf einem Bett aus Rosen herumlümmelte.

»Etwas zu gewagt für einen Haushalt, in dem Kinder aufwachsen«, sagte Lucrezia Diepholt nach einer Weile.

Evi zuckte die Schultern. »Ich würde sagen: Etwas zu langweilig für Jungs, die sich an jeder Ecke Pornos aufs Handy laden können.«

»Evi!«, tadelte ihre Mutter.

Lucrezia Diepholt war äußerst prüde. Wenn sie erfahren hätte, dass Evi die halbe Nacht in den Armen eines käuflichen Lovers verbracht hatte, sie wäre auf der Stelle tot umgefallen.

Auch Bernhard Diepholt begutachtete nun das Bild. »Und ich dachte schon, es wäre eine Porträt von Evi«, sagte er. »Hast ziemlich zugelegt, meine Liebe. Wenn du nicht aufpasst, wird man dich demnächst mit deiner Putzfrau verwechseln.«

»Kummerspeck«, entgegnete Lucrezia Diepholt. »Und wie soll sie denn Sinn für Stil entwickeln, wenn sie mit dem Inbegriff des schlechten Geschmacks verheiratet ist? Wo sind überhaupt die Kinder?«

»Bei ihren Freunden«, antwortete Evi.

»Ich sag immer: Eine anständige Frau hat kein Übergewicht«, grummelte Bernhard Diepholt.

Er strich sich ungehalten durch das eisgraue Haar. Ohne weitere Aufforderung verschwand er im Esszimmer. Evi und ihre Mutter schlugen den Weg zur Küche ein. Das Gulasch simmerte vor sich hin, die Kartoffeln waren so gut wie gar.

»Vater ist ein wenig undiplomatisch«, entschuldigte sich Lucrezia Diepholt. »Aber abnehmen könntest du wirklich, mein Engel.«

»Ich nehme seit zwanzig Jahren ab«, sagte Evi. »Und seit zwanzig Jahren nehme ich wieder zu.«

Lucrezia Diepholt war alles andere als amüsiert. Sie betrachtete die Fotos von Evis Söhnen, die an den Kühlschrank gepinnt waren.

»Zwei Schwangerschaften sind keine Ausrede für mangelnde Selbstdisziplin«, befand sie. »Du solltest einen Diäturlaub buchen. Mit professioneller Ernährungsberatung und gezieltem Bewegungstraining. Vater und ich haben ein entzückendes Hotel entdeckt, das wäre auch was für dich. Mit Wellnesszone, Personal Trainer und Sternekoch. Wir haben dort das Wochenende verbracht.«

»Ach ja?« Evi goss konzentriert die Kartoffeln ab.

»Es heißt Schlosshotel Seeblick«, ergänzte ihre Mutter. »In Kahnsdorf.«

Krachend fiel der Topfdeckel in die Spüle. Die Kartoffeln kullerten hinterher.

»Ich verstehe nicht, warum du keine Zugehfrau hast, die für dich kocht«, sagte Lucrezia Diepholt. »Steht dir gar nicht, dieses Hausfrauengetue. Das Hotel ist übrigens reizend und liegt ganz verwunschen an einem kleinen See. Wir hatten dort gestern einen wunderbaren Abend.«

Evi wurde kalt. Dann wurde ihr heiß. Mit zitternden Fingern klaubte sie die Kartoffeln aus der Spüle.

Lucrezia Diepholt rollte mit den Augen. »Stell dir vor, es gab einen echten Skandal. Wir kamen um Mitternacht aus der Bar, wo wir uns noch einen Digestif genehmigt hatten. An der Rezeption stand ein Individuum, das sichtlich nicht zu den soignierten Gästen gehörte. Ein Hallodri, das habe ich auf den ersten Blick gesehen.«

»Ein, ein Hallo-hallodri«, stotterte Evi. »Allerhand.«

»Ein Gigolo! Er wollte partout in die Präsidentensuite. Unglaublich! Der Concierge verweigerte ihm den Zutritt, doch er setzte sich durch, der Schlingel. Gleich drei Damen würden in der Suite auf ihn warten, behauptete er. Es war beim Frühstück das einzige Gesprächsthema. Wie moralisch derangiert muss man denn sein, dass man sich als Frau …«

Evi schwindelte es bei der Vorstellung, dass sie möglicherweise Wand an Wand mit ihren Eltern gelegen hatte, als Robert sie ins Paradies katapultierte. »Essen ist fertig«, stöhnte sie.

Der Abend entpuppte sich als eine quälende Abfolge von selbstgefälligen Anekdoten ihres Vaters und feinen Sticheleien ihrer Mutter. Evi schenkte großzügig vom besten Rotwein ein. Irgendetwas sagte ihr, dass Werner früher als sonst zurückkehren würde. Dann wollte sie auf keinen Fall allein mit ihm sein.

Ihr Gespür trog sie nicht. Als sie das Dessert servierte, stand mit einem Mal Werner im Esszimmer.

»'n Aaabend, die Herrschaften«, lallte er.

Sein Blick war glasig, das rostbraun gefärbte Haar hing ihm unordentlich in die Stirn und das Hemd aus der Hose. Er hatte ziemlich geladen, das sah man sofort.

»Wie schön, dass du da bist«, flötete Evi. »Setz dich doch, Liebling. Ich hole neuen Wein!«

Sie lief in die Küche und entkorkte eine weitere Flasche. Dann musterte sie nachdenklich den Schrank, in dem sie die Medikamente aufbewahrte. Ganz oben auf der Hitliste ihrer erfolglosen Abnehmversuche stand der exzessive Gebrauch von Abführmitteln. Evi besaß sie in jeder erdenklichen Form: Tabletten, Pulver, Tropfen, Dragees. Der ganze Schrank war voll davon.

Schrammte sie auf der emotionalen Talsohle entlang? Ja, genauso war es. Bedauerlicherweise würde sie gewisse Kollateralschäden in Kauf nehmen müssen. Ihre Eltern würden nicht verschont bleiben, wenn sie jetzt tat, was eine Eingebung ihr nahelegte. Aber der Abend war derart unerfreulich verlaufen, dass sich ihr Mitleid in Grenzen hielt.

»Eviiii, wo bleibst du denn?«, tönte Werners ungehaltene Stimme aus dem Esszimmer.

»Komme gleich!«

Gab es irgendjemanden da drinnen, der es gut mit ihr meinte? Interessierte sich einer der drei wirklich für sie? Sah auch nur einer mehr in ihr als das sturzblöde Pummelchen?

Entschlossen öffnete sie den Schrank. Dann nahm sie ein Fläschchen heraus und träufelte die wasserhelle Flüssigkeit in den Wein. Leise zählte sie mit: »Ein Tröpfchen für Mama, ein Tröpfchen für Papa, ein Tröpfchen für Werner, noch ein Tröpfchen für Mama …«

Die Dosis hätte für einen ganzen Reisebus verdauungs-gestörter Rentner gereicht. Beschwingt kehrte Evi mit der Flasche ins Esszimmer zurück. Sie würde ab jetzt nur noch Wasser trinken. Und Werner würde heute Nacht wenig Lust verspüren, etwas »Neues« auszuprobieren.

Kapitel 6

Evi warf einen letzten Blick in den Spiegel. Mata Hari war eine Klosterschwester gegen sie. Das neue schwarze Cocktailkleid bauschte sich figurfreundlich um ihre Hüften, dafür war der Stoff am Dekolleté umso spärlicher ausgefallen. Wie übergroße Marzipankugeln ruhten ihre Brüste auf den Schalen eines funkelnagelneuen Push-up-BHs. So sahen sie aus, die Waffen einer Frau. Ihre wahre Waffe aber war ihr Grips. Nur sah man den zum Glück nicht auf den ersten Blick.

Dr. Mergenthaler war mehr als erfreut gewesen über ihren Anruf. Sie hatte etwas von »Beratungsbedarf« genuschelt und ihre Bewunderung für seine herausragende Kompetenz sowie seinen umwerfenden Charme zum Ausdruck gebracht. So etwas erlebte ein Finanzberater nicht alle Tage. Sofort hatte er einem Treffen im Restaurant »Délice français« zugestimmt, das von gleich zwei Sternen geziert wurde.

»Eviiii«, ächzte es aus dem Schlafzimmer.

Werner lag seit zwei Tagen im Bett. Er verließ es nur, um das Badezimmer aufzusuchen. Es war absolut erstaunlich, wie viel Flüssigkeiten in ihm auf Entleerung gewartet hatten. Auch Evis Eltern waren krank. Und Evi wurde nicht müde, von dem bösen, bösen Magen-Darm-Virus zu sprechen, der in der Stadt grassierte.

Sie warf einen Mantel über ihr gewagtes Kleid und ging ins Schlafzimmer. Werner sah zum Fürchten aus. Sein Gesicht wirkte fahl, seine rötlich verfärbten Haare hingen ihm verfilzt in die Stirn. Er trug einen uralten, fleckigen Jogginganzug. Ein jämmerlicher Anblick. Aber war das etwas Neues?

»Schatzi, ich gehe zum Bridge«, verkündete sie.

»Heute ist Dienstag. Dein Bridgeabend ist am Donnerstag«, bellte er. »Den Mantel kannst du gleich wieder ausziehen. Dein Platz ist hier, im Haus. Wenn du Gesellschaft brauchst, stell den Fernseher an.«

»Wir trainieren eine Extrarunde für das Bridgeturnier in zwei Wochen«, erklärte Evi vollkommen ruhig. Sie war vorbereitet. Von nun an würde sie immer vorbereitet sein, sie, die Musterschülerin von einst.

»Es ist eine gesellschaftliche Pflicht, der ich nachkommen muss«, bekräftigte sie. »Ruh dich aus, mein armer, armer Liebling. Und trink den Tee, den ich dir gekocht habe.«

»Verdammt, ich will keinen Tee! Ich habe schon Kopfschmerzen von deinem blöden Tee!«

»Dann trink eben die leckere Fleischbrühe, Liebling. Sie steht auf dem Nachttisch.«

Es hatte Evi einige Überwindung gekostet, die segensreichen Tropfen nicht weiterhin in Werners Getränke zu träufeln. Aber sobald er sich einigermaßen erholt hatte, würde sie die Behandlung selbstverständlich fortsetzen. Leise schloss sie die Tür. Ihr Gesicht glühte. Ihr Herz klopfte. Dann nahm sie den Porscheschlüssel von der Kommode im Flur und huschte davon.

Es war das erste Mal, dass sie Werners Auto fuhr. Der Porsche war ein Brenner. Sie spürte das harte Leder unter ihren Schenkeln. Das Röhren des Motors ließ ihren ganzen Körper vibrieren. Wieder etwas, was sich unverschämt gut anfühlte in ihrem neuen Leben.

Natürlich hatte sie von Beatrice und Katharina zweckdienliche Hinweise für den bevorstehenden Abend eingeholt. An der nächsten Ampel drehte sie am Rückspiegel und holte den neuen Lippenstift heraus. Die hellrote Farbe gab ihrem runden Gesicht etwas Verwegenes. Doch plötzlich wurde ihr mulmig. Würde ihr Plan aufgehen? Da half nur eins. Sie klickte Beatrices Nummer in ihrem Handy an.

»Häftling Evi hat den Eheknast soeben verlassen«, rief sie. »Ich bin so aufgeregt wie vor einem Debütantinnenball.«

»Und Werner?«, fragte Beatrice.

»Hat seine lästige Angewohnheit zu atmen leider noch nicht aufgegeben«, antwortete Evi. »Aber er leidet, immerhin.«

»Daran kann er sich gleich schon mal gewöhnen.«

»Er hat Kopfschmerzen.«

»Vermutlich wächst ihm gerade eine zweite Gehirnzelle. Hast du das rattenscharfe kleine Schwarze an? Mit freier Sicht auf die Alpen?«

»Aber klar. Und Highheels.«

»Sehr gut«, lobte Beatrice. »Flirte ihn in Grund und Boden, deinen netten kleinen Finanzberater!«

»Wenn das man gutgeht. Der Typ ist staubtrocken.«

»Und steht auf dich«, entgegnete Beatrice. »Mission possible. Sei das unbedarfte Weibchen, das er in dir sieht. Die naive, kleine Ehefrau, die nicht bis drei zählen kann. Und dann pul alles aus ihm raus, was du wissen musst!«

Evi nickte eifrig, obwohl Beatrice das nicht sehen konnte. Dann legte sie auf und gab Gas. Nichts konnte sie jetzt mehr stoppen. Sie hatte das Gefühl, sich neuerdings auf der Überholspur zu befinden.

Als Evi das Restaurant betrat, lief sie ausgerechnet einer Bekannten aus dem Bridgeclub in die Arme. Alexandra Kellermann war eine Dame der Gesellschaft. Eine von der schmallippigen Sorte, die ihr ereignisloses Leben mit einem Hang zu

Klatsch kompensierte. Verflixt. Mit solchen Komplikationen hatte Evi nicht gerechnet. Verlegen knetete sie ihre Handtasche, während die Bridgeschwester sie von oben bis unten musterte.

»Was machen Sie denn hier?«, fragte Alexandra Kellermann misstrauisch.

»Äh – wonach sieht's denn aus?«, fragte Evi zurück.

Die Dame betrachtete die neue Evi, ein hocherotisches Vollweib, das sie noch gar nicht kannte. »Als ob jemand versucht, ein Ungleichgewicht im Universum zu korrigieren.«

Evi lächelte zuckersüß. »Voll ins kleine Schwarze getroffen. Sehen wir uns Donnerstag?«

»Ja, schon. Aber …«

Doch Evi setzte schon zur Flucht nach vorn an. Mit offenem Mund sah Alexandra Kellermann ihr hinterher.

Mitten im Restaurant, an einem mit Blumen beladenen Tisch, wartete bereits Dr. Mergenthaler. Er erhob sich ruckartig, als Evi auf ihn zusegelte wie ein schwarzer Kugelblitz. »Gnädige Frau, welch eine außerordentliche Freude!«

»Die Freude ist ganz auf meiner Seite«, erwiderte Evi und setzte sich auf den Stuhl, den er ihr umständlich zurechtrückte.

Dr. Mergenthaler war Anfang sechzig, spindeldürr und kämmte sich drei graue Strähnen vom rechten Ohr zum linken. Sein mageres Gesicht verschwand fast hinter einer wuchtigen Hornbrille. Fassungslos saugte sich sein Blick an Evis Dekolleté fest.

Er räusperte sich. »Sie haben sich sehr verändert«, krächzte er.

»Nur wer sich ändert, bleibt sich treu«, sagte Evi. »Was halten Sie von einem Glas Champagner?«

Langsam strich sie sich mit einem Daumen über die Lippen, so wie es Beatrice empfohlen hatte, die erstaunliche Kenntnisse in diesen Dingen besaß.

Dr. Mergenthaler hüstelte nervös. »Nun ja, warum nicht?« »Ich lade Sie selbstverständlich ein«, fügte Evi hinzu.

Sie hatte sich ein dickes Bündel Bargeld aus dem Tresor genommen, in dem Werner seine schwarze Kasse aufbewahrte. An den Schlüssel zu kommen war eine Kleinigkeit gewesen, seit er sich im Bett aufhielt.

»Oh, bitte, beschämen Sie mich nicht. Es ist mir eine Ehre, Sie zu verwöhnen«, protestierte Dr. Mergenthaler. Er winkte einen Kellner heran.

»Danke, Herr Doktor«, sagte Evi artig. »Ein Gentleman weiß eben, was sich gehört.«

Sie strich sich lasziv das Haar zurück, auch eine Geste aus Beatrices Trickkiste. Dr. Mergenthaler schnappte nach Luft wie ein Fisch am Angelhaken. Evi hatte sich nicht getäuscht. Der Mann war vollkommen hingerissen von ihr. Und er gab sich auch keine Mühe, seine Begeisterung zu verbergen. Die Begeisterung für eine Frau, die er vollkommen unterschätzte, wie Evi mit geheimem Vergnügen feststellte.

»Den Doktor lassen wir heute Abend mal weg«, raunte er vertraulich. »Ich heiße Hubert. Nehmen wir das Menü?«

»Ich wüsste nicht, was es dagegen einzuwenden gäbe«, lächelte Evi. »Weder gegen den Hubert noch gegen das Menü.«

Es würde ein unvergesslicher Abend werden: der Beginn ihrer finanziellen Unabhängigkeit! Jedenfalls, wenn alles gutging. Werner war fürs Erste schachmatt. Und genau das passte bestens in Evis Plan.

Als der Kellner den Champagner serviert hatte, hob sie ihr Glas. »Auf den letzten Gentleman der nördlichen Hemisphäre.

Ich bin so un-end-lich erleichtert, dass Sie sich Zeit für mich genommen haben, Hubert.«

»Ist etwas nicht in Ordnung?«, fragte Dr. Mergenthaler alarmiert.

Evi senkte ihre Lider. »Als Frau steht man sehr schnell allein in einer erkalteten Welt.« Sie bedeckte mit einer Hand ihre Augen. »Mein Mann kränkelt.«

»Hm. In der Tat. Wir hatten gestern einen Termin, den er abgesagt hat. Was ist mit ihm?«

Scheinbar gedankenverloren spielte Evi mit ihrer Perlenkette, die genau dort endete, wo sich eine anmutige Falte zwischen ihren üppigen Brüsten bildete. »Ich will ganz offen zu Ihnen sein: Es sieht schlecht aus. Die Ärzte sind sehr besorgt. Werner will das natürlich nicht wahrhaben, Sie kennen ihn ja. Aber er hat nicht mehr die Kraft, seine Geschäfte zu ordnen. Und ich ertrage den Gedanken nicht, dass ich als Witwe ...«

Ihre Stimme erstarb, so wie der gute Werner in ihren abgrundigsten Phantasien.

Mit einer schnellen Bewegung langte Dr. Mergenthaler über den Tisch und griff nach ihrer Hand. »Ich – ich wusste gar nicht, dass Ihr Gatte sich in einem derart desolaten Zustand befindet.«

»Wie auch? Er hält es geheim. Ein Werner Wuttke wird nicht krank. Das wäre geschäftsschädigend. Doch seine Werte sprechen für sich.«

»Seine Werte«, wiederholte Dr. Mergenthaler bestürzt.

Evi atmete schwer. »Die Ärzte geben ihm noch ein, zwei Monate.«

»Ich hatte ja keine Ahnung«, flüsterte er. »Was für ein Drama. Aber Sie sind nicht allein. Wir regeln das.«

Sofort heiterte sich Evis Miene auf. »Das würden Sie für mich tun? Wirklich?« Zart drückte sie seine Hand.

Er nickte so heftig, dass sich eine seiner festgekämmten Strähnen löste und ihm ins Gesicht fiel. Er schien es nicht einmal zu bemerken.

»Ich zähle auf Sie«, wisperte Evi. »Sie sind meine einzige Hoffnung! Bei Ihnen fühle ich mich so – geborgen.«

Dr. Mergenthaler zog seine Hand zurück und begann, mit seiner Serviette zu spielen. Er entfaltete sie, legte sie auf den Schoß und drehte sie zu einer Wurst. Dann schüttelte er sie aus und faltete sie wieder zusammen. Evi beobachtete ihn zufrieden. Der Mann war komplett durch den Wind. Verwirrt betrachtete er das Amuse-Gueule, das der Kellner vor ihn hinstellte.

»Das kommt alles etwas plötzlich«, sagte er tonlos.

»Auch für mich, Hubert, auch für mich«, beteuerte Evi, während sie die gebackene Auster in Polentateig zwischen ihren hellrot geschminkten Lippen verschwinden ließ.

Das Ding schmeckte wie Chicken McNuggets mit Fischaroma. Lecker. Wie sie das alles genoss! Das gedämpfte Licht, die dicken Teppiche, das Geschwader der Kellner, die lautlos umherschwirrten. Und ihr erstes Date nach mehr als zwanzig Jahren Ehe. Oder war Robert auch ein Date gewesen? Ach, Robert. Eine warme Welle überlief sie.

»Werner Wuttke – todkrank.« Geistesabwesend stopfte sich Dr. Mergenthaler die Serviette nun in seinen Hemdkragen, wie ein kleines Kind.

»Ja, das ist die traurige Wahrheit«, schniefte Evi.

»Verfügen Sie über mich«, sagte er heiser.

Evi seufzte. »Nichts könnte mich glücklicher machen.« Sie zögerte einen Moment. Dann ging sie aufs Ganze. »Wissen Sie eigentlich, Hubert, wie glücklich *Sie* mich machen könnten?«

»W-was?«

Evi spielte mit ihrem linken Ohrläppchen. Das war zur Abwechslung mal eine Taktik aus ihrer eigenen Trickkiste. »Verzeihung. Ich trage mein Herz auf der Zunge. Aber ich befinde mich in einer Grenzsituation, verstehen Sie?«

Der Kellner räumte diskret die Teller ab. Dr. Mergenthaler hatte seine Auster nicht angerührt. Fasziniert starrte er auf Evis fleischiges rosa Ohrläppchen. Sein Gesicht bebte vor Verlangen.

»Sie haben es immer gespürt, richtig?«

»Was denn?«, fragte Evi so unschuldig, wie sie konnte.

»Dass ich Sie für eine äußerst bemerkenswerte Frau halte.«

»Oh, Hubert …«

»Und dass ich Sie verehre.« Er nahm seine Brille ab und blinzelte in das Kerzenlicht.

»Hubert, ich …«

»Sagen Sie nichts.« Er putzte die Brille mit einem Zipfel seiner Serviette, dann setzte er sie wieder auf. »Sie sind unglaublich.«

»Ich danke Ihnen«, flüsterte Evi. »Ich danke Ihnen so sehr. Für alles. Auch dafür, dass Sie diese leidigen finanziellen Angelegenheiten für mich – regeln.«

»Es gibt nichts, was ich lieber täte«, versicherte Dr. Mergenthaler. »Betrachten Sie mich als Ihren ergebenen Diener.«

Evi hob ihr Glas. »Auf die Zukunft«, raunte sie. »Auf unsere Zukunft.«

»Auf – unsere Zukunft …« Verzückt sah er sie an. Dann nippte er vorsichtig.

Der Kellner brachte zwei Teller mit Carpaccio und hobelte weiße Trüffeln darüber. Wortlos sahen sie ihm zu.

Dr. Mergenthaler zückte einen Taschenrechner, während Evi sich über das Carpaccio hermachte. Leise murmelte er vor sich hin. Es war unübersehbar, dass Zahlen eine ähnlich erotische Wirkung auf ihn ausübten wie Evis großzügig zur Schau gestellte Reize. Während er vor sich hin rechnete, leckte er sich die Lippen.

»Gedenken Sie, die Aktien zu veräußern?«, fragte er.

»Das überlasse ich ganz Ihrem Geschick«, antwortete Evi kauend. »Sie haben mein volles Vertrauen. Aber – Bargeld lacht, oder?«

Er nickte zufrieden. »Sehr gut. Wir könnten es in Gold anlegen. In der Schweiz. Und die Immobilien? Die Hotels, die Wohnanlagen, die Grundstücke? Das neue Freizeitzentrum auf Mallorca?«

Evi erstarrte. Sie hatte keine Vorstellung davon gehabt, in welchen Dimensionen sich Werners Geschäfte bewegten. Er hatte sie immer kurzgehalten, ihr sogar das Haushaltsgeld abgezählt. Um jedes neue Kleid hatte sie betteln müssen. Jeder Friseurbesuch war Anlass wüstester Auseinandersetzungen gewesen. Und die beiden Wochenenden im Schlosshotel Seeblick hatte sie sich wie eine Löwin erkämpfen müssen.

Werner hatte stets behauptet, sie ständen finanziell am Abgrund. Und jetzt das. Offenbar handelte es sich um ein ganzes Imperium, das er aufgebaut hatte. Aber Evi durfte sich keine Blöße geben. Alles musste so aussehen, als hätte Werner sie angesichts seines baldigen Ablebens in sämtliche Details eingeweiht.

»Sicher, die Immobilien. Darüber habe ich auch schon nachgedacht«, behauptete sie. »Ich denke, es wäre in Werners

Sinne, wenn Sie alles verkaufen würden, damit wir neue Investitionen tätigen können.«

Sie hatte diese Investitionen lebhaft vor Augen: shoppen bis zum Pupillenstillstand, ein Abo beim besten Friseur der Stadt, viele, viele Nächte mit Robert ...

»Was für eine kluge kleine Frau Sie doch sind«, bemerkte Dr. Mergenthaler.

Er spießte eine Trüffelscheibe auf, probierte sie und verzog das Gesicht. Dann tippte er weiter auf seinen Taschenrechner ein.

»Und vergessen Sie nicht die Konten auf den Cayman-Inseln«, zog Evi ihren Trumpf aus dem Ärmel.

Ein Ausdruck größter Verblüffung malte sich auf Dr. Mergenthalers Gesicht. »Gütiger Himmel, es muss Ihrem Herrn Gemahl wirklich schlechtgehen, dass er Ihnen das verraten hat. Bis jetzt wussten nur er und ich davon.«

Nur Werner und er? Also weiß er auch, dass Werner sich von mir trennen will, durchfuhr es Evi. Das belauschte Telefonat! Werner hatte dabei die Cayman-Konten erwähnt! Deshalb also fühlte sich Dr. Mergenthaler so sicher. Deshalb grub er sie so ungeniert an. Voll Abscheu musterte sie ihr Gegenüber. Sie musste sich schwer zusammenreißen, um dem feinen Herrn Doktor nicht ihren Champagner ins Gesicht zu schütten.

»Sehen Sie, er hat mir das anvertraut, weil er seine letzte Stunde nahen fühlt«, erwiderte sie stattdessen mit einem Schluchzer. Es war ein Schluchzer der Wut. »Ich werde mich auch um diese Konten kümmern«, versprach er.

»Aber das alles muss unser kleines Geheimnis bleiben, ja? Ich möchte Werner nicht beunruhigen. Er würde sich fürchterlich aufregen, wenn er von unserem Gespräch erführe.«

Dr. Mergenthaler reckte das Kinn. »Selbstverständlich. Ich bin äußerst diskret. In jeder Hinsicht übrigens.«

Seine Augen schweiften vom Taschenrechner zu Evis Perlenkette. Eingehend betrachtete er ihre Marzipanhaut, die im Kerzenlicht einladend leuchtete. »Ich schätze mich glücklich, dass wir – kooperieren.«

»Und ich werde mich gebührend revanchieren«, flüsterte Evi. »Eine gute Provision ist Ihnen sicher, sobald sich das Vermögen in meinen Händen befindet.«

Wieder leckte er sich die Lippen. Kleine Schweißperlen erschienen auf seiner hohen Stirn. Er schluckte. »Fünf Prozent?«

»Zehn«, sagte Evi, ohne mit der Wimper zu zucken. Der Typ würde sich zerreißen vor Eifer, wenn er mehr Geld bekam, als er sich in seinem zahlenvernarrten Hirn ausgerechnet hatte.

Dr. Mergenthaler wurde weiß wie die Wand. »Z-zehn? Gnädige Frau …«

»Für Sie – Eva-Maria.«

»Das, das ist …« Er konnte nicht weitersprechen.

Evi legte ihre Gabel auf den Tisch und reichte ihm die Hand. »… ein Deal unter Freunden. Einverstanden?«

»Einverstanden.« Seine Hand war eiskalt. Die Sache mit den zehn Prozent ging ihm sichtlich nahe.

»Was für ein wundervoller Abend«, flötete Evi.

»Ja, w-wundervoll, g-grandios«, stammelte Dr. Mergenthaler.

Auch sein Carpaccio wanderte unberührt zurück in die Küche. Offenbar konnte er sein Glück kaum fassen. Nur er allein wusste, wie viel Werner besaß. Es schien so unermesslich viel zu sein, dass er vergaß, seinen Mund wieder zu-

zumachen. Ein weißer Speichelfaden rann ihm sachte in Richtung Kinn. Der braucht keine Serviette, dachte Evi, der braucht ein Lätzchen.

»Jetzt sollten wir zum gemütlichen Teil übergehen«, schlug sie vor. »Sie sind ein wahnsinnig interessanter Mann. Ich möchte Sie gern näher kennenlernen. Erzählen Sie mir etwas über sich.«

Er lächelte geschmeichelt. »Da gibt es nicht viel zu erzählen.«

Das war natürlich geschwindelt. Es wurde eine elend lange, unfassbar nervtötende Geschichte, die er auftischte. Evi hörte gar nicht zu. Sie nickte, sie lächelte, und währenddessen wanderten ihre Gedanken wieder zu Robert. Was er wohl gerade machte? Beglückte er andere Frauen? Damit würde es bald ein Ende haben. Evi wollte ihn exklusiv. Na ja, im Notfall würde sie ihn Beatrice und Katharina ausborgen. Aber wirklich nur im äußersten Notfall.

»… und eines Tages lernte ich im Golfclub Ihren Herrn Gemahl kennen. Nun haben Sie die ganze Wahrheit über mich erfahren. Hallo? Eva-Maria?«

Unsanft kehrte Evi in die Realität zurück. Sie waren inzwischen beim Dessert angelangt.

»Faszinierend«, beteuerte sie. »Überaus faszinierend. Und so interessant. Nehmen wir noch einen Drink in der Bar?«

»Selbstverständlich«, gurrte Dr. Mergenthaler.

»Sag schon? Wie war's?« Beatrice warf ihre Handtasche auf den Tisch und dabei fast zwei Tassen um.

»Langsam, langsam. Die Story muss man sich auf der Zunge zergehen lassen«, bremste Katharina ihre Freundin aus. »Evi Forever hat den Geldschrank geknackt.«

Es war kurz nach acht Uhr morgens. Sie hatten sich in einer kleinen Espressobar im Regierungsviertel verabredet. Das Lokal war angefüllt mit mürrischen Herren in grauen Anzügen, die sich hinter ihren Zeitungen verschanzten. Evi trug eine Sonnenbrille zu ihrem neuen Trenchcoat und wirkte wie eine waschechte Geheimagentin. Vor lauter Aufregung verschluckte sie sich an ihrer heißen Schokolade. Hustend setzte sie die Tasse ab.

»Schaffen wir es denn ohne Luftröhrenschnitt?«, fragte Beatrice ungeduldig. »Spuck's aus. Was hat er gesagt?«

Evi hob entschuldigend eine Hand. Es war eine kurze Nacht gewesen. Nach dem opulenten Menü hatten sie noch einen Nightcup in der angrenzenden Bar genommen, und zum Abschied hatte Dr. Mergenthaler Evi ausführlich die Hände geküsst. Seitdem kämpfte sie mit einem kapitalen Waschzwang. Doch sie fühlte sich großartig.

»Der Mann ist eine lebende Rechenmaschine«, erzählte sie. »Der kann Bilanzen aufsagen wie andere Leute Gedichte. Hat er alles im Kopf. Jedes Konto, jede Aktie, jedes Schwarzgelddepot. Und falls die Sache gutgeht, werde ich in Geld schwimmen, wenn Werner längst unter der Brücke schläft.«

»Glückwunsch«, sagte Katharina. »Niemand hat das mehr verdient als du. Genieß es!«

»Was hast du mit dem Finanzheini gemacht?«, erkundigte sich Beatrice beeindruckt. »Den doppelt eingesprungenen Rittberger mit integriertem Zungenkuss?«

»Hat sie gar nicht nötig«, widersprach Katharina. »Sieh sie dir doch an. Sie blüht auf wie eine Rose in der Mikrowelle.«

»Na jaaa«, sagte Evi. »Bis jetzt lief alles nach Plan. Das Kleid, die Highheels, das Flirtprogramm. Hoffen wir, dass es so bleibt. Andererseits: Er ist wirklich ein Zahlendepp. Und hat mir die Nummer mit dem todkranken Werner sofort abgekauft.«

In kurzen Zügen erläuterte sie ihre Taktik. Dass sie sich als Witwe in spe präsentiert hatte und nun drauf und dran war, das gesamte Vermögen an sich zu bringen, während Werner im Bett daniederlag.

»Hast du wieder mit den Abführtropfen angefangen?«, fragte Beatrice.

Evi seufzte tief. »Ja. Gleich heute Morgen. Es ging nicht anders. Werner wollte unbedingt ins Büro. Ich habe ihm Rührei mit Speck gebraten, unter Verwendung meiner speziellen Zutaten. Aber wenn Hubert – ich meine Dr. Mergenthaler – das Geld für mich gesichert hat, lasse ich Werner sofort genesen. Man ist ja kein Unmensch.«

»Nee, ist man nicht«, feixte Katharina.

»Wie viel?«, fragte Beatrice knapp.

»Vermutlich mehr, als ich in diesem Leben verjubeln kann«, antwortete Evi. »Werner hat mich total verladen. Immer musste ich sparen, dabei ist Dagobert Duck ein Waisenknabe gegen ihn. Ab jetzt werde ich zuschlagen, bis der Arzt kommt.« Sie zeigte auf ihren neuen Trenchcoat, der etwas eng war, aber sehr kleidsam. »Wie findet ihr ihn?«

»Ganz hübsch«, antwortete Katharina. »Gab's den auch in deiner Größe?«

»Hey, hey, sie wird sich noch in das Ding reinhungern«, brauste Beatrice auf. »Ich find's gut, dass sie sich endlich mal was gönnt.«

»Wisst ihr, ich hatte immer Pullover, die kratzten wie ein Körperpeeling«, bekannte Evi leise. »Gestern habe ich den ersten Kaschmirpullover meines Lebens gekauft.«

»Gut so!«, rief Beatrice. Dann senkte sie ihre Stimme. »Und ich habe gestern meine Erstausstattung für den horizontalen Beruf erstanden. Damit ich stilecht in dem Saunaclub anheuern kann.«

»Wow! Wirklich?«, rief Katharina. »Was denn?«

»Die gesamte Kollektion. Korsett, Strapse, Lackstiefel, sogar ein Latexteil aus so 'nem Fetischladen.«

»Respekt.« Katharina schlürfte aufgeregt ihren Tee. »Hast du dir auch schon darüber Gedanken gemacht, wie so ein Vorstellungsgespräch in einem Saunaclub abläuft?«

Beatrice sah plötzlich nicht mehr ganz so entschlossen aus. »Ach, du Elend. Jetzt brauche ich einen Kaffee.«

»Nein, einen Beschützer«, sagte Katharina. »Denk mal nach. Wenn du da ganz allein aufschlägst, musst du mit allem rechnen. Und zwar in der Horizontalen. Oder hast du dir auch einen Keuschheitsgürtel gekauft und den Schlüssel weggeschmissen?«

»Stimmt genau«, sagte Evi. »Du brauchst jemanden, der auf dich aufpasst. Sonst …«

Beatrice holte ihr Portemonnaie aus der Handtasche und stürmte zum Tresen. Nach ein paar Minuten kehrte sie mit zwei doppelten Espressos zurück. Einen trank sie sofort aus, in den anderen gab sie zwei Stück Zucker. Dann strich sie ihr taubenblaues Seidenkleid glatt. Sie war blass, sehr blass.

»Ihr habt völlig recht«, sagte sie kleinlaut. »Es wäre Wahnsinn, mutterseelenallein in so ein Dingsbums zu laufen.«

Katharina nickte düster. »Houston, wir haben ein Problem. Mal im Ernst: Welcher Mann, der alle sieben Zwetschgen beisammenhat, würde dich schon in einen Saunaclub begleiten und den offiziellen Beschützer spielen?«

Brütendes Schweigen legte sich über den Tisch. Evi wusste

die Antwort. Und es kostete sie all ihre weibliche Solidarität, sie auszusprechen.

»Es gibt diesen Mann«, sagte sie.

Verblüfft sahen ihre Freundinnen sie an.

»Es – gibt ihn?«, fragte Beatrice verblüfft.

Evi zuckte mit den Achseln. »Robert. Wer sonst?«

Katharina schlug sich mit der Hand vor die Stirn. »Robert! Natürlich! Nur – wie machen wir ihn klar für diesen Sondereinsatz?«

»Geld«, sagte Beatrice. »Am besten bar und in kleinen Scheinen.«

Evi schloss die Augen. Ja, es stimmte: Robert war käuflich. Das war seine Profession. Aber war er nicht noch mehr? Hatte er nicht auch Gefühle?

»Wir sollten es ihm schonend beibringen«, schlug sie vor. »Er ist ein feiner Junge. Wer weiß schon, in welcher Notlage er sich befindet, dass er …«

Beatrice verdrehte die Augen. »Oh, ja, ein armes, krankes Mütterlein wartet zu Hause auf ihn, und er muss sich eine Dauererregung zulegen, damit er ihr die teuren, teuren Medikamente bezahlen kann. So etwa?«

Evi zog einen Schmollmund. Ihre Intuition sagte ihr, dass es genauso war oder jedenfalls so ähnlich. Sie sah mehr in ihm als Beatrice. Und sie würde sich auch nicht davon ab bringen lassen.

Katharina griff nach ihrer Aktenmappe. »Mädels, ich muss los. Eine Ausschusssitzung wartet auf mich. Wir können das am Wochenende vertiefen. Bleibt es bei unserem Treffen?«

»Hm.« Evi zögerte. »Aber bei mir zu Hause müssen wir vorsichtig sein. Werner liegt zwar im Schlafzimmer rum, aber …«

»Dann sollten wir besser zu meinem Lieblingsitaliener gehen«, befand Beatrice. »Ins Amore mio. Adalbertstraße fünf.« Sie knuffte Evi freundschaftlich in den Rücken. »Robert ist wirklich süß. Wir werden so zartfühlend mit ihm umgehen wie nötig.«

Dankbar lächelte Evi sie an. Beatrice war knallhart. Doch neuerdings zeigte sie fast so etwas wie Gefühle.

Als Evi zehn Minuten später in den Porsche stieg, wurden ihr mit einem Mal die Knie weich. Worauf hatte sie sich bloß eingelassen? War es richtig, was sie tat? Würde ihr das Ganze über den Kopf wachsen? Und hatte Werner wirklich verdient, dass sie ihn ausnahm wie eine Weihnachtsgans?

Werner hatte es verdient. Zu dieser Überzeugung gelangte sie schon kurz nach ihrer Rückkehr in die Villa. Sie hatte kaum die Haustür aufgeschlossen, als sie auch schon mit Gebrüll aus dem ersten Stock empfangen wurde.

»Wo warst du?«, schrie Werner aufgebracht. »Komm sofort her!«

Schuldbewusst lief Evi ins Schlafzimmer. Werner hatte sich sein Handy zwischen Ohr und Schulter geklemmt und telefonierte.

»Genau – sperren!«, sagte er gerade. »Meine Frau braucht kein eigenes Konto mehr!«

Sprachlos stand Evi da, während er das Handy auf den Nachttisch schleuderte und sie triumphierend angrinste. Ein gefährliches Flackern lag in seinen Augen.

»Lässt du dich auch mal wieder blicken?«, blaffte er. »Für wen hältst du dich? Und was ist das für ein neuer Mantel? Du denkst wohl, ich merke nicht, was hier läuft. Ich bin krank, und du verbrennst mein letztes Geld. Ab heute hast du kein Konto mehr. Wenn du was willst, frag mich. Oder deinen feinen Herrn Vater. Und jetzt koch mir gefälligst was. Sonst kannst du gleich deine Koffer packen und zu deinen Eltern zurückgehen.«

Evi wartete ab, bis der Ausbruch vorbei war. »Ich war nur in der Apotheke, um etwas gegen deinen Durchfall zu besorgen. Worauf hast du Appetit? Ich bringe dir, was du willst. Einen Tee mit Zwieback vielleicht?«

»Schluss mit dem dämlichen Tee!«, schrie er. »Ich will ein Steak. Aber blutig, ja?«

»Sehr wohl, ein blutiges Steak«, murmelte Evi. Sie zwang sich zu einem Lächeln. »Kraftfutter für meinen Schnuffelbär. In zwanzig Minuten ist das Essen fertig.«

Es war später Nachmittag, als die Kinder nach Hause kamen. Werner schnarchte geräuschvoll. Evi hatte ihm zum Steak drei sorgfältig zerkleinerte Valium in die Sour Cream gemischt. Wenn ihre Berechnungen stimmten, würde sie eine Weile von weiteren Belästigungen verschont bleiben.

Sven, der älteste Sohn, ließ gleich hinter der Eingangstür seine Schultasche fallen, und Kalli machte es ihm nach. Ohne ihre Mutter weiter zu beachten, rannten die Jungen in die Küche und rissen den Kühlschrank auf. Evi liebte ihre Kinder. Doch sie war sich manchmal nicht ganz sicher, ob das auf Gegenseitigkeit beruhte.

»Ich habe euch leckere Bolognese gekocht«, rief sie, während sie die Schultaschen aufhob und den beiden in die Küche folgte. »Mit extra viel Tomatensauce! Nudeln sind auch blitzschnell fertig!«

»Lass mal stecken, wir waren schon bei McDoof«, antwortete Sven.

Er wurde seinem Vater immer ähnlicher, fand Evi, während Kalli eher ihr glich mit seinem runden Trompetenengelgesicht.

»Und? Wie war's in der Schule?«, fragte sie.

»Immer derselbe Trash«, maulte Sven.

»Trash«, echote Kalli.

Sie hatten sich zwei Becher mit Wackelpudding aus dem Kühlschrank geholt und schlangen das grünliche Zeug im Stehen herunter.

»Ich muss mit euch reden«, sagte Evi. »Es ist wichtig.«

Sven sah genervt zur Decke. »Hast du nicht 'ne Freundin zum Reden? Oder einen Therapeuten? Ich hab jedenfalls keine Lust auf ›Gespräche‹.«

»Ich auch nicht«, fiel Kalli ein.

Normalerweise wären sie jetzt in ihren Zimmern verschwunden, hätten ihre Laptops angeworfen und sich mit ihren Freunden verabredet. Doch heute war nicht »normalerweise«. Es würde vieles anders werden. Nein, alles musste anders werden.

»Setzen«, befahl Evi ebenso laut wie zackig und zeigte auf die Küchenstühle.

Interessanterweise ließen sich beide ohne Widerspruch auf die Stühle fallen und sahen sie erwartungsvoll an. Diesen Tonfall waren sie von Evi nicht gewohnt.

»Hast du 'ne Krise oder so was?«, fragte Sven unsicher.

Evi blieb stehen, während sie ihre Arme verschränkte.

»Euer Vater ist krank. Ab jetzt müssen wir zusammenhalten.«

»Wie jetzt – krank?«, fragte Kalli erschrocken. »Bisschen krank oder mittel oder doll?«

»Das ist noch nicht ganz klar«, wich Evi aus. »Aber ich möchte, dass wir mehr gemeinsam unternehmen. Ihr seid so gut wie gar nicht mehr zu Hause.«

Sven legte herausfordernd die Füße auf den Küchentisch. »Man nennt das Erwachsenwerden. Ich bin fast achtzehn, Kalli ist vierzehn. Kuscheln läuft nicht mehr. Kauf dir doch 'nen Hund, wenn dir langweilig ist.«

Erschrocken sah Evi ihn an. Das war Wernersound. Genauso kaltschnäuzig, genauso gefühllos. Plötzlich wurde ihr klar, dass sie erntete, was sie gesät hatte. Die Kinder kannten sie ja nur als verschrecktes Hausmütterchen. Und bewunderten ihren großspurigen Vater. Was hatte Evi ihnen denn gegeben all die Jahre außer Tonnen von Spaghetti bolognese, gebügelten T-Shirts und folgenlosen Ermahnungen? Was hatte sie von sich gezeigt? Viel war es nicht. Diese Erkenntnis traf sie jäh wie ein Faustschlag.

Sie schluckte ihre verletzten Gefühle herunter. »Keine schlechte Idee, so ein Hund«, erwiderte sie. »Wir könnten eine Menge Spaß haben. Was für einen wollt ihr denn?«

Das war eine Wendung des Geschehens, die die beiden nicht erwartet hatten. Allein das Wort Spaß aus Evis Mund wirkte so befremdlich wie ein Clown auf einer Beerdigung.

Kalli fing sich als Erster. »Einen Cockerspaniel!«, rief er.

»Nee, einen Kampfhund, einen ganz bissigen«, widersprach Sven.

»Erst mal nimmst du die Füße vom Tisch, Sven«, sagte Evi mit fester Stimme. »In zehn Minuten fahren wir ins Tierheim. Keine Widerrede. Wer meckert, bekommt kein Taschengeld. Klar soweit?«

Überrascht starrten die beiden Jungen ihre Mutter an. Langsam stellte Sven seine Füße auf den Boden.

»Klar soweit?«, wiederholte Evi.

»Das Taschengeld kann ich mir auch von Papa holen«, sagte Sven.

»Versuch's«, erwiderte Evi cool. »Er schläft allerdings. Und wacht auch so bald nicht wieder auf. Also – Abflug in zehn Minuten.«

Sie drehte sich auf dem Absatz um. Die Sache mit dem Hund gefiel ihr. Es wurde Zeit, dass das Leben zurückkehrte in dieses trostlose Haus. Im Grunde war es kein Wunder, dass die Jungen lieber bei ihren Freunden waren. Daheim gab es ja nur eine depressive Kochmamsell und einen fiesen Haustyrannen. Bisher jedenfalls.

Sie lächelte in sich hinein. Werner würde toben, wenn er von dem neuen Mitbewohner erfuhr. Er hasste Tiere. Umso besser, dachte Evi.

Kapitel 7

Das Amore mio gehörte zu jenen leicht verklebten Restaurants, in denen alles die Zufriedenheit von Generationen glücklicher Pastaesser verströmt. Rotkarierte Tischdecken und süßlichen Italopop inbegriffen. Ein Wohlfühllokal.

Spricht für Beatrice, dachte Evi. Sie hatte einen neongrellen Szeneladen befürchtet, in dem es unterkühlt zuging wie in einem Eiswürfelfach. Umso erleichterter war sie, wie gemütlich das Restaurant wirkte. Das Licht war schummrig, und es duftete nach frischem Brot.

»Drei Sprizz!«, rief Beatrice. »Mit Prosecco, caro mio!«

»Aber gern, principessa«, erwiderte Pietro, der Chef des Ristorante. Er schien eine lange, vertrauensvolle Beziehung zu Beatrice zu pflegen, denn er strich ihr leicht über die Wange, bevor er ging.

»Sprizz? Was ist das denn?«, fragte Evi, die etwas Ungebührliches in dieser Bezeichnung witterte.

»Das Kultgetränk des neuen Jahrtausends«, erwiderte Beatrice. »Modern strukturiert, frech im Abgang.«

»So wie wir«, kicherte Katharina.

Sie machte ihrem Fahrer ein Zeichen, draußen zu warten. Zeugen konnte sie nicht gebrauchen und schon gar keine Ohrenzeugen. Was sie hier mit ihren Freundinnen verhandeln würde, überstieg vermutlich sogar die Phantasie eines altmodisch strukturierten Machos. Insgeheim ärgerte Katharina sich, dass sie ihn nicht längst entlassen hatte.

»Was essen wir denn?«, fragte Evi. »Ich habe einen Riesenhunger!«

Zu Hause nahm sie nur noch das Nötigste zu sich. Der Anblick von Werner schlug ihr merklich auf den Appetit.

»Die Lasagne ist ein Brenner«, sagte Beatrice. »Ich habe hier schon alles probiert, aber die ist top act. Ihr müsst wissen: Das Amore mio ist mein zweites Wohnzimmer mit Familienanschluss. Betreutes Essen sozusagen.«

»Mit einem sehr ambitionierten Betreuer«, warf Katharina augenzwinkernd ein.

Beatrice machte eine wegwerfende Handbewegung. »Pietro ist ein genialer Koch und hat jede Menge social skills. Mehr nicht. Aber nehmt's mir nicht übel, wenn ich nur was trinke. Mein Fetischoutfit ist hauteng. Ich kriege sowieso kaum Luft darin. Ein Gramm zu viel, und ich hänge ohnmächtig unter der Saunabank, wenn mein Goldstück die Damen bespringt.«

Evi und Katharina nickten teilnahmsvoll. Beatrice war wirklich tapfer.

»Du hast also deine Pläne nicht geändert«, stellte Katharina fest.

»Warum sollte ich?«, fragte Beatrice. »Wenn ich erst mal ein paar peinliche Handyfotos mein Eigen nenne, ist Hans-Hermann geliefert.«

»Hans-Hermann heißt er?«, kicherte Katharina. »Wir hätten schon an den Namen erkennen müssen, dass wir voll danebengegriffen haben. Werner. Hans-Hermann. Geht's noch schlimmer? Ja, geht es. Meiner heißt Horst.«

»Ist ja auch so'n Horst!«, rief Evi.

»Na, Politiker eben«, sagte Katharina achselzuckend. »Ist ja eigentlich kein Beruf. Wichtig gucken. Reden halten, die andere geschrieben haben. Geistig-moralische Sülze absondern.«

Evi runzelte die Stirn. »Aber du bist doch auch in der Politik.«

»Stimmt!« Katharina strich ihr verzurrtes Haar glatt. »Aber letztlich ist es ein Festival der Narzissten. Horst zum Beispiel googelt sich ständig, weil er hofft, dass jemand was Lobendes über ihn schreibt. Richtig kindisch.«

»Und was will er werden, wenn er groß ist?«, fragte Beatrice.

»Das Übliche«, antwortete Katharina. »Ein Aufsichtsratssitz hier, ein Vorstandsposten da. Noch mehr Kohle für noch mehr Rumsitzen. Darauf spekulieren sie alle. Doch daraus wird ja leider nichts.«

»Leider, leider«, sagte Beatrice schadenfroh. »Wie weit bist du eigentlich mit deinem Racheplan?«

»Ich habe mir überlegt, dass ich einen verlässlichen Partner brauche, einen Pressemann, der im richtigen Moment loslegt.«

Evi horte mit großen Augen zu. »Und gibt es den schon?«

»Ich hab da was im Auge«, erzählte Katharina. »Jung, hungrig und versessen auf einen echten Scoop. Er schreibt für ein Käseblatt und träumt vom Ruhm eines handfesten Skandals. Genau das Richtige. Ich werde seine Loyalität vorher testen. Demnächst gebe ich ihm ein Interview.«

»Sei vorsichtig«, sagte Beatrice. »Einen Fehlstart kannst du nicht gebrauchen.«

Pietro stellte drei Gläser auf den Tisch, nicht ohne Beatrice einen tiefen Blick zuzuwerfen. Skeptisch begutachtete Evi die rötliche Flüssigkeit.

»Ist garantiert ohne Abführmittel«, versicherte Beatrice. »Für immer ...«

»... für ewig, für uns!«, riefen alle drei.

Katharina bestellte einen Vorspeisenteller, Evi nahm die Lasagne. Sie dachte an Sven und Kalli, die seit Tagen begeistert mit dem neuen Hund spielten. Sie fütterten das Tier mit Evis exquisitesten Fleischvorräten, warfen unermüdlich Stöckchen und wetteiferten darin, den Hund zum Schlafen in ihre Zimmer zu locken. Die Jungen waren wie ausgewechselt. Ihre gelangweilte Attitüde war längst verschwunden.

»Ich habe einen neuen, sehr charmanten Mitbewohner«, verkündete Evi freudig

»Das ging aber schnell«, sagte Katharina. »Muss ja ein Vermögen kosten, so eine Vierundzwanzig-Stunden-Betreuung.«

»Wieso? Wir haben ihn einfach aus dem Heim geholt«, erwiderte Evi. »Er roch ein bisschen streng, aber nach einer kräftigen Dusche ging's. Danach hat er ein Kilo rohes Rinderfilet verputzt.«

»Robert wohnt in einem Heim?«, fragte Beatrice entgeistert.

»Und isst rohes Fleisch?«, fragte Katharina ebenso verblüfft. »Außerdem – als ich ihn das letzte Mal sah, roch er …«

»Aber doch nicht Robert!«, rief Evi. »Der Hund! Wir haben uns im Tierheim einen Hund geholt!«

Sie lachten, bis ihnen die Tränen kamen.

»Es ist genau genommen eine Hündin«, sagte Evi. »Noch einen Mann im Haus ertrage ich nicht.«

»Wie sieht deine neue Mitbewohnerin denn aus?«, erkundigte sich Beatrice.

»Hässlich wie die Nacht«, erzählte Evi. »Ein Mix aus Mops und Schäferhund. Sie bellt ohne Pause. Und vor lauter Glück, dass wir sie gerettet haben, pinkelt sie auf sämtliche Perserteppiche. Die Jungs sind happy, Werner tobt. Aber seit ich einen soliden Valiumvorrat angelegt habe, ist der Mann zu ertragen.«

»Dich hätte man früher auf dem Scheiterhaufen verbrannt«, grinste Beatrice. »Schlaftränke, Abführmittel – in dir steckt eine echte Kräuterhexe. Pass bloß auf, dass du deinen Werner nicht auf den Friedhof abführst.«

»Klar passe ich auf«, sagte Evi. »Ein toter Werner wäre nur der halbe Spaß. Wie sollte ich dann meine Rache auskosten?«

Wieder lachten sie los. Es war aber auch zu schön, endlich dem Tal der Tränen zu entfliehen und Tatsachen zu schaffen.

Schon kam das Essen. Evi atmete die Lasagne förmlich ein, während Katharina eher unkonzentriert in ihren Vorspeisen herumstocherte.

»Schön essen«, befahl Evi mit mütterlicher Strenge. »Jetzt kommen die guten Zeiten.«

Katharina nickte ergeben, und tatsächlich nahm sie eine ganze Scheibe Zucchini auf einmal. Es schien sie einige Überwindung zu kosten.

»Und, Beatrice? Wann hast du deinen Termin in dem Saunadings?«, fragte sie, nachdem sie brav heruntergeschluckt hatte.

Beatrice zuckte zusammen. »Sonntag ist Chicken check«, stöhnte sie. »Ich hab schon eine Familienpackung Kondome gekauft. Just in case.«

»Dieser Notfall wird nicht eintreten«, erwiderte Katharina. »Ich habe gehört, dass die meisten Männer sowieso nur reden wollen, wenn sie ins Bordell gehen.«

»Also, meiner nicht«, widersprach Beatrice. »Hans-Hermann hat einen Wortschatz, der locker in eine Hosentasche passt. Es können Wochen vergehen, in denen ich nur vier

Worte von ihm höre: ›Wo ist die Fernbedienung?‹ Und das sind schon die gesprächigen Tage.«

»Genau deshalb habe ich nie geheiratet«, erklärte Katharina.

Evi hatte nachdenklich zugehört. »Glaubt ihr eigentlich noch an die Liebe?«

Katharina und Beatrice sahen einander an.

»Also, ich glaube nur noch an Sex«, sagte Beatrice schließlich. »Und zwar an den, für den ich bezahle.«

»Und du?« Evi schaute zu Katharina.

»Liebe …«, Katharina atmete hörbar aus. »Keine Ahnung. Die Liebe zu einem Kind vielleicht. Das habe ich mir immer gewünscht. Aber …« Sie verstummte.

»Signorine! Warumme so traurig? Iste schön das Leben, iste schön die Liebe!«

Es war Pietro, der seine ebenso schlichte wie sympathische Philosophie zum Besten gegeben hatte. Sein gebräuntes Gesicht unter der angegrauten Lockenmähne strahlte.

»Bella Beatrice, willste du mir nicht vorstelle diese schöne Damen?«

Auch Beatrice strahlte auf einmal. »Certo. Bello Pietro, das sind Evi Forever und Katharina die Große, meine besten Freundinnen!«

»Warumme haste du nie gebracht hierher? Ich mache speziale Aufmerksamkeit von Haus für euch!«

»Danke, caro mio«, lächelte Beatrice.

Sie sahen ihm hinterher, wie er mit seinem Tablett unter dem Arm zum Tresen tänzelte. Pietro war kein aufsehenerregender Mann, doch er hatte was, fand Evi.

»Bello Pietro – das wäre doch ein hübscher Name für Evis Hund«, sagte Katharina. »Ich meine, weil er dauernd bellt.«

»Pietro ist ein viel zu schöner Name für einen Hund«, protestierte Beatrice. »Der Mann ist fast so was wie ein Freund. Ich komme seit zehn Jahren hierher.«

»Und seit zehn Jahren macht er dir den Hof, oder?«, fragte Katharina.

»Na ja ...« Beatrice war sichtlich verlegen. »Erzählt ihm bloß nichts von dem Saunaclub. Er hält mich für eine Heilige.«

Evi nahm ein Stück Brot und knabberte daran. Beatrices Augen glänzten heute auffällig. Und das lag nicht an ihrem silbernen Lidschatten. Merkte sie denn gar nichts?

»Überleg's dir«, raunte Evi. »Ein Mann, der kochen kann, ist ein Sechser im Lotto.«

Beatrice rollte mit den Augen. »Bevor ihr mich wahllos verkuppelt, sollten wir lieber überlegen, wie ich den morgigen Abend unfallfrei hinter mich bringe. Die Idee mit Robert ist ziemlich gut.«

»Dann rufen wir ihn gleich an!«, befand Katharina. »Hast du seine Nummer noch?«

»So einen Mann löscht man doch nicht«, antwortete Beatrice.

Evi sah gebannt zu, wie Beatrice ihr Handy zückte und den Speicher anklickte. Sie spürte, wie ihr Herz zu klopfen anfing. Robert. Seine Augen. Seine Hände. Alles war wieder da.

Eine Weile wartete Beatrice, dann ließ sie das Handy sinken. »Nur die Mailbox.«

Sie wussten, was das bedeutete. Und sie hatten nur zu gut vor Augen, was Robert gerade davon abhielt, ans Handy zu gehen. Mit verklärten Gesichtern hingen sie ihren Erinnerungen nach. Irgendwie gehört er dazu, dachte Evi. Er ist Teil der Verschwörung, und ihm allein gebührt die Ehre, dass wir wieder Frauen sind.

»Schade eigentlich, dass wir ihn mit anderen Klientinnen teilen müssen«, sagte Beatrice nach einer Weile.

»Na, irgendwoher muss ja die Miete kommen«, meinte Katharina. »Und die Medikamente fürs moribunde Mütterlein.« Sie trank einen Schluck Sprizz. »Selbst wenn wir zusammenlegen – ob er sich überhaupt darauf einlassen würde?«

»Worauf?«, fragte Evi aufgeregt.

»Nur auf uns, mit Haut und Haar, rund um die Uhr.«

Eine Minute lang war es still am Tisch. Sie alle rechneten stumm hoch, wie viel Honorar er an einem guten Tag und in einer noch besseren Nacht verdienen mochte.

»Zu teuer«, sagte Beatrice.

»Viel zu teuer«, pflichtete Katharina ihr bei.

Evi sagte nichts. Sie besaß vielleicht bald schon genug Geld für einen ganzen Harem von Callboys. Doch sie wollte es nicht so, stellte sie verwundert fest. Nicht für Geld. Jedenfalls nicht auf Dauer.

Sie griff zu ihrer Handtasche, um ihren Lippenstift herauszuholen, als plötzlich das Licht ausging. Alle im Lokal begannen zu kreischen. Irgendwo wurde ein Glas umgestoßen und zersplitterte. Auch das Trio fatal schrie auf. Was hatte das zu bedeuten?

Ein Funkenregen näherte sich, und das Licht ging wieder an.

»Überraschung gelungen?«, fragte Pietro. Er balancierte eine Platte mit Bergen von Eis und Früchten, in denen Wunderkerzen steckten.

»Hui, gelungen«, japste Beatrice.

Pietro stellte die Platte mitten auf den Tisch und legte drei große Löffel dazu. »Dolce für die dolce signorine«, verkündete er.

Sofort waren alle kalorienarmen Vorsätze vergessen. Die drei Freundinnen langten zu, als könnte man das süße Leben mit großen Löffeln essen. Und war es nicht genau so? Zufrieden sah Pietro zu, wie enthemmt die drei schlemmten. »Noch eine Sprizz?«, fragte er.

»Drei, per favore«, nickte Beatrice.

Sobald er gegangen war, zog sie wieder ihr Handy hervor. Diesmal schien es zu klappen.

»Robert? Ach, sorry, André?« Sie hörte irritiert zu. »Was soll das heißen, er steht nicht zur Verfügung?«

Katharina und Evi ließen ihre Löffel sinken.

»Dann bestell ihm einen schönen Gruß von den drei Damen aus der Präsidentensuite. Ja, du kannst ihm meine Nummer geben. Es ist dringend.«

Ratlos sah sie ihre Freundinnen an. »Er ist abgetaucht.«

»Wie jetzt?«, fragte Katharina.

Beatrice zuckte die Achseln. »Eine Auszeit. Mehr wusste dieser André auch nicht. Und was machen wir jetzt?«

Völlig perplex saßen sie da. Alle Hoffnung hatten sie auf Robert gesetzt, einen Plan B gab es nicht. Doch es war klar, dass Beatrice keine Soloperformance in der Liebesgrotte hinlegen würde. Nicht nach den erwartbaren Komplikationen, die sie gemeinsam erörtert hatten.

»Dann kommen eben wir mit«, brach Evi das Schweigen.

»Was?« Beatrice rutschte der Löffel aus der Hand. Klirrend fiel er zu Boden.

»Für immer, für ewig, für uns! Schon vergessen?«

»Ohne mich!«, rief Katharina. »Schluss mit lustig. So was kann ich mir nun wirklich nicht leisten.«

Doch Evi ließ nicht locker. »Muss sich eine Familienpolitikerin nicht auch um Frauen kümmern, die auf die schiefe Bahn geraten sind? Vor Ort, meine ich?«

Verständnislos starrten die anderen beiden sie an.

Evi grub ihren Löffel in die schmelzenden Eisreste und schob ihn sich in den Mund. »Wenn die Sache auffliegt, kannst du immer noch sagen, du hättest undercover recherchiert.«

»Genau!«, sagte Beatrice. »Die Politikerin mit den ungewöhnlichen Methoden. Die mutigste Volksvertreterin der Republik! Eine, die weiß, wo der Straps drückt. Weil sie sich selbst ein Bild gemacht hat!«

Katharina legte den Kopf schräg und dachte nach. Sie dachte ziemlich lange nach. Dann reckte sie entschlossen das Kinn vor.

»Es ist Wahnsinn.« Sie schluckte. »Aber es gefällt mir.«

»Abgemacht«, triumphierte Evi. »Um wie viel Uhr ist morgen der, der …«

»Chicken check«, ergänzte Beatrice. »So um neun. Abends natürlich.«

»Dann treffen wir uns um acht zur Generalprobe«, beschloss Evi. »Wo, sagtest du noch, hast du die Wäsche gekauft?«

Punkt acht Uhr am Sonntagabend stand Evi vor einem neu erbauten Appartementhaus in Mitte, nahe dem Gendarmenmarkt. Die Fensterreihen zwischen den wuchtigen Steinquadern waren dunkel, nur ganz oben im Penthouse brannte Licht. Sie legte einen zitternden Finger auf die Klingel neben dem Türschild, das in geschwungenen Lettern den Namen »Kramer« trug.

Von irgendwoher summte es. Evi drückte die Tür auf. Sofort flammten taghelle Halogenstrahler auf und warfen Reflexe auf den polierten Marmorboden. Im Fahrstuhl zählte Evi nervös die Messingknöpfe. Es war wirklich Wahnsinn, was sie vorhatten. Drei emotional verschattete Frauen auf dem Weg in die männliche Spaßzone. Das verrückteste Abenteuer in der Geschichte des horizontalen Gewerbes. Der Fahrstuhl hielt mit einem sanften Glockenton im siebten Stock. Beatrices Mann war verreist. So würden sie unter sich sein, wenn sie wie in alten Tagen ihre private Straps-Modenshow veranstalteten. Evi stöckelte eilig auf eine geöffnete Tür zu, hinter der sie schon das Kichern von Beatrice und Katharina hörte. Rasch trat sie ein und zog die Tür hinter sich zu. Dann blieb sie wie angewurzelt stehen.

»Na, wie viel würde mein Mann für eine Nacht mit mir wohl rausrücken?«, fragte Beatrice.

Evi fand keine Worte. Vor ihr stand eine Frau mit roten Haaren, die ein Mieder aus ölig glänzendem Latex trug. Es verdeckte kaum die Brüste. An den Strapsen waren schwarze Netzstrümpfe befestigt. Beatrice hatte ihre Augen mit dramatischen Kajalstrichen umrandet und den Mund feuerrot geschminkt. Sie sah aus wie die Sünde höchstpersönlich.

»Was – w-was hast du mit deinem Haar g-gemacht?«, stotterte Evi.

Mit einem beherzten Griff zog Beatrice an einer Strähne und hatte im nächsten Moment eine Perücke in der Hand.

»Verschärft, oder? Rot ist ja im Grunde meine Naturfarbe«, sagte sie bestens gelaunt. Sie zeigte auf ihre Highheels. »Die Verkäuferin nannte sie: ›those little fuck-me-shoes‹.«

Jetzt kam Katharina angestakst. Ihre dürre Figur steckte in einem pinkfarbenen Etwas, das mit schwarzer Spitze verziert war. Rosa Lackstiefel reichten fast bis zum Po und ließen nur eine Handbreit ihrer schmalen Schenkel frei. Sie trug eine blonde Langhaarperücke und war, wie Beatrice, so stark geschminkt, als wollte sie eine schwarze Messe zelebrieren.

»Nun guck nicht so verstrahlt«, lachte Beatrice. »Für dich habe ich auch eine saunataugliche Frisur. Ein Alptraum in Dunkelbraun!«

Sie lief zum Sofa, das über und über mit Wäsche bedeckt war, und kramte etwas hervor, was Evi an den neuen Hund erinnerte. Dann setzte sie das Ding Evi auf den Kopf.

»Wow, geplatztes Sofakissen mit erhöhtem Schlampenfaktor«, sagte Beatrice anerkennend.

Sie zog Katharina und Evi ins Badezimmer. Atemlos betrachteten sie sich in einem Spiegel, der bis zum Boden reichte.

»Wenn dieses Trio nicht fatal ist …«, murmelte Katharina. »Ich würde sagen: Rocky Horror Picture Show reloaded. Und so was finden Männer sexy?«

»Scheint so«, antwortete Beatrice, die sich ihre Perücke wieder aufgesetzt hatte. »Die Läden sind voll von dem Kram. Fragt sich nur, was Evi unter ihrem Mantel trägt.«

Doch Evi dachte nur noch an Flucht. Kreidebleich starrte sie in den Spiegel. Sie fühlte sich scheußlich. Nichts war mehr übrig von ihrer Abenteuerlust. Diese aufgedonnerten Frauen in den besten Jahren waren der schlechteste Scherz seit der Erfindung des Karnevals.

»Ich muss mich mal setzen«, ächzte sie.

Beatrice hakte sie unter und führte sie ins Wohnzimmer.

Jetzt erst sah Evi, wo sie eigentlich gelandet war. Der Raum war riesig groß. Eine Seite bestand nur aus Glastüren, die auf eine Dachterrasse führten. Gegenüber stand die Couch, die als Wäschelager diente. An der Stirnwand blitzte eine Hochglanzküche in Weinrot, mit einem Tresen und verchromten Barhockern davor. Alles war überirdisch elegant. Und sah ein bisschen aus wie eine dreidimensionale Designerzeitschrift.

»Welcome in meinem bescheidenen kleinen Loft«, sagte Beatrice mit einigem Stolz.

Sie zeigte auf eine cremefarbene Lederliege. Als Evi es sich darauf bequem gemacht hatte, was nicht so einfach war bei diesem Designerteil, reichte Beatrice ihr ein Glas.

»Kannst immer noch abspringen, Evi Forever«, sagte sie beruhigend. »Du kollabierst ja jetzt schon. Niemand zwingt dich zu unsittlichen Ausflügen.«

Mechanisch trank Evi einen Schluck und stellte fest, dass es sich um Champagner handelte. Beatrice hatte wirklich an alles gedacht. Augen zu und durch, dachte Evi. Immerhin war sie es, die den wahnwitzigen Vorschlag gemacht hatte, im Dreierpack anzutreten.

»Geht schon wieder«, beteuerte sie. »Ich hab mich nur ein bisschen erschrocken.«

»Na, und die Männer erst«, gluckste Katharina. »Die werden vor lauter Angst in ihre Saunahandtücher weinen, wenn sie uns sehen.«

»Süße Evi«, lächelte Beatrice. Sie sah auf die Uhr. »Mit dem Taxi brauchen wir ungefähr zwanzig Minuten. Also haben wir noch jede Menge Zeit. Überleg's dir in Ruhe.«

»Hab ich schon.«

Evi war vorbereitet. Sie hatte den gesamten Nachmittag in

dürftig beleuchteten Erotikshops zugebracht und war mit Tüten voller aufregender Wäscheteile und Kleidungsstücke von ihrem Beutezug nach Hause zurückgekehrt.

Langsam öffnete sie ihren Mantel. Darunter kam ein tief ausgeschnittenes Kleid aus schwarzem Leder zum Vorschein. Es war vorn geschnürt. Und es schien nur darauf zu warten, dass jemand den üppigen Körper darin durch das Aufziehen der Schleife befreite.

»Oha«, sagte Katharina.

»Was heißt hier oha?«, fragte Evi verstimmt. »Das Ding war richtig teuer!«

»Ich find's heavy, aber erotisch«, befand Beatrice. »Jetzt zum Briefing. Zuerst brauchen wir andere Namen. Wäre doch zu dumm, wenn die unsere echten Namen wüssten. Sucht euch was aus.«

Sie dachten eine Weile nach.

»Kiki«, sagte Katharina versonnen. »Kiki klingt hübsch.«

»Is eingecheckt. Ich habe mich als Uschi angekündigt. In Ordnung?«, fragte Beatrice.

»Voll porno«, lachte Katharina.

Evi dagegen war nicht in der Lage, sich phantasievolle Namen auszudenken. Ihr wollte einfach nichts einfallen.

Beatrice betrachtete sie sinnend. »Für dich muss es etwas ganz Besonderes sein. Warte mal – Oda? Nein, zu ausgefallen. Lola? Zu altmodisch. Aber, Moment mal, Jeanette ist gut. Sehr französisch, sehr sinnlich. Passt.«

»Jeanette …« Evi sah in ihr Champagnerglas. »Also gut. Aber jetzt brauche ich was zu essen, sonst überlebe ich diesen Abend nicht.«

Die Sache mit dem Essen entpuppte sich als schwierig. Bereitwillig öffnete Beatrice ihren riesigen verchromten Kühlschrank. Doch außer zwei Low-fat-Joghurts und einer abgelaufenen Diätmargarine war nichts darin zu finden.

Evi war fassungslos. »Bei dir würden sogar die Mäuse verhungern!« Sehnsüchtig dachte sie an ihre reichlichen Vorräte daheim.

»Ich hätte noch Knäckebrot«, sagte Beatrice schuldbewusst.

»Her damit!«, stöhnte Evi.

Sie aß die ganze Packung. Ein paar Krümel fielen in ihren Ausschnitt und juckten wie verrückt, doch sie wagte nicht, das Kleid zu öffnen. Es hatte sie größte Anstrengungen und eine geschlagene halbe Stunde gekostet, es fachgerecht zuzuschnüren.

Die Uhr lief. Und sosehr sich alle drei auch Mühe gaben, ihre Aufregung herunterzuspielen, mit jeder Minute wuchs das Kribbeln im Sonnengeflecht. Sie gingen auf die Dachterrasse und schauten auf die Stadt, über der sich die Dämmerung senkte. Sie ließen sich von Beatrice durch das Loft führen und bestaunten das zehnfach verstellbare Doppelbett im Schlafzimmer. Dann setzten sie sich auf den Wäscheberg der Couch und spülten ihre Panik mit einem weiteren Glas Champagner herunter.

»Zwanzig vor neun«, sagte Beatrice schließlich. »Möge die Übung gelingen. Ich bestell dann mal das Taxi.«

Schweigend erhoben sie sich und stöckelten zum Aufzug.

Der Taxifahrer staunte nicht schlecht, als gleich drei zweifelhaft gestylte Damen das feine Appartementhaus verließen und sich auf den Rücksitz des Wagens zwängten.

Beatrice nannte die Adresse. »Zum Saunaclub Désirée, bitteschön«.

Der Mann pfiff leise durch die Zähne. »Scheint ja echt Zaster zu bringen, der Job da.«

»Oh, wir sind nur die Wisch-und-weg-Crew«, behauptete Beatrice. »Die Kunden hinterlassen so einiges, wissen Sie …«

Daraufhin zog es der Taxifahrer vor, die Unterhaltung nicht fortzusetzen. Stumm raste er los, während er ab und an verstohlene Blicke in den Rückspiegel warf.

»Wann öffnet der Club?«, fragte Katharina.

Beatrice zupfte sich eine rote Strähne aus dem Gesicht. »Um halb zehn.«

»Eine halbe Stunde Vorstellungsgespräch also«, seufzte Evi. »Was haben die bloß mit dir vor?«

Der Saunaclub Désirée lag an einer lebhaft befahrenen Ausfallstraße. Schon von weitem sah man ein Schild, das in neonrosa blinkenden Lettern »Girls, Girls, Girls« verhieß. Der niedrige, gestreckte Bau erinnerte an ein zu groß geratenes Schrebergartenhäuschen und wirkte ziemlich heruntergekommen.

»Boah, was 'ne miese Hütte«, sagte Beatrice. »Ist das nicht krass? In unserem Loft musste sogar die Klobrille von einem italienischen Designer sein, und hier gibt er sich mit billigstem Trash zufrieden.«

»Vielleicht gerade deshalb«, war Katharinas trockener Kommentar. »Ist doch immer dasselbe: Zu Hause wollen sie Kaviar, aber woanders reicht eine Currywurst.«

Sie stiegen aus. Neugierig nahmen sie Beatrices neue Wirkungsstätte in Augenschein. Die verwitterten Steinputten vor dem Haus. Die bunten Lämpchengirlanden in den Büschen. Den Vorhof zur Hölle hatten sie sich irgendwie anders vorgestellt.

Beatrice ging voran, während die anderen beiden ihr zögernd folgten.

»Ich habe Pfefferspray dabei«, flüsterte Evi.

»Nee, echt jetzt?«, fragte Katharina beeindruckt. »Aber die K.o.-Tropfen hat unsere kleine Kräuterhexe hoffentlich zu Hause gelassen. Sonst endet der Abend auf der Polizeiwache.«

Evi verschwieg lieber, dass das Innenfach ihrer Handtasche prall gefüllt war mit Medikamenten für alle Lebenslagen. Man konnte nie wissen.

Beatrice klingelte schon an der Tür. Ein Schrank von einem Mann öffnete. Er trug einen schwarzen Anzug und eine grimmige Miene zur Schau. Seine massige Statur, die verspiegelte Sonnenbrille und das gegelte Haar wiesen ihn auf den ersten Blick als einen Türsteher der resoluten Sorte aus.

»Was soll'n das werden?«, grunzte er. »Die Swingernacht ist montags.«

»Ich habe ein Bewerbungsgespräch, werter Herr«, erwiderte Beatrice förmlich. »Wenn Sie denn mal die Freundlichkeit hätten, uns reinzulassen.«

Verdutzt zeigte er auf einen dunklen Flur, an dessen Ende rötliches Licht schimmerte.

Ein paar Sekunden später standen sie in einer matt beleuchteten Bar. Hinter dem Tresen spülte eine grauhaarige ältere Frau in einem schmutzigen Kittel Gläser. Der Raum war angefüllt mit niedrigen Couchen aus rotem Leder. An den tiefroten Wänden zogen sich flache Bassins entlang, in denen kniehoch Wasser stand. Es war brüllend heiß, ein muffiger Geruch lag in der Luft.

Beatrice erholte sich als Erste von dem Anblick. »Könnte ich bitte die Chefin sprechen?«, fragte sie.

»Bei der Arbeit«, sagte die alte Frau unwirsch. »Was kann ich für dich tun, Süße?«

»Wir – wir haben telefoniert«, antwortete Beatrice verblüfft. Auch eine Puffmutter hatte sie sich entschieden anders vorgestellt. »Ich bin die Uschi.«

Die Frau kniff die Augen zusammen. »Ah, die Hausfrau, die dringend einen Nebenjob braucht. Und wer sind die anderen beiden?«

»Kiki und Jeanette. Noch zwei Hausfrauen«, war alles, was Beatrice dazu einfiel.

Die alte Frau schüttelte den Kopf. Dann zündete sie sich eine Zigarette an und kam hinter dem Tresen hervor. Sie reichte Beatrice gerade mal bis zur Schulter. Ihre schlauen alten Fuchsaugen musterten den Neuzugang so sorgfältig wie ein Autohändler einen verbeulten Gebrauchtwagen. Missbilligend verzog sie den Mund.

»Pass auf, Schätzchen, das hier ist nicht der Straßenstrich. Mit dem Lametta und der Bemalung kannst du gerade mal in 'nem Transenclub punkten. Die Kunden wollen Natur. Geht euch waschen, dann reden wir weiter.«

Entsetzt wichen die drei zurück. Sie brauchten ihre Masken. Die Schminke hatte sie weitgehend unkenntlich gemacht. Und dabei musste es bleiben.

»Können wir es nicht erst mal so probieren?«, flehte Evi.

»Anfängerinnen«, grollte die Chefin. »Also gut. Zum Geschäft. Um halb zehn öffnen wir. Ihr bringt die Kunden dazu, Champagner zu trinken, klar? Immer gleich 'ne ganze Flasche. Und sofort anfassen, immer mitten rein ins Getriebe. Nur nicht so zimperlich. Für euch sind fünf Mäuse pro Pulle drin, also füllt die Kerle ab.«

»Und was bezahlen die?«, fragte Katharina.

»Drei Hunnis pro«, war die Antwort. »Jetzt zum Service. Alles ist genau geregelt. Verderbt uns bloß nicht die Preise.« Mit teilnahmsloser Stimme zählte die Chefin auf, welche einschlägigen Dienstleistungen wie viel Honorar einbrachten. »Ohne Gummi das Doppelte. Die Hälfte geht ans Haus. Sobald ihr den Gang zu den Séparées betretet, wird die Asche fällig. Wer schummelt, macht nähere Bekanntschaft mit Joe.« Sie zeigte auf den Türsteher, der sich mit verschränkten Armen neben dem Tresen aufgebaut hatte. Mit dem ist nicht zu spaßen, dachte Evi. Der könnte selbst meine achtzig Kilo mit zwei Fingern aus dieser Bude tragen.

Die Chefin zündete sich eine neue Zigarette an. »Habt ihr den Bockschein dabei?«

»Den – was?«, fragte Katharina.

»Na, den Schein, dass ihr sauber seid.«

»Wir sind kerngesund«, trällerte Beatrice.

»Das sagen sie alle«, erwiderte die Chefin. Sie blies eine Rauchwolke aus. »Also schön. Seht euch erst mal um. Bin gleich wieder da.«

Sie verschwand hinter einem Vorhang aus klirrenden Perlenschnüren, während Joe unbeweglich stehenblieb.

»Das hier ist echt ohne Worte«, flüsterte Katharina.

Aus den Tiefen der Hinterzimmer kamen fünf junge Mädchen in Bikinis herein und setzten sich in die Wasserbassins. Träge planschten sie herum und unterhielten sich in einer unverständlichen Sprache. Ab und an warfen sie neugierige Blicke zu den drei neuen Kolleginnen.

Beatrice zeigte auf die Mädchen. »Los, Katharina, dann recherchieren wir mal.«

Sie gingen zu den Bassins und blieben daneben stehen.

»Guten Abend. Ich hätte da ein paar Fragen. Woher kommen Sie? Sind Sie freiwillig hier? Behandelt man Sie gut?«, erkundigte sich Katharina.

»Wirrr Ukkraiiene«, sagte eines der Mädchen. Sie trug einen schwarzen Bikini mit Pailletten. »Iiiist schlecht niiecht, derrrr Jooob. Deutsche Männnaarrrr sehhr höffflich.«

»Ist nicht Ihr Ernst«, entgegnete Beatrice.

Das Mädchen zuckte mit den Schultern. »Waaas errrrnst? Maaachen Job. Nicht frragen, nicht saagen.«

»Bedroht man Sie? Haben Sie Ihre Pässe noch?«, fragte Katharina.

Diesmal antwortete ein Mädchen in weißem Bikini. »Waaas Sie wollen? Sind wirrr legal, haben Aufenthaalt. Waarrrum Ärrger maachen?«

Katharina schüttelte den Kopf. »So kommen wir nicht weiter. Vielleicht erfahren wir mehr, wenn die Kunden aufschlagen.«

»Beim fröhlichen Badespaß«, sagte Beatrice sarkastisch.

»Müssen wir wirklich in das schmuddlige Wasser?«, fragte Evi. Sie verspürte einen unwiderstehlichen Drang nach Putzeimer und Scheuermilch.

Beatrice ging zu einem freien Bassin, zog einen ihrer Highheels aus und hielt den Fuß ins Wasser. »Lauwarm. Nicht gerade die Wellnessoase vom Schlosshotel Seeblick, aber ...«

Nun ging alles blitzschnell. Ihr anderer Fuß wackelte kurz auf dem steilen Absatz, dann verlor Beatrice das Gleichgewicht und fiel platschend in das Becken. Ihre Perücke rutschte vom Kopf, versank sofort und tauchte wie eine rotbehaarte Qualle wieder auf.

Die Mädchen kicherten. Mit schnellen Schritten waren Katharina und Evi bei Beatrice. Katharina fischte die Perücke aus dem Wasser und stülpte sie ihr auf den Kopf, während Evi eine Hand von Beatrice umklammert hielt und mit Leibeskräften daran zog.

»Was soll das denn werden?«, schimpfte Katharina.

»Die Europamedaille im Brustschwimmen«, keuchte Beatrice und zeigte auf ihre Brüste, die bei der Schwimmaktion aus ihrem Futteral gerutscht waren.

Sie kletterte aus dem Bassin und fing hysterisch an zu lachen.

»Herrje, Mopsalarm«, sagte Katharina und half Beatrice, den Busen in die Latexkorsage zurückzustopfen. Sie stutzte. »Das ist ja ein Busen-Tattoo! Davon hast du noch gar nichts erzählt.«

»Darf man vielleicht auch ein Privatleben haben?« Beatrice schüttelte sich wie ein nasser Hund und schlüpfte in ihre Highheels. »Mann, das ist aber auch glitschig hier. Das nächste Mal ziehe ich Badelatschen an, sonst brech' ich mir noch alle Gräten.«

»Wenn wir weiter so viel Blödsinn machen, erledigt Joe das für uns«, flüsterte Evi. »Vorsicht, Kingkong auf sechs.«

Mit unbeweglichem Gesicht stampfte Joe heran und reichte Beatrice ein Handtuch, um sogleich auf seinen Beobachterposten zurückzukehren. Der Mann hatte offensichtlich zu viele peinliche Szenen erlebt, um sich noch aus der Fassung bringen zu lassen.

»Wie sehe ich aus?«, fragte Beatrice.

»Wie ein explodierter Gummireifen«, kicherte Katharina.

»Du bist echt unmöglich.«

Evi ließ sich auf eine Couch fallen und lenkte den Blick zur Decke, die aus lauter Spiegeln bestand. »Und ich sehe aus wie ein Pfannkuchen in Leder«, jammerte sie.

»Wenn du Glück hast, steht heute einer auf Pfannkuchen«, sagte eine Frau, die aus der Ecke kam, in der die Chefin verschwunden war. Sie hatte lange schwarze Haare und trug ein enganliegendes Glitzerkleid zu roten Schaftstiefeln.

»Wo ist denn die Chefin geblieben?«, erkundigte sich Beatrice.

»Steht vor dir, Schätzchen.«

Jetzt erst sah Beatrice, dass die alte Frau im Kittel eine wundersame Veränderung durchgemacht hatte. Es war unfassbar. Beatrice wollte gerade etwas sagen, als es klingelte. Joe setzte sich in Bewegung, und kurz darauf kamen zwei Herren in grauen Anzügen herein. Sie nickten den drei Freundinnen zu und setzten sich an den Tresen.

»Stammkunden«, raunte die Chefin Beatrice zu. »Nun zeig mal, was du draufhast.«

Beatrice wurde blass unter ihrer Schminke. »Das, das geht nicht«, presste sie hervor. »Wo ist die Toilette?«

»Ach du liebe Güte, stellt sich jetzt schon an, das gute Kind. Also die nächste.« Die Puffmutter winkte Evi zu sich. »Wenn du jetzt auch noch zickst, könnt ihr gleich wieder abmarschieren.«

Todesmutig setzte sich Evi zu den beiden Herren und wurde erst mal mit hochgezogenen Augenbrauen begutachtet. Die Knäckebrotkrümel juckten. Unauffällig kratzte sie sich am Dekolleté. Sie hätte sich am liebsten das ganze Kleid vom Leib gerissen und die Krümel entfernt, doch das hätte zu folgenreichen Missverständnissen geführt.

»Neu hier?«, fragte einer der beiden Herren. Er begann, wie absichtslos mit der Schleife ihrer Schnürung zu spielen.

»Hm. Ich heiße E-äh-Jeanette.«

»Jeanette? Baguette, Cigarette? Französisch, was? Bist ja 'n echtes Schnuckelchen.«

Aus dem Augenwinkel sah Evi, wie die Chefin eine Geste machte, die aussah, als würde sie aus einem unsichtbaren Glas etwas ebenso Unsichtbares trinken.

»Ich habe schrecklichen Durst«, behauptete Evi. »Wollen wir nicht was trinken?«

»Okay, ein Glas warme Milch vielleicht? Für das französische Kätzchen?«

Die Herren lachten anzüglich, doch Evis Lächeln war wie eingetackert. So schnell ließ sie sich auch wieder nicht ins Bockshorn jagen.

»Ich mag es kühl und prickelnd«, flötete sie.

»Gina, 'ne Flasche Schampus für die Lady!«, rief der eine.

»Und was ist mit mir?« Nun setzte sich auch Katharina an den Tresen. Sie warf gekonnt ihr Blondhaar zurück und legte dem anderen Herrn die Hand auf die Schulter.

»Zwei Flaschen, Gina!«, bestellte er.

Die Chefin hob unauffällig den Daumen. Wenigstens an der Getränkefront klappt es, schien ihr Blick zu sagen.

»Schon lange im Geschäft?«, fragte der Herr, der sich handgreiflich für Evi interessierte. »So 'ne Doppelrahmstufe sieht man nicht alle Tage hier.«

Er hatte ihre Schleife fast aufgezogen. Gierig stierte er in Evis Dekolleté.

»Geben Sie einem hoffnungsvollen Talent eine Chance«, erwiderte sie. Den Satz hatte sie sich von Robert gemerkt.

»Dann nehmen wir den Schampus am besten gleich in die Sauna mit«, grinste ihr Verehrer. Er zog Jackett und Schlips aus.

Evi rutschte unbehaglich auf dem Barhocker hin und her.

Und jetzt? Was war eigentlich der Plan? Von Beatrice war nichts zu sehen. Ob ihr schlecht geworden war? Langsam ließ sie sich vom Barhocker gleiten.

»Bin gleich wieder da!«, versprach sie. Dann machte sie sich auf die Suche nach Beatrice.

Sie fand ihre Freundin im Vorraum der Toilette. Beatrice war inzwischen grün im Gesicht und wischte sich den Schweiß von der Stirn.

»Was ist denn passiert?«, fragte Evi besorgt.

»Der eine Typ an der Bar …«, sagte Beatrice tonlos.

»Ja? Was ist mit ihm?«

Beatrice sank auf einen mit Kunstfell bezogenen Hocker.

»Das ist – Hans-Hermann. Mein Mann.«

Es war Mitternacht, als sie das Etablissement verließen. Sie mussten sich aneinander festhalten, um nicht umzufallen, denn sie alle hatten einen schweren Schwips. Auf unsicheren Beinen trippelten sie zur Straße. Gina hatte ihnen netterweise ein Taxi bestellt, nicht ohne darauf hinzuweisen, dass es das nächste Mal handfester zugehen müsse.

»Bingo!«, rief Katharina. »Auf frischer Tat ertappt, der fesche Hans-Hermann!«

»Irre, einfach irre!«, hechelte Evi, die kaum noch Luft bekam in ihrem eng verschnürten Kleid. Sie fühlte sich wie ein Postpaket. Wie durch ein Wunder war es ungeöffnet geblieben. Sie hatte aber auch alle Liebestöter angewendet, die sie sich im Laufe ihrer Ehe zugelegt hatte: Kochrezepte, Kinderkrankheiten, Wetterberichte. Und es hatte gewirkt. Einer nach dem anderen hatte irgendwann von ihr abgelassen.

»Wo bleibt denn das Taxi?«, rief Beatrice ungeduldig.

Schwankend standen sie in der kühlen Nachtluft und atmeten tief ein und aus. Es war eine Wohltat nach der feuchten Schwüle der Bar. Hinter ihnen lagen die unglaublichsten zweieinhalb Stunden ihres Lebens. Evi hatte es auf stattliche zehn Flaschen Champagner bei den Kunden gebracht, Katharina immerhin auf vier. In ihren Handtaschen lag säuberlich abgezählt ihr Anteil am Umsatz.

»Dein Hans-Hermann ist echt fotogen«, machte sich Katharina lustig. »Um die Fotos werden sich noch deine Enkel reißen. Bist du zufrieden?«

»Die Antwort wird dir nicht gefallen«, erwiderte Beatrice düster. »Ich habe mein Handy zu Hause vergessen.«

Evi riss sich die Perücke vom Kopf und fuhr sich durch ihr schweißverklebtes Haar. »Sag, dass das nicht wahr ist!«

»Hallo? Geht's noch?« Katharina kniff Beatrice vor Aufregung in den Arm.

»Au!«, schrie Beatrice. »Ja, ich weiß, ich bin so was von stupid. Doch ich konnte ja nicht ahnen, dass Hans-Hermann gleich heute aufschlagen würde. Mir hat der Mistkerl was von einer Dienstreise nach Brüssel erzählt.«

Katharina war außer sich. »Dienstreise!«

»Ich könnte mich ohrfeigen«, sagte Beatrice wütend. »Zuerst dachte ich ja, dass er mich sofort erkennt. Doch weit gefehlt. Hattet ihr übrigens ...«

»Körperkontakt?«, vollendete Katharina die Frage. »Nö. Bei mir haben die Typen vorher abgedreht. Ich habe so lange über meine Fußpilzattacken gesprochen, bis sie final angeödet waren.«

»Hans-Hermann ist richtig süchtig nach dem Laden«, erzählte Evi. »Er kommt nächsten Samstag wieder her, hat er gesagt.«

»Dann geht der ganze Schlamassel also wieder von vorn los«, stellte Katharina fest. »Na, immerhin ist es lukrativ. Zwanzig Mäuse, steuerfrei! Die sollten wir sofort verprassen.«

»Und wohin sollen wir gehen, so wie wir aussehen?«, fragte Beatrice entnervt. »Stehparty in Rudis Resterampe? Ball der verlorenen Herzen? Bahnhofsmission?«

»Da kommt das Taxi!«, rief Evi und sprang zum Bordstein, um den Fahrer heranzuwinken.

Alle hatten sie das Gefühl, als hätten sie mindestens zwei Tage im Club Désirée zugebracht. Erschöpft ließen sie sich auf den Rücksitz fallen.

»Junger Mann, haben Sie einen Tipp, wo wir noch 'ne Tasse Schnaps bekommen?«, fragte Beatrice den Taxifahrer.

Der zuckte mit den Schultern. »Café Absturz vielleicht«, sagte er. »Da fallen Sie nicht weiter auf.«

Es wurde still. Wie erstarrt saßen die drei Freundinnen da und brachten kein Wort heraus.

»Also, soll ich Sie nun dahinfahren oder nicht?«

Wieder kam keine Reaktion. Nun drehte sich der Fahrer um und musterte das stumme Trio. Seine halblangen dunklen Haare reichten bis zur Schulter. Er hatte braune Augen und schmale Hände.

»Schlosshotel Seeblick«, sagte Beatrice.

»Präsidentensuite«, flüsterte Katharina.

»Petersburger Schlittenfahrt«, stöhnte Evi.

Kapitel 8

»Zufälle gibt's nicht«, orakelte Beatrice, während sie in einem großen Glas Latte macchiato rührte.

»Es war eine Fügung«, bestätigte Evi.

Katharina trank einen Schluck Tee. »Der genialste Schachzug des Universums seit dem Urknall.«

Sie hockten mit Robert an einem kleinen Tisch im Café Absturz und konnten es noch immer nicht fassen. Da hatten sie vergeblich nach ihm gesucht, und nun war er einfach wieder in ihr Leben geschneit.

Das Lokal war eng und völlig überfüllt. Sogar zwischen den Tischen drängten sich stehend Gäste und unterhielten sich lautstark. Es waren ausnahmslos Männer. Manche trugen Lederklamotten, andere Frauenkleider, auch ein paar Anzugträger waren dabei. Schwaden schweren, süßen Parfums hingen in der Luft. Robert hatte recht gehabt: Hier fiel selbst das Trio fatal nicht auf, trotz des exzentrischen Stylings.

»Tut mir leid, dass ich euch nicht gleich erkannt habe«, entschuldigte sich Robert. »Was habt ihr eigentlich in diesem komischen Saunaclub angestellt? Eine Halloweenparty?«

»Falls du denkst, dass wir Kollegen sind, vergiss es«, antwortete Katharina hoheitsvoll.

»Kollegen?« Robert runzelte die Stirn. »Ach das. Tja, ich bin ausgestiegen. Taxifahren bringt zwar längst nicht so viel, aber der Callboyjob ist nichts für mich.«

»Sorry, Sweetheart, da hatte ich aber einen ganz anderen Eindruck«, kicherte Beatrice. »Du bist wie geschaffen dafür! Der geborene Womanizer!«

Robert betrachtete die aufsteigenden Bläschen in seinem Mineralwasser. »Ihr seid ja auch – wundervoll. Aber wenn ihr es ganz genau wissen wollt: Ihr wart meine allerersten Kundinnen.«

Evi lächelte beglückt. »Das heißt, du hast vorher noch nie …? Ich meine, für Geld …?«

»War nur ein Versuchsballon. Ich habe Schulden. Mein Kumpel André meinte, dass es leicht verdientes Geld sei. Und ihr habt es mir nun wirklich leichtgemacht!«

Die drei strahlten selig. Evi strahlte am heftigsten. Es war das schönste Kompliment, das sie je bekommen hatte.

»Beginner's luck«, gluckste Beatrice.

»Aber nach dieser Nacht dachte ich: So viel Glück habe ich bestimmt nicht noch einmal«, fuhr Robert fort. »Deshalb bin ich gleich wieder ausgestiegen.«

»Und deine Schulden?«, erkundigte sich Evi mitfühlend.

Robert hob die Hände. »Das wird schon. Ich bin so 'ne Art Dauerstudent. Habe immer wieder abgebrochen und alles Mögliche gemacht: Animator im Ferienclub, Elektriker, Software-Entwickler. Doch jetzt packe ich es. Ende des Jahres mache ich mein Examen. Wenn alles gutgeht, bekomme ich danach eine Stelle als Assistenzarzt in der Charité. Dann ist die Durststrecke überwunden.«

»Hey, ein Doc!«, sagte Beatrice. »Die Doktorspiele hast du jedenfalls drauf!«

»Also wirklich, Beatrice«, tadelte Evi ihre Freundin. »Du hast doch gehört, dass er die Sache aufgegeben hat.«

»Wäre aber schade, wenn es für immer wäre«, sagte Katharina. »Kannst du nicht ab und zu eine Ausnahme machen?«

Ein Anflug von jungenhaftem Stolz huschte über Roberts Gesicht. »War's wirklich so gut?«

»Besser«, versicherte Katharina.

»Twelve points«, sagte Beatrice.

»Galaktisch«, schwärmte Evi.

Eine verlegene Pause entstand. Eine jener Pausen, die immer dann eintreten, wenn alle dasselbe denken, es aber nicht auszusprechen wagen. Die Luft vibrierte. Nein, sie brannte.

»Na jaaa, eine Ehrenrunde wäre drin«, sagte Robert langsam. »Aber nicht für Geld. Nur zum fun. Als kleines Dankeschön.«

Die drei wagten kaum zu atmen. Elektrisiert sahen sie ihn an. Evi vergaß sogar die juckenden Krümel in ihrem Dekolleté. Sie konnte kaum glauben, was sie hörte. Der Himmel tat sich auf!

Auch Robert schien auf einmal aufgeregt zu sein. Er strich sich das Haar aus dem Gesicht und rieb an seiner Lederjacke herum.

»Zu mir können wir leider nicht gehen«, sagte er. »Ist 'ne WG. Und ziemlich hellhörig.«

Ratlos sahen die Freundinnen einander an. Evi hatte eine Familie daheim. Beatrice musste damit rechnen, dass Hans-Hermann vorzeitig von seiner »Dienstreise« zurückkehrte. Blieb nur Katharina. Oder ein Hotel. Aber das war zu gefährlich, so mitten in der Stadt. Sie sahen nicht gerade parketttauglich aus, und man konnte nie wissen, wer einem über den Weg lief.

Katharina spürte, was Evi und Beatrice dachten. Der Schwips und Roberts Anwesenheit ließen sie alle Vorsicht vergessen.

»Wir könnten zu mir gehen«, sagte sie heiser.

Es war fünf Uhr morgens, als Evi erwachte. Ein penetrantes Summen hatte sie geweckt. Sie langte aus Gewohnheit nach rechts, wo der Wecker stand. Doch da war kein Wecker. Da war ein Knäuel ineinander verschlungener Körper, die tief und regelmäßig atmeten.

Eine völlig abgefahrene Nacht lag hinter ihr. Und wenn ihr Gedächtnis sie nicht trog, hatte das Trio fatal ein erotisches Quartett gegründet, das Evi sich selbst in ihren kühnsten Träumen nicht hätte ausdenken können. Zwar hatte Robert die drei Freundinnen einzeln zu Privataudienzen empfangen. Doch irgendwann hatte Katharina Pyjamas verteilt, und dann waren sie alle zusammen ins Bett gekrochen und hatten sich aneinandergekuschelt wie eine große, glückliche Familie.

Das Summen setzte wieder ein. Im Halbdunkel machte Evi die Gestalt von Katharina aus, die ihren Kopf ins Kissen vergraben hatte.

»Hey«, flüsterte Evi und rüttelte an Katharinas Schulter. »Was ist das?«

»Hmmm. Was denn?« Schläfrig öffnete Katharina die Augen.

»Da summt was. Hörst du das denn nicht?«

Mit einem Schlag war Katharina hellwach. Verständnislos musterte sie die Bescherung: ein Mann und drei Frauen in einem Doppelbett. In ihrem Doppelbett.

»Sag, dass das nicht wahr ist!«, zischte sie.

»Was'n los?«, murmelte Beatrice mit schwerer Zunge. »Kann man nicht mal in Ruhe schlafen?«

Nun kam auch Leben in Robert. Im Halbschlaf flüsterte er etwas vor sich hin und schlang einen Arm um Beatrice, die sich sofort wieder an ihn schmiegte.

Mit einem Satz war Katharina aus dem Bett.

»Welcher Tag ist heute?«

Evi überlegte, was ihr angesichts der frühen Stunde, der verwirrenden Ereignisse und der Wirkung verschiedenster alkoholischer Getränke nicht gerade leichtfiel.

»Äh – Montag?«

Katharina raufte sich die Haare. »Dann steht ER vor der Tür!«

»Wer – er?«, fragte Beatrice mit einem wohligen Seufzer. »Robert ist doch hier.«

»Horst, verdammt!!«

Wieder summte es. Diesmal war der frühe Besucher zu einem hartnäckigen Dauerton übergegangen.

Katharina begann hektisch, die verstreuten Kleidungsstücke zusammenzuraffen, die überall herumlagen. Eins nach dem anderen warf sie in den Schrank.

»Los, in die Küche. Aber dalli! Montag ist Horsttag! Da hüpft er immer in mein Bett, bevor die Sitzungen beginnen. Los doch, ihr müsst auf der Stelle verschwinden!«

Mit einem Ausdruck größten Bedauerns löste sich Beatrice aus Roberts Umarmung, während Katharina drei Paar Highheels und Roberts Turnschuhe unters Bett kickte.

Evi küsste Robert sanft auf die Stirn. »Guten Morgen, mein Prinz! Gleich gibt es Kaffee.«

»Komm schon, wir haben keine Zeit für Sentimentalitäten«, trieb Katharina sie zur Eile an. Mittlerweile klingelte auch ihr Handy. Mit fahrigen Bewegungen wühlte Katharina es aus ihrer Tasche.

»Jaaaa?«, raunte sie. »Oh, Horst, mein Fröschchen. Ja, ich mache gleich auf. Ich war wohl gerade im Tiefschlaf.«

»Frösch-chen!!«, wiederholte Beatrice grinsend. »Wer

braucht denn einen Frosch, wenn er einen Prinzen im Bett hat?«

»Raus jetzt!«, kommandierte Katharina streng. »Und keinen Mucks!«

Zu dritt hievten sie Robert aus dem Bett und schleiften ihn in die Küche. Dort setzten sie ihn auf einen Stuhl. Sofort sank sein Kopf mit einem allerliebsten Schnarcher auf den winzigen Küchentisch. Dann liefen sie ins Schlafzimmer zurück, um die letzten Spuren zu beseitigen.

Evi pflückte einen BH von der Nachttischlampe, der im Eifer des Gefechts dorthin geflogen war. Beatrice drehte die Kissen um, die voller Lippenstift waren. Katharina riss das Fenster auf, um die Ausdünstungen zu vertreiben, die vier erwachsene Menschen im Liebestaumel abgesondert hatten. Den Rest überließ sie einem gütigen Schicksal und dem schwachen Morgenlicht.

Im Laufschritt kehrten Evi und Katharina in die Küche zurück und schlossen leise die Tür hinter sich. Dann lauschten sie gespannt.

»Horst, entschuldige, ich hatte eine Schlaftablette genommen. Deshalb habe ich dich gar nicht gehört«, klang es zuckersüß aus dem Flur.

»Lass mich nie wieder so lange draußen warten! Wenn man mich sieht!«, schimpfte eine Männerstimme. »So ein Risiko kann ich mir nicht erlauben!«

»Komm doch erst mal rein. Das Bett ist noch warm«, gurrte Katharina. Dann war es eine Weile ruhig.

Evi ballte die Hände zu Fäusten und bohrte ihre Fingernägel in die Handflächen. »Hoffentlich merkt er nichts«, flehte sie.

»Er muss ziemlich dämlich sein, wenn er nichts merkt«, flüsterte Beatrice. »Aber hoffen wir's.«

»Will zurück ins Bett«, murmelte Robert.

Sofort waren die beiden bei ihm und versuchten, ihn zum Verstummen zu bringen.

»Pscht«, machte Evi und hielt ihm den Mund zu.

»Träum schön.« Beatrice betrachtete ihn hingebungsvoll. »Ist er nicht phantastisch?«

Evi nickte. Dann musterte sie mit fachkundigem Blick Katharinas Küche. Es war das Traurigste, was sie je gesehen hatte. In der kargen Küchenzeile gab es nicht mal einen Backofen. Die Herdplatten schienen unbenutzt zu sein. Und den Kühlschrank musste sie erst gar nicht öffnen, um zu wissen, dass der Inhalt ähnlich trostlos sein würde wie bei Beatrice.

Jenseits der Küchentür hörte man Musik. Offensichtlich befürchtete Katharina, dass sich ihre Gäste akustisch bemerkbar machten.

Furchtsam sah Evi auf ihre Uhr. »Halb sechs. Um halb sieben muss ich die Kinder wecken«, flüsterte sie. »Außerdem wacht Werner gleich auf. Was soll ich bloß tun?«

Wieder lauschten sie. Zur Musik gesellten sich nun Geräusche, die nichts an Eindeutigkeit vermissen ließen.

»Wie es aussieht, könnte jetzt auch ein Düsenjet aufs Haus stürzen, und der ehrenwerte Herr Minister würde nichts merken«, lachte Beatrice leise. »Flitz los. Ich pass auf Robert auf.«

»So soll ich auf die Straße gehen?«

Evi trug einen zu engen Bärchenpyjama aus Katharinas Kollektion. Das Lederkleid und ihr Mantel lagen unerreichbar im Kleiderschrank.

»Schnapp dir was von der Garderobe«, flüsterte Beatrice. »Und ab dafür!«

»Meine Schuhe!«, jammerte Evi.

143

»Was ist damit?«

»Weg«, stöhnte Evi.

Beatrice zeigte auf ein Paar rosafarbene Plüschpantoffeln, das neben dem Herd stand. »Versuch's damit. Und wisch dir das Zeugs aus dem Gesicht. Du siehst aus wie Alice Cooper im Vollrausch!«

Sie nahm ein Küchenhandtuch, feuchtete es am Wasserhahn an und reichte es Evi, die sich mit schnellen Bewegungen die Schminke abrieb. Dann streifte sie sich die Plüschpantoffeln über. Jetzt sah sie aus wie eine Vierjährige, die über Nacht erwachsen geworden war.

»Danke«, sagte Evi. »Du bist die beste Freundin unter der Sonne.«

»Du auch«, lächelte Beatrice.

Lautlos schlich Evi zur Küchentür und öffnete sie vorsichtig. Im Flur riss sie einen Mantel vom Garderobenhaken, schnappte sich ihre Handtasche und stürzte hinaus, während der Herr Familienminister sich lustvoll ins Nirwana beamte.

Alles schien ruhig, als Evi um Viertel nach sechs aus dem Taxi stieg. Die Jungen schliefen sowieso felsenfest, und Werner war hoffentlich noch nicht aus seinem künstlichen Schlaf erwacht. Doch Evi hatte nicht mit Kafka gerechnet. Freudig kam die kleine Hündin auf sie zugelaufen und wedelte erwartungsvoll mit dem Schwanz, als sie sich gerade unbemerkt ins Haus schleichen wollte.

»Guter Hund, braver Hund«, lobte sie sie. »Sei so lieb und halt dein hübsches Schnäuzchen!«

Der Name Kafka war Svens Idee gewesen. Er mühte sich gerade im Deutsch-Leistungskurs mit diesem Dichter ab. Allerdings war Kafka leider schon am frühen Morgen hyperaktiv. Hocherfreut über die Aussicht auf ihr Frühstück begann sie zu bellen. Und schon erschallte ein vertrauter Schrei aus den oberen Gemächern.

»Eviiiii!«

»Ja-haaa!«

Sie warf den Mantel über das Treppengeländer und hastete nach oben, gefolgt von Kafka.

»Wo warst du?« Mit blutunterlaufenen Augen saß Werner auf der Bettkante und versuchte, die Füße auf den Boden zu stellen.

Evi hielt den Hund fest, der drauf und dran war, auch Werner seine tiefe Sympathie zu zeigen. Ihr Herz schlug bis zum Hals. Noch nie war sie eine ganze Nacht lang weggewesen, einfach so. Seit längerem schlief sie allerdings im Gästezimmer. Deshalb war Werner bisher nicht in der Lage gewesen, ihre Anwesenheit zu überprüfen. Heute Morgen jedoch sah er furchtbar munter aus. Hatte er etwas gemerkt?

»Also? Ich warte auf eine Antwort!«

Zum Glück war sie so geistesgegenwärtig gewesen, noch schnell am Bahnhof eine Bäckerei aufzusuchen. Fröhlich schwenkte sie eine Papiertüte. »Ich war Brötchen holen! Du magst doch frische Brötchen zum Frühstück. Willst du ein Spiegelei dazu?«

Natürlich spürte Werner, dass etwas nicht stimmte. Doch Evis lachhafter Pyjama und die Pantoffeln ließen nicht darauf schließen, dass sie eine absolut unanständige Nacht verbracht hatte.

»Na ja, das mit den Brötchen ist okay«, lenkte er ein. »Deck im Esszimmer für zwei. Ich bekomme Besuch.«

»Besuch? So früh am Morgen? Wer ist es denn?«

»Mergenthaler. Wir haben was zu besprechen.«

Evi schluckte. Oh, nein! Lief da was hinter ihrem Rücken? Seit dem denkwürdigen Abend im »Délice français« hatte sie mehrmals mit Dr. Mergenthaler telefoniert und den Eindruck gewonnen, dass er ihr nach wie vor treu ergeben war. Angeblich machten seine Transferaktionen Fortschritte. Dieser unvermutete Besuch passte nicht ganz dazu. Was jedoch absolut nicht zu ihrer tränentreibenden Story vom todkranken Werner passte, war seine unvermutet gute Verfassung.

»Willst du schon mal einen frisch gepressten Orangensaft, Schnuffelbärchen?«, fragte Evi zitternd. »Oder einen Kaffee?«

»Beides. Und zieh dir was Anständiges an«, grummelte Werner.

Sogleich lief Evi in die Küche und warf die Espressomaschine an. Während sie sechs Eier aus dem Kühlschrank holte, dachte sie fieberhaft nach. Abführmittel? Valium? Oder war ein innovativerer Cocktail angebracht?

Hektisch riss sie den Medikamentenschrank auf. Im obersten Regal fand sie ein starkes Kreislaufmittel. Es war gegen niedrigen Blutdruck gedacht und putschte ziemlich auf, wie sie sich erinnerte. Vor einiger Zeit hatte sie es sich wegen ihrer Schwindelanfälle verschreiben lassen. Zusammen mit den bewährten Tropfen und Werners Neigung zu Bluthochdruck müsste das einen Paukenschlag ergeben.

Der Mörser gehörte neuerdings zu ihren unverzichtbaren Küchenutensilien. Sie zermalmte zehn Tabletten zu einem gleichmäßigen Pulver und rührte ein paar Tropfen ihrer Lieblingsmedizin dazu. Dann drückte sie auf die Cappuccinotaste der Kaffeemaschine, presste Orangen aus und verteilte ihre Spezialmischung auf die Tasse und ein Glas Orangensaft.

Werner war kraftlos in die Kissen zurückgesunken, als sie mit den Getränken ins Schlafzimmer zurückkehrte.

»Gleich wirst du dich besser fühlen«, versprach sie. »Soll ich dir einen Anzug mit Hemd und Krawatte rauslegen?«

Seit sie entdeckt hatte, wie leicht Werner zu manipulieren war, war alles ganz einfach. Sie schlug einen Anzug vor? Also würde er widersprechen. Und genau so war es.

»Lass das blöde Theater. Für den Finanzfritzen brauch ich keinen Schlips. Bring mir einen Bademantel«, befahl er, während er nach der Cappuccinotasse griff.

Wunderbar. Im Bademantel würde er gleich wieder ein bisschen kränker aussehen. Evi lief ins Badezimmer. Sie unterdrückte ein Kichern, als sie sich im Spiegel sah. Ausgerechnet die coole Katharina besaß Pyjamas aus der Kinderabteilung. Irgendwo hinter Katharinas sachlicher Fassade musste wirklich eine tiefe Sehnsucht nach einem ganz anderen Leben schlummern. Nach einem Leben voll niedlicher Bärchen.

In Windeseile zog sie den Pyjama aus und ein Kleid vom Vortag an, das auf dem Badewannenrand lag. Dann weckte sie die Jungen. Neuerdings war das ihre leichteste Übung. Sobald Kafka in die Kinderzimmer durfte, sprangen die beiden aus den Federn, als hätte jemand einen Schalter umgelegt.

»Eviiii!«

Konnte dieser Mann denn nicht einen Moment lang Ruhe geben? Sie nahm Werners hässlichsten Bademantel vom Haken, ein verwaschenes Etwas in Orange, und lief zu ihm. Werner stürzte gerade den Orangensaft hinunter.

»Ahhh«, seufzte er, mit einem herzhaften Rülpser. »Schon besser! Ich könnte Bäume ausreißen!«

Die Wirkung des Kreislaufmittels, das Evi ausgesprochen großzügig dosiert hatte, setzte ohne Verzögerung ein. Ein Ruck ging durch seinen Körper. Sein Gesicht rötete sich, bis es einen Purpurton annahm. Mit Schwung stieg er aus dem Bett und zog den Bademantel an, der sein rotes Gesicht wie einen Feuermelder aussehen ließ.

»Werner Wuttke ist wieder da!«, krähte er.

»Endlich, mein Liebling«, sagte Evi.

Mit glasigem Blick trottete er zur Toilette.

Was hat er vor? Warum lässt er Hubert kommen?, fragte sich Evi unablässig, als sie Brötchen aufschnitt und den Tisch im Esszimmer deckte. Für drei. Sie wollte sich das Schauspiel nicht entgehen lassen.

Die Haustürklingel schrillte. Schon hörte sie Werners schwere Schritte auf der Treppe und dann seine dröhnende Begrüßung. Evi belegte Teller mit Wurst und Schinken, holte sämtliche Marmeladentöpfe aus dem Kühlschrank und stellte alles auf ein Tablett. Dann briet sie die Spiegeleier.

Gähnend kamen die Kinder in die Küche und machten sich über die Brötchen her.

»Ist Papa wieder gesund?«, fragte Kalli.

»Hört man doch«, sagte Sven trocken.

»Nehmt das Obst mit, das ich euch eingepackt habe«, sagte Evi. »Und dann los. Ich hole euch heute von der Schule ab.«

»Wieso'n das?«, fragte Sven misstrauisch.

»Überraschung«, erwiderte Evi.

Sie begleitete die beiden zur Haustür und sah ihnen voll Zärtlichkeit nach. Es war noch nicht zu spät, um sich mit ihnen anzufreunden.

»Eviiii! Verdammt, wo bleibst du denn?«

Was Werner hier aufführte, grenzte an Sklaverei. Er kommandierte sie ja herum wie eine Leibeigene! Nicht mehr lange, dachte Evi grimmig. Sie eilte zurück in die Küche, verteilte die Spiegeleier auf Teller und ging erhobenen Hauptes ins Esszimmer.

»Guten Morgen, Herr Dr. Mergenthaler«, strahlte sie.

Hubert trug einen eleganten dunkelblauen Anzug und schwenkte eine prall gefüllte Aktenmappe. Und wenn er nun doch etwas verraten hatte? Hielten Männer nicht zusammen wie Pech und Schwefel?

»Gnädige Frau!«

Mit einer leichten Verbeugung gab Dr. Mergenthaler ihr die Hand. Als er sich wieder aufrichtete, funkelte es hinter seinen dicken Brillengläsern. Dann wandte er sich Werner zu.

»Wie geht es Ihnen denn heute, Herr Wuttke?«

»Wieso? Bestens, bestens!«, tönte Werner.

Aber selbst ein medizinischer Laie hätte bemerkt, dass Werner Wuttke einen schlechten Tag hatte. Auf seinem dunkelroten Gesicht standen Schweißperlen, auf seiner Stirn schwoll eine bläuliche Ader beängstigend an.

»Wollen wir uns nicht setzen?«, fragte Evi und deutete auf den Tisch.

»Wir ja. Du nicht«, knurrte Werner.

Evi war seinen rüden Ton gewohnt, doch Dr. Mergenthaler sah ihn erschrocken an. »Nun, ich hätte nichts dagegen, wenn Ihre Frau Gemahlin ...«

»Aber ich«, schrie Werner in einer Aufwallung von Zorn. »Evi, dein Platz ist in der Küche!«

Sie tauschte einen kurzen Blick mit Dr. Mergenthaler.

»Sie müssen ihm verzeihen«, lispelte sie. »Er macht eine schwere Zeit durch.«

»Ich?« Werner explodierte fast. »Ich bin stark und gesund wie ein Stier, verdammt!«

Die Ader auf seiner Stirn fing an zu pulsieren. Lange hält

er nicht mehr durch, dachte Evi zufrieden. Beschwingten Schritts ging sie in die Küche, um das Tablett zu holen.

Im Esszimmer war es ruhig geworden, dann hörte man dumpfes Gepolter. Sofort rannte Evi zurück. Werner war der Länge nach hingeschlagen und atmete schwer.

»Sehen Sie«, flüsterte Evi. »So geht das die ganze Zeit!«

Totenbleich stand Dr. Mergenthaler da, unfähig, etwas zu tun. »Wir müssen einen Krankenwagen holen!«, rief er in höchster Aufregung.

»Nein, ich verständige unseren Hausarzt«, erwiderte Evi. »Er kennt sich mit den Symptomen aus. Werner hat öfter solche Anfälle.«

»Wenn Sie meinen.« Zweifelnd starrte Dr. Mergenthaler auf den röchelnden Werner.

»Wir sollten so bald wie möglich Nägel mit Köpfen machen«, raunte Evi. »Sie sehen ja, wie es um ihn steht. Was halten Sie von heute Abend?«

Sofort hellte sich die Miene des Finanzberaters auf. »Heute? Aber gern! Wenn ich gewusst hätte, wie schlecht es ihm geht … Um acht? An einem Ort Ihrer Wahl?«

»Gern«, flüsterte Evi. »Ich kenne da einen sehr gemütlichen Italiener.«

In diesem Moment schlug Werner die Augen auf. Ächzend rieb er sich den schmerzenden Kopf. Dann rappelte er sich mit bemerkenswerter Geschwindigkeit auf und rannte wie getrieben aus dem Zimmer. Knallend fiel die Tür der Toilette zu. Auch das Abführmittel schien nun seine segensreiche Wirkung zu entfalten.

»Beängstigend«, sagte Dr. Mergenthaler mit ersterbender Stimme. »Wir sollten in der Tat keine Zeit mehr verlieren.«

»Amore mio«, erwiderte Evi.

Irritiert hob Dr. Mergenthaler eine Augenbraue. »Wie meinen?«

»Adalbertstraße fünf, Viertel nach acht«, sagte Evi und versuchte es mit ihrem besten Augenaufschlag.

»Ich werde da sein«, versprach Dr. Mergenthaler.

»Und? Hat dein Horst was gemerkt?«

Evi rührte einen Kuchenteig und balancierte gleichzeitig das Handy zwischen Kinn und Schulter. Es war Mittagszeit. Werner lag im Schlafzimmer wie ein gefällter Baum und schnarchte, als wollte er das ganze Haus zersägen. Von wegen Bäume ausreißen.

»Hat er nicht!«, flüsterte Katharina. »Aber wie um Himmels willen konnte das bloß passieren? Ich muss geistig umnachtet gewesen sein! Nie im Leben hätten wir Robert in mein Appartement abschleppen dürfen.«

»Wo ist er überhaupt?«, fragte Evi.

»Keine Ahnung. Als ich in die Küche kam, war er weg. Beatrice auch. Sorry, ich muss Schluss machen. Gleich habe ich eine Pressekonferenz.«

»Wann sehen wir uns?«, fragte Evi.

»Morgen Abend eröffne ich eine Schule, zusammen mit Horst. Hast du Lust?«

»Und wie!« Evi war mehr als neugierig, den lüsternen Herrn Minister mal aus nächster Nähe kennenzulernen. »Kommt Beatrice auch?«

»Bestimmt. Ruf sie an. Ciao.«

Routiniert ließ Evi den Kuchenteig in eine Form gleiten und belegte ihn mit Apfelspalten. Kuchenbacken war ihr Schönstes. Na ja, genau genommen ihr Zweitschönstes, seit sie Robert kannte. Doch im Moment widmete sie sich mit Feuereifer ihren Mutterpflichten.

Sie freute sich auf den Nachmittag. Es würde ein anderer Nachmittag sein als sonst. Sie faltete ihre Schürze zusammen und horchte. Noch immer kamen sägende Geräusche aus dem Schlafzimmer, unterbrochen von fiependen Pfeiftönen. Evi programmierte den Hightech-Backofen und stellte die Form hinein. Dann rief sie Beatrice an.

»O Mannomann, ich habe einen Kopf wie ein Pressluft-hammer«, jammerte Beatrice. »Wie war's bei dir? Bist du rechtzeitig zu Hause gewesen?«

»Gerade so eben«, erwiderte Evi. »Aber was hast du bloß mit Robert gemacht?«

»Das war knapp, superknapp. Sobald er einigermaßen transportfähig war, sind wir abgedüst«, erzählte Beatrice. »Wir haben dann literweise Espresso gekippt, in einem Coffee-shop um die Ecke.« Sie lachte. »Weißt du was? Katharina braucht doch eine Kamera, um ihren Horst in der Disziplin des Seitensprungs zu dokumentieren. Robert kann so was. Remember? Er war mal Elektriker.«

»Ach, du liebe Liese«, entfuhr es Evi.

»Ganz deiner Meinung«, kicherte Beatrice. »Die Bilder gehen dann direkt auf Katharinas Laptop. Das nenne ich Effizienz.«

»Manchmal ist mir ein bisschen unheimlich, was wir da machen«, bekannte Evi.

Beatrice senkte verschwörerisch die Stimme. »Solange es heimlich passiert, ist die Nummer einfach nur unheimlich genial. Katharina wird aus dem Häuschen sein.«

»Wir könnten sie mit ihrem Seitenspringer morgen Abend zu einem Termin begleiten«, sagte Evi. »Wie findest du das?«

»Spooky. Aber lustig. Klar machen wir das. Sonst was Neues?«

Evi holte tief Luft. »Ein Date mit Dr. Mergenthaler. Heute noch. Wir müssen Gas geben. Lange kann ich Werner nicht mehr im Bett halten. Stell dir vor, er holt einen Arzt ins Haus. Selbst ein Werner Wuttke merkt irgendwann, dass was faul ist.«

Ein paar Sekunden war es still am anderen Ende.

»Äh, Evi?«

»Ja?«

»Ich kenne da einen Arzt, der sich bestens für eine fachgerechte Konsultation eignen würde.«

»Ach, wirklich? Wer ist es denn?«

»Ein taxifahrender Doktorand mit Elektrikererfahrung.«

Evi hielt den Atem an. Robert? Robert, der Werner untersuchte? Das überstieg ihre Vorstellungskraft.

»Überleg es dir«, sagte Beatrice. »Jetzt muss ich in ein Meeting. Halte durch!«

Evi konnte nur noch flüstern. »Mach ich.«

Sie war völlig durcheinander. Je länger sie allerdings über Beatrices Vorschlag nachdachte, desto besser gefiel er ihr. Die Frage war nur, ob man Robert trauen konnte. Sie begaben sich für immer in seine Hand, wenn sie ihn zu ihrem Komplizen machten. Und dann gab es doch diesen Dings, diesen Eid des Hippokrates. Verflixt, die Sache wurde allmählich kompliziert.

Sie trank drei Tassen heiße Schokolade. Doch das dumme Gefühl blieb, dass die Dinge eine schräge Eigendynamik entfalteten. Erst, als Evi den Porsche aus der Garage holte, besserte sich ihre Laune wieder. Wann hatte sie überhaupt das letzte Mal ihre Jungen von der Schule abgeholt? Sie konnte sich nicht erinnern. Entschlossen trat sie aufs Gaspedal.

Schon von weitem erkannte sie Sven und Kalli im lärmenden Gewühl vor der Schule. In einigem Abstand hielt sie an. Dann lief es ihr kalt über den Rücken. Sven rauchte! Gierig sog er an einer Zigarette und unterhielt sich mit ein paar anderen Jungen, während Kalli stumm danebenstand. Auch er hielt eine Zigarette in der Hand. Mit vierzehn! Wie furchtbar! Warum hatte sie das nie bemerkt? Wann waren die Kinder ihr eigentlich dermaßen entglitten, dass sie unbemerkt ein fremdes Leben führen konnten?

Evi hupte ein paarmal. Die Jungen sahen in ihre Richtung und warfen verstohlen die Zigaretten weg. Mit hängenden Schultern kam Sven auf den Wagen zu, gefolgt von Kalli, der vor lauter Schuldbewusstsein kaum laufen konnte.

Nicht schimpfen, ermahnte Evi sich. Sie haben genauso gelitten wie ich. Und stellen deshalb genauso viel dummes Zeug an wie ihre Frau Mutter.

Ohne sich ihre Fassungslosigkeit anmerken zu lassen, empfing sie die Jungen, die stumm zu ihr ins Auto stiegen.

»Hallo, meine Prinzen«, rief Evi betont munter. »Jetzt wird gejunkt, und dann gehen wir ins Kino!«

»Was?« Sven kniff entgeistert die Augen zusammen.

»McDoof und Action«, verkündete Evi. »Ich habe noch nie einen Big Mac gegessen. Außerdem wollte ich immer mal einen Jackie-Chan-Film sehen.«

»Jetzt tickt sie richtig aus«, sagte Sven.

Evi lächelte. »Wurde auch höchste Zeit.«

Pietro begrüßte Evi wie eine alte Bekannte. Galant half er ihr aus dem Mantel und führte sie zu einem ruhigen Tisch am

Fenster. Die Atmosphäre war genauso warm und einladend, wie Evi sie in Erinnerung hatte. Sie lehnte sich entspannt zurück. Das Leben war wunderschön.

Ein herrlicher Nachmittag lag hinter ihr. Sven und Kalli hatten den unverhofften Ausflug sichtlich genossen. Erst waren sie wie die Heuschrecken im McDoof-Laden eingefallen und hatten Fast Food bis zum Abwinken geordert. Während des Films hatten sie dann noch drei King-Size-Becher mit Popcorn verdrückt. Zum Schluss waren sie zusammen mit Kafka Gassi gegangen. Und hatten geredet. Wirklich geredet. Über Mobbing auf Facebook, über illegale Downloads und spießige Lehrer. Es war ein Nachmittag der Offenbarungen gewesen.

Gerührt wischte Evi sich eine Träne aus dem Augenwinkel. Kalli hatte sie sogar zum Abschied umarmt. Selbst wenn der Racheplan nicht gelingen sollte – schon allein für diesen Nachmittag hatte sich der Aufbruch in ihr neues Leben gelohnt.

Sie sah auf die Uhr. Zwanzig nach acht. Unpünktlichkeit passte gar nicht zum alerten Herrn Dr. Mergenthaler. Es wurde halb neun. Sie bestellte eine Lasagne, legte aber schon nach wenigen Bissen das Besteck beiseite. Zum einen hatte sie bereits die Kalorienzufuhr einer ganzen Woche hinter sich, zum anderen war sie zu unruhig, um das Essen zu genießen. Um neun orderte sie einen Sprizz. Hier lief etwas gründlich schief.

Es war Viertel nach neun, als Dr. Mergenthaler mit gehetztem Gesichtsausdruck das Lokal betrat. Seine Krawatte hing ein wenig schief, seine Bewegungen wirkten seltsam unkoordiniert.

Evi sprang auf. »Doktor …, ich meine – Hubert! Was ist passiert?«

Dr. Mergenthaler sank auf einen Stuhl und strich sich über die Stirn. »Ich kann nichts mehr für Sie tun. Ihr Mann hat Sie soeben enterbt.«

Kapitel 9

Evi konnte nicht mehr denken. Sie überfuhr zwei rote Ampeln, nahm einem Lastwagen die Vorfahrt und schrammte das Eingangstor zur Garage, als sie endlich zu Hause anlangte. Vergeblich versuchte sie sich zu sammeln. Ihr Hirn – beziehungsweise das, was davon übrig war – bestand nur noch aus einem winzigen angstgeschüttelten Glibberklumpen.

Die Hiobsbotschaften von Dr. Mergenthaler waren aber auch zu niederschmetternd gewesen. Werner hatte ihn abends um acht zu sich gerufen, mit dem Vorsatz, Evi für immer zu ruinieren. Er hatte dem Finanzmann ein Dokument überreicht. Darauf stand schwarz auf weiß sein letzter Wille: Die Jungen sollten alles erben, Evi würde leer ausgehen. Und bei der Gelegenheit hatte er auch gleich mitgeteilt, dass er mit seinem Anwalt die Scheidungsformalitäten besprechen würde. Sein gesamtes Vermögen wolle er in die Schweiz transferieren, unerreichbar für Evi.

Was habe ich nur falsch gemacht?, fragte sie sich verzweifelt. Heute Morgen war doch noch alles in Ordnung. Was weiß Werner wirklich? Zitternd ging sie die Stufen zur Villa hoch.

»Eviii?«

Werner erwartete sie in seinem Arbeitszimmer. Mit gesenktem Blick saß er am Schreibtisch. Er hob nicht einmal den Kopf, als sie eintrat. Noch immer trug er seinen verwaschenen Bademantel.

Evi nahm all ihren Mut zusammen. »Werner?«

»Schlampe«, sagte er gefährlich leise.

»Wie bitte?«

»Heute Nachmittag hat Frau Kellermann angerufen. Falls du dich noch daran erinnerst, wer das ist.«

Evi brach der Schweiß aus. Alexandra Kellermann. Die klatschsüchtige Bridgeschwester. Die Katastrophe in Menschengestalt.

Werner richtete sich mit wutverzerrtem Gesicht auf. »Der Fall ist klar«, stieß er hervor. »Du warst nicht beim Bridge. Du hast im teuersten Fress-Schuppen der Stadt mit einem Kerl rumgemacht. Wer auch immer dein mieser Stecher ist, den mach ich auch noch fertig.«

»Nein, es ist alles …«, versuchte Evi zu protestieren.

»Im Gästezimmer habe ich Tüten mit puffiger Wäsche gefunden«, fiel Werner ihr ins Wort. »Und den Tresor hast du auch ausgeräumt. Am besten ziehst du sofort aus. Die Kinder siehst du nie wieder. Jetzt verschwinde, bevor ich dich mit einem Fußtritt rausbefördere.«

»Es ist nicht, wie du denkst«, murmelte Evi schwach. Alles drehte sich um sie. Der Boden unter ihren Füßen verwandelte sich in einen brodelnden Strudel.

»Ach ja?« Hasserfüllt sah Werner sie an.

Ich habe den Bogen überspannt, dachte Evi in größter Panik. Ich habe zu hoch gepokert. Sie betete, dass er nichts von ihren speziellen Nahrungsergänzungsmitteln gemerkt hatte. Aber offenbar war ihm zumindest das nicht aufgefallen.

Krachend ließ Werner seine Faust auf den Schreibtisch niedersausen. »Mach's kurz. Sonst schlage ich zu, Miststück.«

Das genügte. Evi brach in Tränen aus. Sie warf sich in einen Sessel und weinte bitterlich. Sollte sie ihm alles gestehen? Die alte Evi hätte das getan. Wäre auf dem Boden herumgekrochen, hätte ihre Sünden bekannt und dann den steinigen Weg ins immerwährende Elend angetreten.

Aber sie war nicht mehr die alte Evi. Sie war nicht mehr das Opfer, das sich freiwillig auf die Schlachtbank legte. Und auch wenn sie bisher zu dämlich für gute Ausreden gewesen war, genau heute würde sich das gründlich ändern.

Um Zeit zu gewinnen, kramte sie ein Taschentuch hervor und schnäuzte sich ausgiebig. »Ich habe es aus Liebe getan«, schluchzte sie.

Drohend stand Werner auf. »Sehr witzig!«, brüllte er. »Noch so eine dumme Lüge, und ich mache Kleinholz aus dir!«

In Evis Kopf gewann ein rettender Gedanke Gestalt. »Ich kann alles erklären. Hör mir bitte zu.«

Werner setzte sich widerwillig.

»Ich habe mich mit einem Arzt getroffen«, schluchzte Evi. »Er ist der beste seines Fachs. Ein absoluter Spezialist. Was weißt denn du, wie schreckliche Sorgen ich mir um dich mache? Du bist doch nur noch ein Schatten deiner selbst! Seit Tagen habe ich nicht mehr geschlafen vor lauter Kummer.«

Sie machte eine Pause und rieb sich die verweinten Augen. »Dann hörte ich von diesem Arzt. Er wollte sofort ein Beratungshonorar, sonst hätte er gar nicht mit mir gesprochen. Also musste ich den Tresor plündern. Und da seine Praxis hoffnungslos überfüllt ist, hatte er nur ein paar Minuten am Abend für mich. Es war doch nicht meine Idee, in so ein teures Restaurant zu gehen. Schließlich müssen wir sparen.«

Sie wartete einen Moment. Das Stichwort »sparen« kam gut an. Werner wirkte schon nicht mehr ganz so wütend.

»Ich habe auch gar nichts gegessen«, beteuerte Evi. »Nur ein Wasser getrunken. Und was soll ich sagen? Er wird dich untersuchen, er wird dich wieder gesund machen, ganz bestimmt.«

»Und dafür brauchtest du Sexklamotten, haahaa«, höhnte Werner.

»Die waren doch für dich«, sagte Evi leise. »Erinnerst du dich noch, dass ich sagte, wir sollten mal etwas Neues ausprobieren?«

Überrascht starrte Werner seine Frau an. »Was Neues«, wiederholte er ungläubig.

»So komm doch endlich zur Vernunft«, heulte Evi. »Du siehst Gespenster. Seien wir ehrlich: Die vergangenen Tage waren furchtbar für dich. Wir hätten längst einen Arzt holen sollen. Wenn du willst, mache ich gleich morgen einen Termin. Und sobald du wieder fit bist, führe ich dir die neue Wäsche vor.«

Man sah, wie Werner mit sich rang. Er hatte sichtlich Mühe, die unerwarteten Neuigkeiten zu verdauen.

Evi bedeckte ihr Gesicht mit den Händen. »Ich wüsste gar nicht, was ich ohne dich tun sollte«, wimmerte sie. »Dieser Arzt ist meine letzte Hoffnung. Bitte, bitte, lass dich untersuchen. Wenn du es nicht für mich tust, dann tu es wenigstens für die Kinder.«

Noch immer fand Werner keine Antwort. Evi erhob sich und machte einen Schritt auf ihn zu.

»Ich verzeihe dir«, flüsterte sie. »Wir werden einfach vergessen, was für fürchterliche Dinge du eben gesagt hast. Ich weiß, dass du es nicht so meinst. Wollen wir nicht einfach ein Glas Wein zusammen trinken und noch einmal von vorn beginnen? Ja, Schnuffelbär?«

Unschlüssig kritzelte Werner auf einem Blatt Papier herum. Doch Evi kannte den Anflug von schlechtem Gewissen auf seinem Gesicht. Diesen verlegenen Zug um den Mund, den Kinder haben, wenn sie bei einem Streich ertappt werden. Weder das geänderte Testament noch seine Scheidungspläne hatte er mit einem Wort erwähnt. Offenbar wollte er sie in Ahnungslosigkeit belassen, um dann umso heftiger zuzuschlagen.

Mir bleiben nur noch wenige Tage, überlegte Evi. Sie ging in die Küche, öffnete eine Flasche Rotwein und holte zwei Gläser aus dem Küchenschrank. Diesmal nahm sie das stärkste Schlafmittel, das sie besaß. Ein Knaller, für die ganz schweren Fälle. Dann kehrte sie mit den beiden Gläsern ins Arbeitszimmer zurück.

Werner saß noch immer unbeweglich am Schreibtisch und brütete vor sich hin. Evi reichte ihm ein Glas, das richtige natürlich, und hob ihr eigenes.

»Prost, mein Liebling, alles wird gut.«

»Na jaaa«, grunzte Werner verlegen.

Für seine Verhältnisse war das eine wortreiche Entschuldigung. Er griff zu dem Glas und stand schwerfällig auf. Evi schmiegte sich an ihn.

»Auf die Gesundheit«, sagte sie. »Selbstverständlich komme ich mit zu dem Arzttermin. Nichts könnte mich glücklicher machen, als wenn du zu deiner alten Stärke zurückfindest. Und zu deiner Manneskraft.«

»Klingt gar nicht so schlecht«, erwiderte Werner und trank den Wein in einem Zug aus. »Von mir aus kannst du die geilen Strapse sofort anziehen.«

»Wie du willst«, nickte Evi.

Sie begleitete ihn zum zerwühlten Ehebett und verbrachte ein paar Minuten im Bad, wo sie ein Stoßgebet nach dem anderen losschickte. Als sie Werners vertraute Schnarchtöne hörte, schleppte sie sich ins Gästezimmer.

Der nächste Tag war kalt und grau. Evi fröstelte. Sie hatte kaum ein Auge zugetan in der vergangenen Nacht. Immer wieder sah sie Werner vor sich. Seinen bösartigen Blick. Die verschlagene Hinterhältigkeit, mit der er ihr die entscheidenden Dinge vorenthielt. Er plante ihre Vernichtung. Und sagte ihr kein Sterbenswörtchen davon. So sah es aus. So stellte er sich das Ende dieser ruhmlosen Ehe vor. Und das, nachdem sie ihm zwei Jahrzehnte lang gedient hatte wie eine ergebene Sklavin.

Die Jungen waren schon in der Schule. Frierend ging Evi in die Küche und kochte heiße Schokolade. Sie trank das süße Zeug in kleinen Schlucken. Dann stellte sie ihre Tasse in die Spülmaschine und ging nach oben, um Werner zu wecken. Jetzt hing alles von den nächsten Stunden ab.

Kurz vor Mittag standen sie vor dem Haupteingang der Charité. Evi musste Werner stützen, der noch immer unter dem Einfluss des Schlafmittels stand. Schwer hing er an ihrem Arm, während Evi sich an einem Übersichtsplan des Krankenhauses orientierte.

»Und? Wo ist jetzt dein Wunderdoktor?«, grantelte er.

»Hab's gleich«, murmelte Evi.

Die Charité war riesig, die größte Klinik der Stadt. Eine Ansammlung brutal hässlicher Gebäude, die von umherschlurfenden Patienten und missmutigen Besuchern bevölkert waren. Haupthaus, dritter Stock, memorierte sie innerlich, Zimmer 345a. Ihr schwanden die Sinne bei dem Gedanken, was sie dort wohl erwarten würde. Evi hatte bereits eine telefonische Krisenkonferenz hinter sich und Angst für drei.

Im Lift musterte sie die bleichen Gestalten in Schlafanzügen und die gebräunten in weißen Kitteln. In welchen Alptraum war sie bloß geraten? Schon öffnete sich die Aufzugtür, und sie traten auf einen ockerfarbenen, endlos langen Flur. Das konnte nicht gutgehen. Doch es musste gutgehen. Eine Alternative gab es nicht.

»Kann ich Ihnen helfen?«, fragte eine Krankenschwester in einer adretten hellblauen Uniform.

»Sehr gern. Ich suche Zimmer Nummer dreihundert…« Evi hätte Werner fast fallenlassen, so heftig fuhr ihr der Schreck in die Glieder. Sie kannte diese Krankenschwester.

»Zu Professor Doktor Reinhard Hell vielleicht?«, fragte die Schwester. Ihr fast ungeschminktes Gesicht zeigte ein undurchdringliches Lächeln. Das konnte doch nicht wahr sein! Evi nickte entgeistert.

»Hier entlang, bitte.«

Die Krankenschwester ging voraus. Einzig ihre klappernden Highheels verrieten, dass es sich nicht um eine normale Angehörige des Pflegepersonals handelte. Aber das fiel hoffentlich nur Evi auf. So eine Freundin gab es nicht noch einmal auf der Welt. Bestimmt verpasste Beatrice soeben jede Menge wichtige Meetings.

»Bitte sehr, Herr Professor Hell erwartet Sie bereits«, sagte Beatrice und öffnete eine Tür.

Evi sah erst einmal nur Sternchen. Dann erkannte sie wie durch einen Nebel einen weißgestrichenen Raum. Die hohen Fenster waren staubig, es roch scharf nach Desinfektionsmitteln. An einem Tisch voller Aktenstöße saß Robert und sortierte Karteikarten. Der weiße Kittel stand ihm ausgezeichnet. Evi hätte sich am liebsten in seine Arme geworfen und ihn nie wieder losgelassen. Stattdessen zerrte sie Werner ins Zimmer und lud ihn auf einem Stuhl ab.

»Ah, Frau Wuttke«, sagte Robert geschäftig und sah auf. »Und das ist der Patient, nehme ich an?«

»Ich bin Werner Wuttke!«, brüllte Werner. »Ha, Sie sind der gefeierte Quacksalber, was? Aber damit das gleich mal klar ist: Mich beeindrucken Sie überhaupt nicht mit Ihrem dämlichen ›Professor Doktor‹.«

Robert tauschte kurze Blicke mit Evi und Beatrice. »Schwester Uschi, würden Sie bitte draußen warten? Und sorgen Sie dafür, dass wir … ungestört sind.«

»Sehr wohl«, erwiderte Beatrice. Sie zwinkerte Evi zu und verließ mit schwingenden Hüften den Raum.

Genial, dachte Evi. Bella Beatrice steht Schmiere. Nicht auszudenken, wenn der echte Professor jetzt hereinkäme.

Robert erhob sich langsam. Ein Stethoskop baumelte auf seinem weißgestärkten Kittel. Das Haar hatte er zu einem Pferdeschwanz gebunden. Fasziniert betrachtete Evi seine schmalen Hände.

»Ihre Frau Gemahlin hat mich freundlicherweise über einige Ihrer Symptome informiert.« Robert räusperte sich. »Wenn Sie dann bitte ablegen würden.«

»Mir fehlt nichts. Bin nur ein bisschen überarbeitet«, grummelte Werner. Doch er begann brav, sein Hemd aufzuknöpfen.

»Diarrhö, Kopfschmerzattacken, Schwindelanfälle«, zählte Robert auf. »Das klingt leider gar nicht gut. Die Unterhose können Sie übrigens anbehalten. Dann legen Sie sich bitte hin.«

Er zeigte auf eine schmale Liege, über die ein Streifen Krepppapier gespannt war. Evi war ihm unendlich dankbar dafür, dass Werner nicht auch noch sein trostloses Gemächt präsentieren musste. Sein Anblick war auch so schon eine Zumutung. Der aufgedunsene Körper, der schweißnasse Pelz auf der Brust und die schartigen Zehennägel waren alles andere als erfreulich.

Nachdem sich Werner stöhnend auf der Liege niedergelassen hatte, zog Robert gelbliche Latexhandschuhe an und setzte ihm das Stethoskop auf die Brust.

»Und?«, knurrte Werner.

Robert horchte konzentriert. Er zog ein Diktiergerät aus seiner Kitteltasche. »Massive Herzrhythmusstörung.«

Werner wurde blass.

Nun begann Robert, den unförmigen Bauch abzutasten. »Verhärtungen dritten Grades«, murmelte er in sein Diktiergerät. »Dysfunktionale Verdauung, auffällig vergrößerte Gallenblase, Reizdarm. Verdacht auf virale Kontaminierung des Bauchraums in Kombination mit EPH-Syndrom.«

Mit schreckgeweiteten Augen hörte Werner zu. »Können Sie auch mal Deutsch reden?«

»Später«, sagte Robert herablassend. »Drehen Sie sich bitte um.«

Ächzend hievte Werner seinen massigen Körper in die gewünschte Haltung. Robert lächelte Evi zärtlich an. Sie formte ihre Lippen zu einem Kuss, unsichtbar für Werner, der wie ein gestrandeter Wal auf der Liege hing und nur das Krepppapier vor seiner Nase sah.

»Bitte tief einatmen und die Luft anhalten«, befahl Robert. Wieder setzte er sein Stethoskop an. »Rechtsseitig atypisch Lungengeräusche. Rauchen Sie?«

Werner grunzte etwas Unverständliches.

»Ab und zu eine Zigarre«, übersetzte Evi.

»Soso«, machte Robert. Seine rechte Hand glitt südwärts und schob sich flink in Werners Feinrippunterhose.

Mit einem heiseren Schrei bäumte der Patient sich auf. »Verdammt, Sie Idiot, was machen Sie in meinem ...«

Evi hielt den Atem an. Der dunkle Ort, an dem sich

Roberts sensible Finger befanden, ließ sie schaudern. Und obwohl es gänzlich unpassend war, musste sie daran denken, wie geschickt er seine Finger zu benutzen verstand, wenn er sich mit den Öffnungen eines weiblichen Körpers beschäftigte.

»Was ich in Ihrem Rektum mache?« Robert ließ sich überhaupt nicht aus dem Konzept bringen.

Mit offenem Mund stand Evi da. Zwanzig Jahre achtlose eheliche Penetration fanden endlich Gerechtigkeit. Sie bedauerte, dass nicht auch Beatrice Zeuge dieser eigenwilligen Wiedergutmachung war.

»Ich ertaste Ihre Hämorrhoiden«, sagte Robert. »Davon haben Sie mehr, als irgendwer gebrauchen kann. Sollten Sie lasern lassen.«

»Lasern«, ächzte Werner mit letzter Kraft.

»Ist reine Routine. Wir stülpen das Enddarmgewebe nach außen und dann ...«

»Keine Details«, flehte Evi. Ihr war plötzlich so übel, dass sie an sich halten musste, um sich nicht auf das gebohnerte Linoleum zu übergeben.

Robert zog die Latexhandschuhe aus und warf sie in einen Mülleimer. Dann streichelte er beruhigend Evis Wange. Überwältigt schloss sie die Augen. Selbst hier, in der kargen Unwirtlichkeit des Behandlungszimmers, spürte sie den Sog seiner vibrierenden Sinnlichkeit. Wie es wohl so wäre, mit ihm, auf dieser Kreppliege ...

»Herr Wuttke, ich muss Ihnen nun Blut abnehmen«, kündigte Robert an.

Er holte eine Einwegspritze vom Schreibtisch, nestelte sie aus ihrer Zellophanhülle und pikste sie in Werners fleischigen Arm.

In diesem Moment klopfte es. Evi und Robert fuhren synchron zusammen. Dann öffnete sich die Tür. Es war Beatrice. Sie senkte den Daumen und machte ein alarmiertes Gesicht.

»Herr Professor Hell, ein Notfall«, rief sie. »Kommen Sie so rasch wie möglich!«

»Selbstverständlich«, erwiderte Robert. Er gab Evi ein Zeichen, das so viel bedeutete wie: Sofort raus hier, aber dalli!

»Herr Wuttke, Sie können sich wieder ankleiden«, sagte er dennoch betont ruhig. »Wir werden noch ein Ultraschallbild Ihres Bauchraums anfertigen. Und dann schreibe ich Ihnen ein Rezept. Fürs Erste. Danach wird man weitersehen.«

»Der Notfall, Herr Professor«, insistierte Beatrice.

Offensichtlich war Eile geboten. Jeden Moment konnte der Schwindel auffliegen. Evi half Werner, sich anzuziehen, was sich als schwierig erwies, da er immer noch ziemlich benommen war. Dann gingen sie im Gänsemarsch auf den Flur. Werner wankte voran. Er sah nicht den hageren, großgewachsenen Herrn im weißen Kittel, der an ihnen vorbeieilte und ein Namensschild mit der Aufschrift »Prof. Dr. Hell« trug.

»Dein Werner ist ja ein herziges Leckerli«, witzelte Beatrice. »Die Zierde der männlichen Spezies.«

In großen Schlucken stürzte sie einen Latte macchiato hinunter. Die Schwesternuniform hatte sie mit einem rasend eleganten Seidenensemble in Violett vertauscht.

»Der Mann ist eine Ruine«, sagte Robert schlicht.

Evi schwieg betreten.

Sie saßen zu dritt in einem schäbigen Café unweit der Charité. Der Kaffee wurde in Plastikbechern serviert, auf den schmuddligen Resopaltischen kümmerten vertrocknete Blumenarrangements vor sich hin. Ein paar Gestalten, die man an ihren Bademänteln unschwer als Insassen der Klinik erkennen konnte, starrten dumpf die Wand an. Von Zeit zu Zeit tranken sie Hochprozentiges aus Flachmännern.

Evi hatte Werner ins Auto verfrachtet und war sogleich wieder ausgebüxt, unter dem Vorwand, dass sie das Rezept vergessen hatte.

»Was ist ein EPH-Syndrom?«, fragte sie, tief beeindruckt von Roberts Fachausdrücken.

»E-cht P-räpotenter H-ornochse«, antwortete Robert vergnügt.

Beatrice brach in Lachen aus. »Wo hast du dieses appetitliche Exemplar eigentlich aufgegabelt, Evilein?«

»Im Rotary Club«, bekannte Evi. »Meine Eltern dachten, dass ich dort eine gute Partie machen würde. Doch dann kam Werner. Er sah sogar ziemlich gut aus damals. Meine Eltern waren natürlich maßlos enttäuscht, dass ich mir einen so unkultivierten Mann ausgesucht hatte. Vermutlich habe ich ihn nur aus Trotz geheiratet.«

»Weil er deinen Eltern nicht gefiel, soso«, stellte Beatrice fest und verzog den Mund. »Auch ein Motiv. Aber jetzt hat es sich ausgewernert. Na, Doc? Welche Rosskur verordnest du ihm?«

»Mal langsam.« Robert pulte sich das Gummiband aus dem Haar. »Ich habe heute meine Arztkarriere aufs Spiel gesetzt. Ist euch das eigentlich bewusst? Wenn ich nicht ein paar Leute in der Charité so gut kennen würde …«

Er beendete den Satz nicht, sondern seufzte. Noch immer trug er seinen weißen Kittel und sah hinreißend aus.

Ein Halbgott in Weiß, dachte Evi mit kindlicher Bewunderung. Dann straffte sie sich. Ja, Robert hatte einiges aufs Spiel gesetzt. Aber es ging ja schließlich auch um was. Es ging sogar um alles.

Sie strich sich nervös durchs Haar. »Werner will mich bettelarm machen. Er will mir meine Kinder wegnehmen. Er will mich zertreten wie eine Küchenschabe.«

»Schon klar. Deshalb habe ich dir ja auch geholfen«, sagte Robert. »Also, was brauchst du?«

Evis Antwort kam prompt. »Einen Mann, der noch zwei Wochen lang außer Gefecht ist. Das dürfte genügen. Er sollte viel schlafen, wacklig auf den Beinen sein und keinen klaren Gedanken mehr fassen. Bis jetzt reichte die Hausapotheke. Er hat sich nur leider immer zu schnell erholt.«

»Zwei Wochen …«, überlegte Robert stirnrunzelnd.

»Künstliches Koma vielleicht?«, fragte Beatrice. »Kleiner Betriebsausflug in die ewigen Jagdgründe?«

»Zu riskant«, winkte Robert ab. »Aber möglicherweise kann ich dafür sorgen, dass er eine Weile zur Beobachtung in der Charité bleibt. Auf der Privatstation meines Professors. Ich könnte ihn als meinen persönlichen Fall präsentieren. Das Versuchskarnickel für meine Doktorarbeit. Alles, was ich brauche, ist die Einverständniserklärung eines nahen Angehörigen.«

»Hast du so gut wie in der Tasche«, strahlte Evi.

Überglücklich drückte sie Roberts schmale Hände. Gestern noch hatte ihre Zukunft wie ein gähnender Abgrund ausgesehen, bereit, sie zu verschlingen. Und nun fügte sich alles wie ein Kinderpuzzle.

»Dürfte ich eine neue Therapie an ihm testen?«, fragte Robert, dem seine eigene Idee offensichtlich immer besser gefiel. »Ist garantiert ungefährlich«

»Mach ruhig auch ein paar gefährliche Sachen«, schlug Beatrice vor. »Wie wär's mit einer Hirnamputation?«

Robert legte den Kopf schräg. »Nun, das Problem sitzt etwa einen halben Meter tiefer. Sein Verdauungstrakt ist eine einzige Kloake. Was kochst du ihm eigentlich so, Evi?«

»Alles, was er mag: Steak, Schweinshaxe, Sauerbraten, Eisbein ...«

»Na, dann wundert mich gar nichts mehr«, sagte Robert und schüttelte vorwurfsvoll den Kopf. »Wie es aussieht, hat er so viele Gallensteine, dass man damit die Auffahrt zur Charité pflastern könnte. Der Ultraschall zeigt das ganz eindeutig.«

Er zog einen Computerausdruck aus der Kitteltasche, entfaltete ihn und legte ihn auf den Tisch. Darauf waren amöbenhafte Formen in allerlei Grauschattierungen zu sehen. Auf Evi wirkte die Abbildung wie das wahnsinnige Werk eines depressiven Künstlers.

Robert zeigte auf einige dunklere Stellen und erläuterte seine Diagnose. »Seht ihr? Lauter dicke Brummer. Ich habe eine neue Methode entwickelt, die Dinger mit einem Speziallaser zu zertrümmern.«

»Trümmer, soviel du willst«, sagte Evi zärtlich. »Hauptsache, Werner macht keinen Ärger.«

Robert wurde ernst. »Den hat er schon. Abgesehen von der beginnenden Tablettenvergiftung ist der gute Mann komplett fehlernährt. Jetzt bekommt er die Quittung dafür.«

Evis Augen leuchteten auf. »Das bedeutet – er ist wirklich krank?«

»Sorry, Lady, du hast ihn krank gekocht. Und wahrscheinlich tankt er auch regelmäßig ...«

»... Wein, Bier, Cognac, Hauptsache, es knallt«, bestätigte

Evi. Sie machte einen Schmollmund. »Aber nichts gegen die gutbürgerliche Küche.«

»Seine Galle ist aufgebläht wie ein Luftballon. So viel zur gutbürgerlichen Küche«, befand Robert ungerührt. »Ich sehe mal, ob ich kurzfristig ein Bett für ihn organisieren kann. Wird aber teuer.«

»Geld spielt keine Rolex«, warf Beatrice ein.

Evi nickte. »Daran soll es in der Tat nicht scheitern. Ware das nicht wundervoll? Ich hätte freie Bahn, und du hättest einen Patienten für deine Doktorarbeit.«

»Klassische Win-win-Situation«, bestätigte Beatrice. Sie schob den Kaffeebecher von sich. »Tja, ich muss los. Das war bei weitem die amüsanteste Mittagspause, die ich je erlebt habe. Äh, Robert?«

»Ja?«

»Darf ich die Schwesternuniform behalten?«

»Wieso das denn?«, fragte Evi.

Beatrice leckte sich die Lippen. »Ist ziemlich scharf, das Teil.«

Seit Ewigkeiten hatten Evi und Beatrice keine Schule mehr betreten. Obwohl sie sich einen damenhaften Look verpasst hatten, dunkle Kostüme mit züchtigen Rocklängen, fühlten sie sich auf der Stelle wieder wie Schülerinnen. Erwartungsvoll sahen sie zur Bühne der Aula, wo ein paar verängstigte Kinder mit Blasinstrumenten Platz nahmen.

Die Stuhlreihen waren gefüllt mit seriös dreinblickenden Gästen und ein paar zappelnden Kindern. Katharina und ihr Minister saßen mit unbeweglichem Gesicht in der ersten Reihe der grünlich getünchten Schulaula. Die große, karge Bühne war mit bunten Girlanden geschmückt, unter denen die Blaskapelle noch verlorener wirkte. Was sie von sich gab, sollte offenbar so etwas wie »Oh When the Saints Go Marchin' In« werden. In Evis Ohren klang das Stück wie der Soundtrack zum höllischen Inferno.

»Dem Minister sieht man echt nicht an, dass er morgens um fünf durch fremde Betten pflügt«, flüsterte Beatrice. »So ein Backpfeifengesicht aber auch. Voll Panne, der Mann.«

»Leise«, warnte Evi ihre Freundin. Sie saßen in der zweiten Reihe, direkt hinter den Ehrengästen.

»Bei dem Krach hört man sowieso nichts«, beruhigte Beatrice ihre Freundin. »Und Wernerchen?«

»Liegt brav im Bettchen«, flüsterte Evi. »Der terrorisiert jetzt zur Abwechslung mal die Krankenschwestern. Robert hat alles im Griff.«

Beatrice kicherte. »Der Arzt, dem die Frauen vertrauen. Und er war wirklich in Werners« – sie schluckte ergriffen – »Allerheiligstem?«

Evi nickte zufrieden, während sich ihr Gesicht zu einem breiten Lächeln verzog. Rache war etwas Wunderbares.

Die lautstarke Darbietung der Schülerband steigerte sich zu einem Tusch. Nach dem Applaus betrat Katharina mit festen Schritten die Bühne. Ihr schwarzer Hosenanzug saß tadellos, ihre grauseidene Schluppenbluse war akkurat gebügelt. Nur ihr blankgeschrubbtes Gesicht wirkte eine Spur zu blass, wie Evi fand.

»Vielen Dank für diese ansprechende musikalische Begrüßung«, sagte Katharina und rückte ihre randlose Brille zurecht. »Es ist mir eine außerordentliche Freude, Sie zur Einweihung der Europaschule Albert Einstein willkommen zu heißen, auch im Namen unseres Familienministers Dr. Horst Hoffner, der im Anschluss zu Ihnen sprechen wird.«

Sie sah in die erste Reihe, zum Herrn Minister, der auf seinem Handy herumtippte.

»Kinder sind unsere Zukunft!«, verkündete sie. »Kinder sind unser ganzer Stolz, Kinder sind unsere Hoffung und unsere Freude.«

Der Minister hörte auf zu tippen.

»Ohne Kinder sind wir verloren«, fuhr Katharina fort.

»Sie spricht von sich«, raunte Evi.

»Und er hat Fracksausen«, sagte Beatrice leise. Sie deutete auf den Politiker, der plötzlich aussah, als hätte er auf etwas Bitteres gebissen.

»Katharina ist seelisch an der Kante«, wisperte Evi aufgeregt. »Himmel noch mal, sie macht ihm öffentlich eine Szene!«

Währenddessen redete Katharina sich in Rage. »Wer sich gegen Kinder entscheidet, entscheidet sich gegen das Leben«, schrie sie mit sich überschlagender Stimme ins Mikrophon.

Wie schockgefroren saß der Minister da. Dann steckte er das Handy in die Hosentasche und begann zu klatschen. Keine Frage, er zog die Notbremse, um Schlimmeres zu verhindern.

»Bravo!«, rief er. »Braaavooo!«

Das Publikum fiel tröpfelnd in den Applaus ein. Eilig erhob sich der Familienminister, kletterte auf die Bühne und fasste Katharina am Arm, die mittlerweile weiß wie die Wand war.

»Meine Damen und Herren«, sagte er, »ich bin stolz, Frau Dr. Severin in meinem engagierten Team zu wissen!« Unsanft schob er sie vom Podium.

Wie in Trance kehrte Katharina an ihren Platz zurück, während Minister Hoffner einen Zettel hervorzog und ein langatmiges Zehn-Punkte-Programm herunterleierte, in dem es um Familie, Schule und Kinder ging.

»Alles in Ordnung?«, flüsterte Evi besorgt und legte eine Hand auf Katharinas bebende Schulter.

Ohne sich umzudrehen, flüsterte sie zurück: »Nichts ist in Ordnung. Gar nichts. Heute habe ich meine Tage bekommen. Es tut so weh. Ich könnte ihn erwürgen.«

»Denk an Robert«, zischte Beatrice. »Denk an die Kamera, die er genau in diesem Augenblick an deinem Bett installiert. Ich hoffe doch, wir bekommen demnächst eine Einladung zum gemütlichen Politpornogucken.«

Evi kämpfte gegen einen unwiderstehlichen Lachreiz, und sogar Katharina musste ein wenig lächeln.

Beatrice strich sich den Rock glatt. »Aber mit Chips und Käsewürfeln, bitte.«

Alle drei lehnten sich zurück auf den unbequemen Stühlen und beobachteten den Redner wie Jäger einen Hirsch auf der Lichtung.

Minister Hoffner sah aus wie ein Mann, den man am besten sofort wieder vergaß. Er trug einen dunkelgrauen Anzug, eine graue Krawatte und war das personifizierte Mittelmaß. Mittelgroße Statur, mittelmäßiges Gesicht, farbloses Haar. Selbst seine Stimme war eigenartig farblos. Die Aura der Macht konnte Evi ganz und gar nicht entdecken.

»… möchte ich diesen Abend mit einem Zitat beenden, das mich stets auf meinem erfolgreichen beruflichen Weg begleitet hat«, sagte der Minister gerade selbstgefällig. »Es lautet: Non scholae sed vitae discimus. Nicht für die Schule, sondern fürs Leben lernen wir.«

»Angeber«, sagte Beatrice angewidert. »Die Rede hat ihm eh Katharina geschrieben. In Latein war sie immer ein As.«

174

Mit ausgebreiteten Armen nahm der Minister den Applaus entgegen und verließ die Bühne. Nach einem vernichtenden Blick auf Katharina setzte er sich wieder. Nun trat der Schuldirektor auf, die Schülerkapelle stimmte einen launigen Marsch an, dann war das Programm beendet.

Katharina erhob sich. Sie machte eine Geste zu Evi und Beatrice hin, die ebenfalls aufstanden. »Herr Dr. Hoffner, darf ich Sie mit meinen« – sie lächelte die beiden kurz an – »neuen Mitarbeiterinnen bekannt machen?«

Der Familienminister hob überrascht die Augenbrauen. »Davon hatten Sie mir aber noch gar nichts erzählt, Frau Dr. Severin.«

»Nun, ich brauche weibliche Verstärkung im Gleichstellungsausschuss. Frau Wuttke und Frau Kramer sind die neuen Frauenbeauftragten.«

Evi und Beatrice lächelten verlegen. Die neuen Frauenbeauftragten? Was führte Katharina denn jetzt wieder im Schilde?

»Die beiden kümmern sich um relevante postfeministische Themen«, erklärte Katharina. »Gewalt in der Ehe, Prostitution, Scheidungsrecht.«

Stimmt, dachte Evi, dafür sind wir wahrlich Spezialistinnen. Wer, wenn nicht wir?

Skeptisch musterte Horst Hoffner die beiden Frauen, die so gar nicht wie Politikerinnen aussahen. »War schön, Sie kennenzulernen«, sagte er obenhin. »Leider habe ich jetzt noch dringende Sitzungen. Frau Dr. Severin, Sie begleiten mich doch?«

»Wir sehen uns später«, antwortete sie. »Zunächst absolviere ich noch einen Pressetermin.«

»Ach, und mit wem, wenn ich fragen darf?«

»Mit einem Journalisten der *Spreezeitung*, einem sehr talentierten jungen Mann«, sagte Katharina. Voller Genugtuung registrierte sie das Aufglimmen von Eifersucht im Gesicht ihres Geliebten. »Oh, da ist er ja!«

Sie winkte in die Menge, und einen Moment später gesellte sich ein lässiger Typ in einer Secondhand-Militärjacke zu ihnen. Mit seiner dunkelblonden Mähne und den zerrissenen Jeans sah er aus wie ein Späthippie mit einer Prise Surfersex.

»Gestatten? Ralf Blumencron von der *Spreezeitung*«, stellte er sich vor. »Wie schön, dass Sie mir zu so später Stunde noch ein Interview geben, Frau Dr. Severin.«

War es Zufall oder Absicht, dass er den Minister einfach übersah?

»Immer im Dienst«, lächelte Katharina. »Ist mir ein Vergnügen.«

Evi begriff sofort. Das musste der junge, hungrige Journalist sein, der seinem Käseblatt mit einem Scoop entkommen wollte. Katharinas Partner aus dem Pressepool. Zweifelnd begutachtete sie ihn. War er wirklich der Richtige? Durfte man ihm vertrauen? Zumindest sah er unverschämt gut aus.

»Vergessen Sie nicht, dass wir noch einige Akten durchgehen müssen«, ermahnte der Minister seine Mitarbeiterin.

Schuft, dachte Evi. Sie konnte sich nur zu gut vorstellen, was dieser Kerl unter »Aktendurchgehen« verstand.

»Wie sollte ich das vergessen«, flötete Katharina.

Zaudernd stand der Minister da. Es war klar, dass er den zweifellos jungen und angeblich talentierten Journalisten nur zu gern unangespitzt in den Boden gerammt hätte. Dann streckte er erst Evi und anschließend Beatrice die Hand hin.

»Auf gute Zusammenarbeit, die Damen. Wir können wirklich Verstärkung gebrauchen. Die Personaldecke meines Ressorts ist ausgesprochen dünn. Man sieht sich.«

Den Journalisten, der ihn so schmählich übergangen hatte, würdigte er keines Blicks. Schweigend sahen sie ihm nach, wie er in Begleitung von gleich vier bulligen Bodyguards Richtung Ausgang verschwand.

»Beeindruckend, der Herr Minister«, grinste Ralf Blumencron. »Mal im Ernst, Frau Dr. Severin: Wie halten Sie es mit diesem aufgeblasenen Wichtigheimer aus?«

Katharina lächelte fein. »Bestens. Er ist hochkompetent, ein glänzender Redner und verfügt über einen bemerkenswerten politischen Instinkt.« Sie zögerte. »Vielleicht ist er ein wenig, nun ja, unausgeglichen, um nicht zu sagen ... sozial labil.«

Evi und Beatrice erstarrten. Das war eine Spur, die Katharina auslegte! Das war die Einstiegsdroge für den Pressemann! Sie erlebten soeben, wie eine Intrige der Extraklasse ihren Anfang nahm.

Überrascht sah Ralf Blumencron Katharina an. »Habe ich richtig gehört? Sozial labil?«

»Oh, das ist nichts Ungewöhnliches in unserem Beruf. Wir führen eine Existenz der Pflicht und des Verzichts, weit weg von Freunden und Familie. Das wird gerade für männliche Politiker zuweilen zum Problem. Aber nichts, worüber Sie sich ernsthaft Sorgen machen müssten.«

Nachdenklich schweifte der Blick des Journalisten über Katharinas dürre Figur. »Und Sie, Frau Staatssekretärin? Führen Sie auch eine Existenz der Pflicht und des Verzichts?« Seine Frage klang herausfordernd, fast sogar ein wenig flirtig.

»Ich fürchte, ja«, erwiderte Katharina. »Aber das kann sich ja noch ändern. Wo wird das Interview eigentlich stattfinden?«

Ralf Blumencron musste nicht lange überlegen. »Ich dachte an das Foyer des Grand Hotels. Dort ist es um diese Uhrzeit ruhig. Und einen anständigen Drink bekommt man da auch. Den haben Sie sich verdient nach einem langen, harten Arbeitstag, finden Sie nicht auch?«

Fangfrage, durchzuckte es Evi. Jetzt bloß keinen Fehler machen!

Doch Katharina reagierte souverän. »Ich muss Sie leider enttäuschen, ich trinke keinen Alkohol. Und Sie haben doch bestimmt nichts dagegen, wenn meine Mitarbeiterinnen mich begleiten?«

Kapitel 10

Das Foyer des Grand Hotels war eingerichtet, wie man sich in den Achtzigern die große, weite Welt vorstellte. Um eine spektakuläre Freitreppe mit einem weißen, schmiedeeisernen Geländer waren wuchtige Sessel und Couchen in Kürbisgelb gruppiert. Schwere Messingkandelaber verbreiteten ein diffuses Licht. Überall standen Palmenkübel herum, in der Ecke klimperte ein Barpianist Evergreens.

»Was 'ne vergurkte Hollywood-Hütte«, flüsterte Beatrice. »Den Designer müsste man verklagen.«

Ralf Blumencron zeigte auf eine Sesselgruppe im hintersten Winkel der Lobby. »Das wäre doch ein lauschiges Plätzchen für die drei Grazien, nicht wahr?«

Katharina zuckte mit den Schultern. »Wie Sie wollen.«

Die Freundinnen nahmen nebeneinander auf der Couch Platz, während sich Ralf Blumencron in einen Sessel gegenüber warf. Er packte sein Smartphone aus, legte es auf den niedrigen Couchtisch und drückte eine Taste.

»Und das kleine Ding nimmt jetzt alles auf?«, erkundigte sich Evi interessiert.

»Jedes Wort. Ich dachte an ein knackiges Porträt für unsere Sonntagsausgabe«, erklärte er. »Die Backstory der erfolgreichen Politikerin. Wie sie wurde, was sie ist. Und wohin sie will. An die Spitze, nehme ich an?«

Abweisend verschränkte Katharina die Arme. »Nun, ich richte meine Aufgaben streng inhaltlich aus. Ich will den Menschen dienen.«

»Auweia, Sie bestehen wirklich nur aus Pflichtgefühl«, erwiderte Blumencron gelangweilt. »Dabei wären Sie bei Ihrem überragenden Talent doch besser auf einem höheren Posten aufgehoben, stimmt's?«

Vorsicht. Der legt ihr Sachen in den Mund, die man gegen sie verwenden kann, dachte Evi. Hoffentlich hat er keine Seele, schwarz wie Druckerschwärze. Doch Katharina zurrte nur ihren Dutt fest und schwieg. Evi bewunderte sie dafür, wie nonchalant sie den Typen abblitzen ließ. Sie beherrschte das heikle Spiel offenbar ziemlich perfekt.

»Nun, dann wenden wir uns eben Ihrem persönlichen Hintergrund zu. Erzählen Sie von Ihren Eltern«, forderte der Journalist Katharina auf. »Sie sehen ja immer aus, als wären Sie mit einem silbernen Kaviarlöffelchen im Mund geboren.«

Auf der Stelle wurde Katharina nervös. Evi und Beatrice spürten es sofort. Wenn es etwas gab, wofür Katharina sich schämte, dann war es ihre Herkunft. Zerstreut spielte sie mit den Manschetten ihrer Bluse.

»Mein Vater ist in leitender Funktion in der Baubranche beschäftigt«, sagte sie schließlich mit gezwungenem Lächeln.

Evi stutzte. Das mit der Baubranche stimmte. Aber leitende Funktion? Hatte Katharina etwa vor, ihre Eltern zu verleugnen? Den Vater, der Maurer war, und die Mutter, die putzen ging? Intuitiv ahnte Evi, dass dieser smarte Interviewer nur darauf wartete, seine eigenen Recherchen anzustellen, um Katharina als Hochstaplerin zu entlarven.

»Ah, ja – und was macht er da genau?«, hakte Ralf Blumencron nach.

Das Klassentreffen fiel Evi ein. Wie hatte es Katharina noch formuliert?

»Darf ich etwas dazu sagen?«, meldete sie sich zu Wort.

»Frau Dr. Severin ist ein schönes Beispiel für die Durchlässigkeit einer demokratisch verfassten Gesellschaft, in der jeder eine Chance hat. Der Vater Maurer. Die Mutter Putzfrau. Und eine Tochter, die sich mit Fleiß und Energie einen Platz in der politischen Elite erobert hat!«

Hatte sie das jetzt wirklich gesagt? Evi staunte über ihre eigenen Worte. Katharina dagegen hörte auf zu atmen. Wütend starrte sie Evi an. Es war klar, dass sie ihrer Freundin am liebsten ein Pflaster über den Mund geklebt und sie anschließend an den Füßen aufgehängt hätte. Angstvoll erwartete sie den Spott des Medienmannes. Doch es kam anders.

»Das ist ja hinreißend!«, rief Ralf Blumencron. »Eine aus dem Volk! Eine von uns! Respekt, das hätte ich nicht gedacht.«

Wie vom Donner gerührt saß Katharina da. Erst jetzt schien sie zu begreifen, dass Evi sie soeben vor einem gefährlichen Schnitzer bewahrt hatte.

»Ja …«, sie räusperte sich. Jedes einzelne Wort fiel ihr hörbar schwer. »Ich – ich komme in der Tat von ganz – ganz unten. Silberne Löffel kannte ich nur vom Hörensagen. So was gab's nicht bei uns zu Hause. Genauso wenig wie Kaviar. Nur Erbsensuppe aus der Dose.«

Jetzt war es heraus. Die ganze Wahrheit. Sie schlang ihre Finger ineinander, bis die Knöchel schmerzten. Hundert Tonnen Scham fielen grammweise von ihr ab.

»Deshalb weiß sie auch ganz genau, wie ordinary people ticken«, sagte Beatrice, die mittlerweile gecheckt hatte, worauf Evi hinauswollte. »Man nennt es street credibility. Ganz im Gegensatz zu diesen arroganten Politikermasken, die nur an ihre Privilegien denken!«

»Toll«, schwärmte Ralf Blumencron und drückte die Stopptaste. »Toll, toll, toll. Der Star von ganz unten. Die

Tochter einer Putzfrau. Das hat noch in keiner Zeitung gestanden. Das ist neu, das ist exklusiv! Ich geh mal was zu trinken holen, dann reden wir weiter. Wasser für die Damen?«

Die drei nickten, woraufhin er sich eilig erhob und die Bar ansteuerte. Sobald er außer Hörweite war, sackte Katharina in sich zusammen wie ein Soufflé, das man zu früh aus dem Ofen geholt hatte.

»Danke Evi, du hast mich vor einem Riesenfehler bewahrt«, seufzte sie leise. »Wie bist du denn darauf gekommen?«

»Tja, ich dachte, dass du immer so unnahbar rüberkommst. Deine Familie macht dich sympathisch, merkst du das denn gar nicht?«

»Jetzt schon«, gab Katharina zu. »Aber wieso unnahbar? Ich finde, dass ich eigentlich ganz nett wirke.«

»Nett?« Beatrice schüttelte den Kopf. »Neee. Herzwärmend wie ein Eisberg. Lebendig wie der Zentralfriedhof. Und sympathisch wie Mundgeruch. Typischer Widerspruch zwischen Selbstwahrnehmung und Fremdwahrnehmung. Zum Glück kenne ich dich auch anders. Du willst Karriere machen? Nur zu. Zeig deine weiche Seite! Erzähl von deiner Familie. Du wirst sehen, dass man dich dafür lieben wird.«

»Lieben?«, wiederholte Katharina zweifelnd. »Ich will aber mit Kompetenz überzeugen.«

Beatrice knuffte sie in die Schulter. »Quatsch – Kompetenz! Die haben viele. Du bist eine Frau aus Fleisch und Blut, nicht so ein Phrasenkasper wie die anderen Politiker. Lass es raus! Weißt du denn nicht, dass du was Besonderes bist?«

»Hm, eher nicht«, bekannte Katharina. »Und was soll ich jetzt tun?«

»Mach ihn mit Güte fertig«, befahl Beatrice. »Wickel ihn in emotions, bis er vor lauter Bewunderung vor dir auf der Auslegeware rumrutscht. Sei lieb und verletzlich. Dann nimmt er dir übrigens auch die Nummer mit dem labilen Familienminister ab, ohne dass du als fiese Intrigantin dastehst.«

Sprachlos hörte sich Katharina die wohlmeinenden Tipps an. In diesem Moment kehrte auch schon Ralf Blumencron zurück, in Begleitung eines Kellners, der ein Tablett mit Getränken auf den Tisch stellte. Der Journalist griff zu dem Bierglas, das darauf stand, und hob es hoch.

»Auf die geile Story! Die wird ein Brenner!«

»Alles tutti«, sagte Beatrice lässig. »Sie werden sehen – der Artikel schreibt sich wie von selbst.«

»Und bei Gelegenheit würde ich dann auch gern mehr über labile Spitzenpolitiker erfahren«, grinste Ralf Blumencron.

»Ein überaus brisantes Thema«, erwiderte Katharina. »Ich erzähle Ihnen gern mehr – bei Gelegenheit.«

Es war kurz vor Mitternacht, als das Trio fatal Champagner bestellte. Katharina hatte das Interview ihres Lebens hinter sich. Nie zuvor hatte sie so viel von sich preisgegeben. Ralf Blumencron hatte ihr zum Abschied sogar einen Handkuss verehrt und ihr seine tiefe Bewunderung ausgesprochen.

»Genial«, seufzte sie. »Ihr seid unglaublich. Danke für das Coaching. Ohne euch hätte ich das Interview gnadenlos verhauen.«

»Er hat die Story aufgesaugt wie ein Baby die Muttermilch!«, rief Beatrice triumphierend. »Was sagte er noch? ›Sensibel, offen, menschlich – für mich sind Sie der Shootingstar des politischen Berlin!‹«

»Und dass er jetzt öfter mit dir sprechen will!«, ergänzte Evi.

Vollkommen durcheinander zog Katharina ihr Jackett aus und krempelte die Ärmel ihrer Bluse hoch. »Boah, ihr schafft mich. Ich hab geschwitzt wie bei einem Polizeiverhör. Wie findet ihr ihn überhaupt?«

»Der ist bis ins Rückenmark verknallt in dich«, sagte Evi. »Und du hast ihn angeglüht wie ein Teenager. Pass bloß auf, dass du nicht schwach wirst.«

»Bin ich schon«, ächzte Katharina. »Der ist geradezu vergnügungssteuerpflichtig. Ein Mann fürs Dessert. Inklusive Sahnehäubchen und Zierkirsche. Schade …«

»Wirklich schade«, sagte Evi. »Katharina die Große hätte was Besseres verdient als diesen mausegrauen Horst.«

»Nix schade«, widersprach Beatrice. »Wenn sie erst mal Ministerin ist, kann sie sich auch einen Freund leisten.«

Katharina fuhr erschrocken zusammen. »Was? Wie? Wenn ich – Ministerin bin?«

»Schätzchen, zieh's durch«, antwortete Beatrice ungerührt. »Und zwar volle Kanne. Den Minister stürzen, das sitzt du auf der linken Pobacke ab. Aber dann? Was wäre die ultimative Rache?« Sie machte eine effektvolle Kunstpause. »Dass du dir seinen Job holst!«

Mit offenem Mund sah Katharina ihre Freundin an.

»Echt jetzt?«, fragte Evi aufgeregt, während Katharina etwas Unverständliches stammelte.

Der Kellner brachte eine Flasche Champagner und drei Gläser. Beatrice goss ein und pfiff dabei vor sich hin. Sie prostete Katharina zu.

»Knack den Jackpot! Brems deinen Horst aus und gib dann selber Gas. Das ist die Rache der Champions League.

Du willst ein Stück vom Kuchen? Vergiss es. Du kannst die ganze Bäckerei haben! Auf Familienministerin Dr. Katharina Severin!«

»Genau!«, rief Evi. »Du wirst die beste Ministerin, die diese öde Politikertruppe je gesehen hat!«

»Ach herrje«, jammerte Katharina. »Das kann doch nur in die Hose gehen.«

»In seine Hose«, verbesserte Beatrice vergnügt. »Der wird schreiend in den Teppich beißen, wenn er dich bei der Vereidigung im Fernsehen sieht! Sag mal, wie hat das überhaupt angefangen mit euch?«

Katharina kippte ihren Champagner mit geschlossenen Augen hinunter. Sie wurde über und über rot. »Nach einer Weihnachtsfeier. Wir hatten ziemlich viel Glühwein getrunken. Er bestand darauf, mich nach Hause zu bringen. Und mir meine Aktentasche in die Wohnung zu tragen.«

»Und dann?«, fragte Evi.

»Es ging alles so schnell. Ich hatte gar keine Zeit mehr, mich zu fragen, ob ich es wollte. Irgendwie landeten wir auf der Couch, und dann, na ja, passierte es eben.«

Atemlos hörten Evi und Beatrice zu.

»Und warum hast du die Sache nicht auf der Stelle beendet?«, fragte Beatrice.

Jetzt war es aus mit der Contenance. Katharina fing an zu schluchzen. »Danach knöpfte er sich die Hose zu und sagte: ›Das war sehr gut für deine Karriere. Und wenn du weiter Staatssekretärin bleiben willst, sagst du niemandem was.‹«

»Er hat dich erpresst, was für eine Beutelratte!«, rief Evi.

»Nicht nur«, flüsterte Katharina. »Ich war so schrecklich einsam. Eine Frau wie ich lebt in einem Käfig aus Respekt. Kein Mann traut sich doch an mich heran. Mit Horst gab es wenigstens so etwas wie Nähe. Und ich mochte ihn ja auch. Irgendwie.« Mit ihrem Blusenärmel wischte sie sich die Tränen aus dem Gesicht. »Ich hatte so hart geackert, sollte ich wirklich meine Karriere opfern? Wer hätte mir schon geglaubt? Allmählich wurde es eine Gewohnheit. Und ich steckte zu tief drin, um noch was ändern zu können.«

»Der Mann erzeugt in mir wüsteste Kastrationsphantasien«, grummelte Beatrice.

Katharina sah auf die Uhr. »Aber jetzt sitzt er im Dienstwagen vor meiner Haustür und wartet, dass ich endlich nach Hause komme, damit wir …«

»Denk an die Kamera«, sagte Beatrice. »Und wechsle öfter mal die Stellung. Du hast uns schließlich einen interessanten Filmabend versprochen.«

Werner lag apathisch in seinem Klinikbett und starrte auf den Fernseher, der in einer Ecke hing. Das Einzelzimmer war für eine Klinik bemerkenswert angenehm eingerichtet. Die Wände erstrahlten in Zitronengelb, es gab einen Schrank aus hellem Kirschholz und sogar zwei Sessel am Fenster. Die rötliche Abendsonne warf ihre letzten Strahlen ins Zimmer.

»Hallo Schnuffelbär, ich habe dir Blumen mitgebracht!«

Schnuffelbär reagierte nicht. Im Fernsehen lief ein Autorennen. Die aufheulenden Motoren machten einen ohrenbetäubenden Lärm.

Evi hob ihre Stimme. »Liebling?«

Werner wandte den Kopf und sah mit teilnahmslosem Blick seine Frau an. Evi war nicht sicher, ob er sie überhaupt erkannte. Dann rieb er sich die Augen.

»Ach, du«, knurrte er. »War auch fällig. Ich hänge hier sterbenskrank rum, und die Frau Gemahlin amüsiert sich, was?«

»Nein, ich habe alles Mögliche besorgt, was du brauchen kannst. Einen neuen Schlafanzug, einen neuen Bademantel – und ein gutes Buch, einen ganz tollen Roman ...«

»Ich will mein Handy! Und meinen Laptop! Verdammt, ich habe Dinge zu regeln! Anrufe! Mails! Aktienkurse checken! Dein gutes Buch kannst du dir in die Haare schmieren! So einen Gefühlsdreck brauche ich nicht!«

Du hast Dinge zu regeln? In die Tonne willst du mich treten, dachte Evi erbittert. Sie legte den Blumenstrauß aufs Nachtschränkchen und zog einen Stuhl neben das Bett. Dann streichelte sie Werners fahle Stirn, was sie einige Überwindung kostete. Der Mann, mit dem sie so viele Jahre verbracht hatte, war längst ein Fremder.

»Du brauchst Ruhe, hat der Professor gesagt. Absolute Ruhe. Wenn du vom Krankenbett aus Geschäfte machst, regt dich das viel zu sehr auf.«

Werner stieß grob ihre Hand weg. »Ich muss Mergenthaler sprechen. Dringend. Wenn du mir nicht in einer Stunde mein Handy bringst, dann ... dann ...«

»... tut Ihre Frau genau das Richtige«, vollendete Robert den Satz.

Er war unbemerkt ins Zimmer getreten und schaute mit verschränkten Armen auf Werner herab. Der blütenweiße Kittel bildete einen allerliebsten Kontrast zu seinem dunklen Haar. »Ihr Blutdruck ist wieder angestiegen. Sie hyperventilieren ja! Haben Sie Ihre Tabletten nicht genommen?«

»Im Klo runtergespült«, antwortete Werner provozierend.

»Soso, Herr Wuttke, Sie verweigern die Therapie«, sagte Robert. »Nun, ich will nicht verhehlen, dass Sie sich damit ernsthaft gefährden. Sie haben eine akute Infektion des Bauchraums. Um Klartext zu sprechen: Falls Sie Ihre Medikamente nicht nehmen, gehen eins, zwei, drei die Lichter aus. Kapiert?«

Das war eine Sprache, die Werner verstand. Kleinlaut sah er Robert an. »Sie meinen ...«

»Ich meine nicht, ich weiß es. Wenn Sie ein Problem mit Tabletten haben, können wir auch eine Infusion legen. Das ist sowieso das Beste. Ich werde alles Nötige veranlassen, damit Sie mir nicht noch über die Klinge springen.«

Eine Viertelstunde später lag Werner schnarchend auf dem Bett, alle viere von sich gestreckt. Aus einem durchsichtigen Plastikschlauch tropfte eine gelbliche Flüssigkeit direkt in seinen Handrücken.

»Ruhig gestellt«, sagte Robert. »Sedativum, Antibiotikum, Valium. Das dürfte reichen.«

»Danke«, hauchte Evi.

Sie griff zu Roberts Hand und drückte sie zärtlich. Zögernd erwiderte er die Berührung, und Evis Herz legte einen Extrastolperer ein. Da war sie wieder, diese unglaubliche Anziehungskraft. Eine erotische Energie, wie Evi sie noch nie zuvor bei einem Mann erlebt hatte. Sie atmete schwer. Sie konnte keinen klaren Gedanken mehr fassen.

»Ach, Robert, ich bin so froh, dich zu sehen«, war alles, wozu ihr Sprachzentrum in der Lage war.

»Ich auch«, lächelte er. »Mir wird immer ganz warm ums Herz, wenn du da bist.«

»Wirklich? Gefalle ich dir denn?«, fragte sie zweifelnd. »Ich passe doch bestimmt nicht in dein Beuteschema, so wie ich aussehe ...«

»Psst, nicht weitersprechen«, protestierte Robert leise. »Du bist wunderbar, so wie du bist. Eine sinnliche, liebenswerte Frau, wie es sie ganz, ganz selten gibt, glaub mir.«

Evi konnte es nicht glauben. Doch es bescherte ihr so viele Glücksgefühle, dass sie sich beherrschen musste, um Robert nicht auf der Stelle zu umarmen.

»Und was machen wir jetzt?«, fragte sie.

Robert lächelte vielsagend. »Da würde mir so einiges einfallen ...«

Ein aberwitziges Verlangen ergriff Evi. Es war wahnsinnig, es war absurd, doch sie wollte ihn. Sie wollte ihn jetzt. Und genau hier.

»Worauf hättest du denn Lust?«, fragte er mit weicher Stimme.

Sie schluckte. »Auf dich.«

In seinen Augen glimmte etwas auf, das Evi an ganz gewisse Momente erinnerte. Momente, die sie für immer in der Erinnerungsschatzkammer für Sternstunden abgespeichert hatte. Sie erschauerte. Aber durften sie sich wirklich vergessen, in diesem Krankenhaus, in diesem Zimmer, wo Werner vor sich hin schnarchte und jeden Augenblick jemand hereinkommen konnte?

Ihr Blick schweifte zu der Tür, die zum Badezimmer führte. »Kann man die Tür da eigentlich abschließen?«, erkundigte sie sich.

Ein breites Grinsen überzog Roberts Gesicht. »Privatpatienten haben ein Recht auf Privatsphäre. Selbstverständlich kann man die Tür abschließen.«

Er zog Evi vom Stuhl zu sich hoch und presste sie an sich. »Du bist verrückt«, murmelte er dicht an ihrem Ohr.

»Verrückt nach dir«, flüsterte sie.

Er küsste sie sanft aufs Ohrläppchen. Evi hatte das Gefühl, vor Begierde zu vergehen.

Robert warf einen letzten Blick auf den schnarchenden

Werner. »Dann sollten wir uns das Badezimmer mal von innen ansehen. Ganz privat.«

Es gibt Erlebnisse, die selbst moralisch gefestigte Menschen völlig aus der Bahn werfen. Evi war alles andere als moralisch gefestigt. Umso hilfloser hing sie neben der Kurve, aus der es sie soeben getragen hatte. Noch nie hatte sie einen Quickie gewagt, an einem unmöglichen Ort, in einer komplett unmöglichen Situation, seit sie eine brave Ehefrau war. Aber es war so überwältigend gewesen, dass ihre Knie immer noch aus Watte bestanden, als sie längst wieder im Auto saß und nach Hause raste.

Sie pfiff auf die Moral. Werner hatte sie längst abgehakt. Was sie jedoch plagte, war das schlechte Gewissen ihren Freundinnen gegenüber. Es gab so etwas wie eine unausgesprochene Abmachung, dass Robert ihnen dreien gehörte. Diese Abmachung hatte sie im Taumel des Verlangens gebrochen. Oder stand es ihr zu, Robert auch einmal ganz für sich allein zu haben?

Evi wusste es nicht. Sie wusste nur, dass selbst eine grau gekachelte Nasszelle mit Notrufknopf der richtige Ort für eine innige Verschmelzung sein konnte. Jedenfalls, wenn es sich um Robert handelte.

Schon kam die Villa in Sicht. Als sie den Wagen geparkt hatte, betrachtete sie die dicke Schramme am Porsche. Das war an dem Abend passiert, als Werner sie aus seinem Haus und auch gleich aus seinem Leben hatte schmeißen wollen. Evi nahm sich vor, die Schramme nicht ausbessern zu lassen. Sie war eine Erinnerung daran, dass sie endlich angefangen hatte zu kämpfen. Dass aus dem braven Lämmchen unversehens eine Löwin geworden war.

Etwas wacklig ging sie die Stufen zur Villa hoch. Die Jungen saßen im Wohnzimmer und sahen ihre Lieblingsserie. Voller Liebe betrachtete Evi ihre beiden Söhne. Sie schienen sich endlich wohl zu fühlen in ihrem Zuhause. Sonst hatten sie sich immer in den Kinderzimmern verkrochen.

»Hallo, ihr zwei, möchtet ihr Schnittchen?«, fragte sie.

»Au ja, Mami, mit Salami!«, rief Kalli.

»Und eine Tüte Chips«, sagte Sven. »Bitte.«

Es war das erste »Bitte« seit Jahren. Ein Wunder war geschehen! Lächelnd ging Evi in die Küche und holte Brot aus dem Schrank. Das Leben war plötzlich so leicht und schön. Noch immer spürte sie Roberts leidenschaftlichen Griff und seinen heißen Atem in ihrem Nacken. Ihr Herz klopfte wild, ihre Wangen brannten. Wann hatte sie sich je so lebendig gefühlt?

Als sie mit einer Riesenplatte Schnittchen und Chips ins Wohnzimmer zurückkehrte, klopfte Kalli auf den freien Platz neben sich. Das zweite Wunder an diesem Abend. Glücklich kuschelte sich Evi an ihn. Es war eine Premiere: gemeinsames Couchkino mit Catering. Werner hatte stets untersagt, dass auf der Couch gegessen wurde. Aber wer war noch mal Werner?

Evi genoss in vollen Zügen das Gefühl, dass sie jetzt wirklich eine Familie waren. Die Kinder machten sich über die Schnittchen her, Kafka lag quer vor ihnen auf dem Teppich und schnappte zuweilen einen Happen. Ein Bild des Friedens. Nie wieder würde Werner diese Idylle stören. Nie wieder.

Als die Sendung zu Ende war, gab Evi Kalli einen Klaps. »Husch, ins Körbchen. Und wundert euch nicht, ich bekomme noch Besuch.«

»Besuch? Wer denn?«, wollte Sven wissen.

»Meine besten Freundinnen«, antwortete Evi.

Sven betrachtete sie ungläubig. »Seit wann hast du beste Freundinnen? Sonst hängst du doch nur mit deinen vertrockneten Bridgezicken rum.«

»Ganz tolle Freundinnen sogar. Wisst ihr was? Ab jetzt dürft ihr auch eure Kumpels mitbringen.«

»Aber Papa hat es doch verboten«, wandte Kalli ein. »Er will keine stinkenden Rotzlöffel in seinem Haus, sagt er immer!«

Evi lachte. »Vorbei. Ab heute gilt das nicht mehr. Jetzt wird nach meinen Regeln gespielt!«

Sven zog eine Augenbraue hoch. »Wow.«

»Du bist die Beste«, flüsterte Kalli. Er drückte Evi einen Kuss auf die Wange.

In diesem Moment klingelte es. Sven sprang auf. Er lief zur Haustür und wich zurück, als er Beatrice vor sich sah. Sie trug ein tief dekolletiertes rotes Kimonokleid und Absätze, hoch wie Strommasten.

»Na, junger Mann, dürfen wir reinkommen?«, fragte Beatrice. »Oder ist das eine Unter-achtzehn-Party hier?«

»Nnein. Jjja, klar d-doch«, stotterte Sven, während sein Blick in Beatrices offenherzigem Dekolleté versank. Dass eine Freundin seiner Mutter derart attraktiv war, verschlug ihm die Sprache. Auch Katharina hatte sich zur Feier des Tages ein Kleid angezogen, trug ihr Haar offen und sah ausgesprochen verführerisch aus.

»Der Herr des Hauses, nehme ich an?«, fragte Katharina.

»Das ist Sven, mein Ältester«, erklärte Evi, die mit Kalli an der Haustür auftauchte. »Und der Goldjunge hier ist Kalli. Darf ich vorstellen? Bella Beatrice und Katharina die Große. Wir kennen uns aus der Schule.«

»Kannst du mir die Adresse von der Schule geben? Die Mädels da sind ja echt crazy«, witzelte Sven.

Beatrice klimperte mit den Lidern. »Was für ein vielversprechender junger Mann.«

»Der morgen eine Mathearbeit schreibt«, sagte Evi streng. »Ab in die Kiste! Träumt schön! Und vergesst nicht das Zähneputzen!«

Nachdem die beiden sich artig verabschiedet hatten, seufzte Beatrice. »Süße Jungs. Sei froh, dass du sie noch zu Hause hast.«

»Vermisst du deine Tochter manchmal?«, fragte Evi mitfühlend.

»Tja, sie ist zu früh gegangen. Ist zwar toll, dass sie so selbständig ist, aber ich habe oft Sehnsucht nach ihr.« Sie hob die Schultern. »Da kann man nichts machen.«

Es war das erste Mal, das Beatrice so über ihre Tochter sprach. Auch die glorreiche Geschichte der begabten Überfliegerin war offenbar nur Teil des Beeindruckungsprogramms gewesen. Arme Beatrice, dachte Evi. Da musste einiges vorgefallen sein.

»Kommt schon, nicht den Kopf hängenlassen.« Katharina überreichte Evi ein Orchideengesteck. »Danke für die Einladung. Wir sind echt gespannt auf dein Traumhaus.«

»Willkommen in der Villa Wuttke«, sagte Evi verlegen.

Mit einem Mal wurde ihr bewusst, dass die auftrumpfende Pracht ihres Heims auf die beiden Freundinnen ziemlich unterirdisch wirken musste. Verglichen mit Beatrices Designerloft und Katharinas coolem Appartement war die Villa ein Museum des schlechten Geschmacks. Eine Kitschbude, vollgestopft mit lachhaftem Chichi.

»Leider hoffnungslos spießig, oder?«, fragte sie.

»Quatsch, total gemütlich«, widersprach Katharina. Sie musterte eingehend das Ensemble aus nachgemachten Chippendale-Möbeln, rosa Lämpchen, künstlichen Blumensträußen und dicken Perserteppichen. »Außerdem habe ich gestern Abend etwas gelernt: Es ist völlig überflüssig, sich für irgendwas zu schämen. Du hast deinen Stil, wir unseren. Punkt. Wäre doch sturzlangweilig, wenn wir alle gleich wären.«

»Stimmt, Darling, ist final abgefahren hier!«, beteuerte Beatrice.

Evi fiel ein Stein vom Herzen. Sie stellte das Gesteck auf einem Tischchen des Entrees ab. Warum war ihr nie aufgefallen, dass darauf ein Notizbuch in einem Brokatmäntelchen lag? Neben einer selten scheußlichen Nippesfigur?

Beatrice hatte sich währenddessen schon ins Wohnzimmer vorgearbeitet. »Eine Schrankwand in Nussbaum!«, juchzte sie. »Genoppte Ledersessel! Und Whiskygläser aus mundgeblasenem Kristall! Es ist sogar saugemütlich hier! Das ideale Basislager fürs Trio fatal, würde ich sagen!«

Das Trio fatal. Sofort musste Evi an ihren außerplanmäßigen Quickie mit Robert denken. Eine tiefe Röte färbte ihr Gesicht. Ob sie es erzählen sollte? Doch, irgendwann musste sie es beichten. Und sie hoffte inständig, dass die beiden es verstehen würden. Aber heute war nicht der richtige Anlass für Geständnisse. Schweigend folgte sie Katharina, die sich ebenfalls auf den Weg ins Wohnzimmer gemacht hatte.

Beatrice stieß Schreie des Entzückens aus. »Für das Teil da bekommst du bei Ebay ein Vermögen!« Sie zeigte auf eine Stehlampe mit orangefarbenem Schirm, der mit geflochtenen Troddeln verziert war. »Gelsenkirchener Barock ist voll im Trend!«

»Schnittchen und Käsewürfel?«, wechselte Evi das Thema. Sie fand Beatrices Begeisterung leicht übertrieben. »Ich habe auch Prosecco im Kühlschrank!«

»Her damit«, nickte Beatrice. »Katharina kann ja schon mal den Laptop anwerfen. Ich platze vor Neugier!«

»Wollt ihr euch das wirklich antun?« Katharina zog ein schiefes Gesicht. »Das Ganze ist schon recht – intim.«

»Zeig uns nur das Best-of«, erwiderte Beatrice. »Und wenn's zu peinlich wird, halten wir uns die Augen zu. Garantiert.«

Katharina ließ sich auf dem Sofa nieder und klappte ihren Laptop auf, während Evi Schnittchen und Gläser holte. Dann setzte sie sich zu Katharina und Beatrice. Ein Bild erschien auf dem Monitor, das Katharinas Bett zeigte. Es folgte der Auftritt der Heldin im Negligé. Zwei Sekunden später tapste der sichtlich erregte Horst ins Bild, in Feinripp und Socken.

»Aha. Der Typ Mann, der die Socken dabei anlässt«, konstatierte Beatrice fachmännisch. »Gestörtes Körpergefühl, zweifelhafte Hygiene. Sex on the socks statt Whisky on the rocks. Das kann ja heiter werden.«

Dann war es eine Weile still. Eine sehr lange Weile. Man hörte nur ein zweistimmiges Stöhnen, das sich stetig steigerte und in einem Schrei von Katharina gipfelte.

»Das war ja mit Ton«, sagte Evi, nachdem sie minutenlang stumm dagesessen hatten.

Katharina hatte nicht zu viel versprochen. Dieser Film war hochintim. Ein Blick durchs Schlüsselloch, der in seiner Eindeutigkeit, aber auch, was die phantasielose erotische Performance betraf, kaum zu überbieten war.

»Heftig«, befand Beatrice. »Teilst du ihm eigentlich immer mit, wenn du kommst?«

»Nö.« Katharina lachte nervös. »Er mag es nicht, wenn ich ihn dauernd im Büro anrufe.«

Evi brauchte einen Moment, bevor sie die Pointe verstand. »Das heißt – du spielst ihm den, na, den Orgasmus nur vor?«

»Wer täte das nicht?«, winkte Beatrice ab. »There's no business like showbusiness. Verdrehte Augäpfel, rhythmisches Keuchen, ein spitzer Schrei, solche Sachen haben wir doch alle drauf. Hans-Hermann ist allerdings ein derart nervtötender Liebhaber, dass ich am liebsten sagen würde: Schatz, ich schlaf schon mal ein, deck mich zu, wenn du fertig bist.«

Alle drei prusteten los.

»Bei Robert läuft das natürlich anders«, kicherte Beatrice. Sie wischte sich eine Lachträne aus dem Augenwinkel. »Da ist alles gefühlsecht.«

Robert! Schon die Erwähnung seines Namens trieb Evi wieder die Schamesröte ins Gesicht. Erst seit ich ihn kenne, weiß ich überhaupt, was Ekstase ist, dachte sie, als sie in die Küche ging. Dann kehrte sie mit dem Prosecco ins Wohnzimmer zurück.

»Männer müssten einen Liebesführerschein machen, bevor man sie auf Frauen loslässt«, sagte Katharina gerade. »Da könnten sie zum Beispiel lernen, wie man butterweich einparkt!«

Beatrice feixte. »Genau. Ein Sexdiplom. Meiner sucht seit zwanzig Jahren nach der Klitoris und hat sie immer noch nicht gefunden.«

»Mach ihm doch eine Zeichnung«, schlug Katharina scherzhaft vor.

»Und schreib eine Gebrauchsanweisung dazu«, ergänzte Evi.

»Eine Landkarte des weiblichen Köpers, das wär's«, lachte

Beatrice. »Mit dem Hinweis, dass Umwege die Ortskenntnis verbessern.«

Evi goss den Prosecco ein, und sie tranken, während jede ihren Phantasien nachhing. Dass Robert dabei eine Hauptrolle spielte, verstand sich von selbst.

»Kommen wir zum Racheplan – welche Szene würdet ihr nehmen?«, fragte Katharina.

»Die Missionarsstellung, da erkennt man dich nicht, nur das entgleiste Mienenspiel des Herrn Ministers«, antwortete Beatrice prompt. »Für den ist Schicht im Schacht, wenn du das heiße Filmchen Blumencron zuspielst. Labiler Spitzenpolitiker rödelt auf Unbekannter herum – ich sehe die Schlagzeile schon vor mir.«

Evi rieb sich nachdenklich das Kinn. »Der Arme. Fast tut er mir schon wieder leid. Und seine Familie erst …«

»Okay, eine Runde Mitleid für Horst«, kommentierte Beatrice den Einwand. »Aber Strafe muss sein. Hast du etwa schon vergessen, was er Katharina angetan hat?«

»Nein, nein.« Beatrice hatte ja recht. Und doch war Evi nicht ganz wohl bei der Sache.

»Jedenfalls machen wir Fortschritte«, erklärte Katharina. »Werner ist fürs Erste stillgelegt, ich habe kompromittierende Beischlafszenen, fehlt nur noch der sexy Handyschnappschuss von Hans-Hermann. Wann ist noch mal der Termin?«

»Übermorgen«, antwortete Beatrice. »Am Samstag.«

Katharina machte ein feierliches Gesicht. »Dann gebe ich Hans-Hermann hiermit zum Abschuss frei.«

Nein, Dr. Mergenthaler fühlte sich gar nicht wohl. Immer wieder wischte er sich mit einem karierten Taschentuch die Schweißtröpfchen von der Stirn. Obwohl es erst zehn Uhr morgens war, sah er aus, als hätte er tagelang nicht geduscht. Wie ein verknautschtes Stofftier hockte er in einem großen Ledersessel am Schreibtisch und blätterte in seinen Aktenordnern herum.

»Hm, na ja, nein, oh, oh«, stöhnte er.

Evi war zum ersten Mal in Huberts Büro. Die gediegene Einrichtung erinnerte eher an einen englischen Zigarrenclub als an einen Hochsicherheitstrakt der Finanzen. Dunkle Holzvertäfelungen verbargen die Wände, dicke Teppiche dämpften jedes Wort. Es roch penetrant nach kalter Asche.

Ungeduldig spielte Evi mit ihrer Perlenkette. Sie hatte ein braves dunkles Kostüm angezogen, jedoch nicht vergessen, einen Knopf zu viel an ihrer Bluse offen zu lassen. »Nun, Hubert, ich will nicht vorgreifen, aber – wie wirkte Werner auf Sie?«

»Wie er …? Ach, ach …«

Dr. Mergenthaler stand noch immer unter dem Eindruck des schockierenden Krankenbesuchs, den sie Werner eine Stunde zuvor abgestattet hatten. Bleich wie eine Weißwurst hatte er in den Laken gelegen und unzusammenhängende Wortfetzen von sich gegeben. Der Anblick des Infusionsschlauchs und der pfeifenden Herz-Lungen-Maschine hatte dem Finanzberater den Rest gegeben. Die Herz-Lungen-Maschine war Roberts Idee gewesen, um der Situation zusätzlich Dramatik zu verleihen.

Umständlich zündete sich Dr. Mergenthaler eine Zigarre an. Sofort war das Büro von Rauchschwaden vernebelt, die Evi Tränen in die Augen trieben.

»Sprechen Sie es ruhig aus: Werner ist nicht mehr er selbst«, sagte sie mit gekonntem Tremolo. »Sein Zustand ist tragisch zu nennen. Und wir, lieber Hubert, wir müssen handeln!«

»Aber das Testament!«, rief Dr. Mergenthaler. Er paffte aufgeregt. »Und die Scheidungspläne! Ich habe stets Wert auf Loyalität gelegt. Seit zwanzig Jahren arbeite ich mit Werner Wuttke zusammen. Ich kann nicht einfach so tun, als habe es diese gemeinsame Zeit nie gegeben.«

Aha. Das fehlte gerade noch, dass der schlitzohrige Finanzjongleur plötzlich ehrpusselig wurde. Evi hätte ihn am liebsten kräftig durchgeschüttelt. Elender Feigling, dachte sie. So leicht kommst du mir nicht davon.

»Oh, ich schätze durchaus Ihre Loyalität einem Klienten gegenüber, der körperlich gesund und geistig zurechnungsfähig ist«, konterte sie. »Doch nun kann davon keine Rede mehr sein. Das Testament, die Scheidung – ich halte diese wirren Ideen für Anzeichen seines fortschreitenden geistigen Verfalls. So sieht es übrigens auch Professor Hell, und der ist ein ausgewiesener Fachmann.«

»Ein beeindruckender Mediziner«, pflichtete Dr. Mergenthaler ihr beflissen bei. »So jung und schon Professor! Kompliment für die glückliche Hand, mit der Sie ihn ausgesucht haben. «

Evi betrachtete entnervt ein Seestück in Öl, das goldgerahmt hinter Hubert an der getäfelten Wand hing. Es zeigte einen beflaggten Segelschoner, der auf schaumgekrönten Wellen ritt.

»Es war der letzte Versuch«, hauchte sie. »Nun kommt es nur noch darauf an, Werners Leiden zu lindern, bevor er endgültig …«

Sie zog ebenfalls ein Taschentuch hervor und schnäuzte sich geräuschvoll. Hubert legte die Zigarre im Aschenbecher ab, dann putzte er seine Brille. Wieder betrachtete Evi das Gemälde. Hubert stand auf Seestücke? Die konnte er haben.

»Werner war unser Kapitän«, improvisierte sie. »Er hat sein stolzes Schiff mit sicherer Hand durch die Brandung gelenkt, viele Jahre lang. Doch nun ist die Zeit gekommen, wo er das Steuerrad nicht mehr halten kann. Jetzt muss die treue Mannschaft Abschied nehmen und einen neuen Anführer wählen. Hubert, seien Sie mein starker Mann am Ruder!«

Ein geschmeicheltes Lächeln glitt über Dr. Mergenthalers Gesicht. Das Bild des starken Kapitäns schien ihm ausnehmend gut zu gefallen. Dann verdunkelte sich seine Miene wieder. »Und wenn er nun wider Erwarten gesund wird? Eine Spontanheilung vielleicht?«

Evi ließ nicht locker. »Selbst in diesem Falle wird er nie wieder der Werner Wuttke sein, den wir kennen und lieben. Dafür ist seine Krankheit zu weit fortgeschritten. Und dann? Wollen wir, dass die herrliche Fregatte untergeht? Wollen wir, dass das Schiff führerlos ein Opfer der Wellen wird? Es würde uns mitreißen auf den Meeresgrund!«

Sie schnupperte an dem Taschentuch. Es roch nach Robert. »Verzeihen Sie, liebster Hubert, aber für eine Seebestattung fühle ich mich noch zu jung.«

Mit zitternden Händen strich sich der Finanzberater über die Glatze. Dann setzte er seine Brille wieder auf und schlug einen förmlichen Ton an. »Gnädige Frau, wir bewegen uns hier eindeutig in einer rechtlichen Grauzone.«

Plötzlich hatte Evi eine Eingebung. Schon länger fragte sie sich, was sie eigentlich mit dem ganzen Zaster anfangen sollte, der ihr winkte. Sie war nicht gemacht für Pelze und Schmuck. Sie wollte weder einen Ferrari noch Polopferde. Imponieren musste sie niemandem. Und ihre gemütliche Villa hätte sie gegen kein noch so glamouröses Penthouse eingetauscht.

Im Grunde brauche ich nur so viel, um einigermaßen komfortabel zu leben und den Kindern eine Ausbildung zu finanzieren, überlegte sie.

Ganz nah rückte sie ihren Stuhl an den Schreibtisch und legte ihre Hand auf Dr. Mergenthalers magere Finger. Er fing am ganzen Körper an zu beben.

»Hubert«, sagte sie zart. »Wir könnten eine Stiftung gründen. Die Werner-Wuttke-Gedächtnis-Foundation. Das wäre eine ehrenvolle Lösung für unser kleines Problem. Selbstverständlich erhalten Sie Ihre Provision. Und als Angehörige des Vorstands steht es uns frei, jederzeit auf das Stiftungsvermögen zuzugreifen – nach unserem Ermessen.«

Dr. Mergenthaler war vollkommen verdutzt. Mit aufgerissenen Augen fixierte er Evi, als sei sie ein Ufo, das soeben in seinem Büro gelandet war.

»Das – das ist g-grandios!«, stammelte er. »Niemand wird Verdacht schöpfen. Niemand wird uns einen Vorwurf machen. Sie sind ein Genie.«

»Oh, nein, nur eine schutzlose kleine Frau, die um ihre Existenz kämpft«, flötete Evi.

Sie umrundete den Schreibtisch und setzte sich auf die Lehne des Ledersessels. Wie absichtslos tätschelte sie Huberts Arm. Voller Wonne ließ er es geschehen.

»Haben Sie auch schon überlegt, welchem Zweck die Stiftung dienen soll?«, fragte er mit belegter Stimme.

Evi musste nicht lange nachdenken. »Ich stelle mir vor, dass wir in Not geratene Frauen unterstützen. Frauen zum Beispiel, die von ihren Ehemännern verlassen wurden und mittellos dastehen.«

Mit feuchten Augen sah Dr. Mergenthaler sie an. »Sie sind ein Engel, Evi. Ein wahrhaftiger Engel. Das ist die Lösung!«

»Die Sie zu einem reichen Mann machen wird«, erwiderte Evi schlagfertig. »Wir sind eben ein perfektes Team. Und wer weiß, vielleicht werden wir bald sogar noch enger zusammenrücken …«

Sie unterstrich ihre liebreichen Worte, indem sie seine Wange mit dem Handrücken berührte. Dr. Mergenthaler zuckte zusammen, dann bedeckte er ihre Hände mit Küssen.

»Evi, ach, Evi«, schmatzte er. »Ich verehre Sie. Ich vergöttere Sie.«

Angewidert zog Evi ihre Hände zurück. »Wir sollten in dieser Hinsicht nichts überstürzen. Ich bin eine anständige Frau. Deshalb möchte ich bis nach der Trauerzeit warten. Aber dann …«

»Sie machen mich zum glücklichsten Mann der Welt«, sagte Dr. Mergenthaler.

Er lehnte seinen kahlen Kugelkopf an Evis Busen. Um weitere Vertraulichkeiten zu verhindern, verließ sie ihren Platz und setzte sich wieder auf die andere Seite des Schreibtischs.

»Wie steht's mit den Immobilien?«, erkundigte sie sich.

Sogleich schlug Dr. Mergenthaler einen Aktenordner auf. »Bestens. Es gibt gleich mehrere Interessenten, die nur darauf warten, sie zu erwerben.«

»Sofort verkaufen«, sagte Evi. »Die Aktien?«

»Können binnen Tagesfrist veräußert werden.«

»Dann weg damit«, erwiderte Evi. »Die Cayman-Konten?«

»Hm.« Dr. Mergenthaler hüstelte. »Da sind Komplikationen zu erwarten. Wir müssten die überaus beträchtliche Summe bei einer Transaktion nach Deutschland versteuern. Deshalb würde ich die Schweiz vorziehen.«

»Dann versteuern wir das Geld eben«, erklärte Evi. »Die Sache soll sauber laufen. Keine Tricks. Immerhin haben wir soeben eine gemeinnützige Stiftung gegründet. Können wir gleich ein Konto eröffnen?«

Evis Tatkraft überforderte den guten Mann sichtlich. Er sah auf die Uhr. »Halb eins, meine Hausbank hat soeben geschlossen.«

»Bei der Höhe der zu erwartenden Einlagen wird man gern auf die Mittagspause verzichten, denke ich. Wie viel ist es eigentlich, so ungefähr?«

Dr. Mergenthaler bewegte stumm die Lippen, während er die Summe überschlug. »Gehen wir mal von etwa hundert Millionen aus. Evi? Was ist mit Ihnen?«

Gelähmt vor Schreck sah er zu, wie seine Klientin ohnmächtig vom Stuhl kippte.

Kapitel 11

Unschlüssig saß Evi in ihrer Küche. Sie hatte den Kindern mittags Schnitzel gebraten. Jetzt waren sie beim Fußball-training und würden erst am Abend zurückkommen. Geistes-abwesend betrachtete sie ihre Kochtopfsammlung, die säu-berlich aufgereiht im obersten Regalfach stand.

Immer wieder musste sie an die Summe denken, die Dr. Mergenthaler genannt hatte. Eine unvorstellbare Sum-me. Ihr wurde ganz schwindelig davon. Sie rechnete lieber nicht aus, wie hoch die Provision für den ach so loyalen Hu-bert ausfallen würde. Viel mehr bewegte sie das Rätsel, wie Werner ein solch gigantisches Vermögen zusammengerafft hatte.

Legal war das bestimmt nicht passiert. Mehrmals hatte sie heimlich beobachtet, wie er die Honoratioren der Stadt zu Hause empfing und ihnen zum Abschied dicke Kuverts zu-steckte. War das die Erklärung?

Bestechung!, durchzuckte es sie. Der hat die Wichtigen und Mächtigen geschmiert, dass es quietscht. Alles spricht dafür. Wenn man nur mehr herausbekommen könnte!

Gedankenverloren wischte sie ein paar Krümel vom Tisch. Sie musste die Zeit bis zu Werners Entlassung nutzen. Es konnte nicht schaden, wenn sie danach etwas in der Hand hatte, was ihn in Schach hielt.

Unwiderstehlich zog es sie in Werners Arbeitszimmer. Auf dem Schreibtisch stapelte sich die Post. Evi begann, einen Umschlag nach dem anderen aufzureißen. Es waren einige Einladungen dabei. Bälle, Empfänge, Grillpartys – lauter Events, zu denen er sie seit Jahren nicht mehr mitgenommen hatte. Einer der Briefe kam vom Golfclub.

»… geben wir uns die Ehre, Herrn Werner Wuttke und Frau Gemahlin zum High Tea auf die Terrasse des Clubgebäudes zu bitten. Dresscode: sportlich-elegant«, las sie halblaut.

Sie sah aufs Datum. Das war ja heute!

Eine halbe Stunde später stieg sie in den Porsche. Obwohl sie mittlerweile über ein paar hübschere Sachen verfügte, hatte sie ein uraltes graues Kleid angezogen und abgelaufene Schuhe. Ihr Gesicht war ungeschminkt, die Frisur ein Grauen. Doch der Wahnsinn hatte Methode. Sie wollte aussehen wie eine Frau, deren geistiger Horizont gerade mal bis zu ihren Kochtöpfen reichte.

»So«, sagte sie zu sich selbst. »Jetzt mischt Eva-Maria Wuttke die High Society auf!«

Nach wenigen Minuten erreichte sie das weiß eingezäunte Golfareal. Auf dem Parkplatz standen lauter Luxuskarossen. Kein Zweifel, dies hier war die Enklave der Reichen und Schönen. Schon kam das Clubgebäude in Sicht, ein zweistöckiger heller Bau, der mit seinen anmutigen Säulen an eine amerikanische Südstaatenvilla erinnerte.

Es kostete Evi einige Überwindung, hineinzugehen. Sie war eine andere geworden. Und doch würde sie jetzt zurück in ihre alte Rolle des grauen Mäuschens schlüpfen.

Auf der Terrasse ging es bereits hoch her. Alles, was Rang und Namen hatte in der Hauptstadt, chillte auf edlen Loungemöbeln. Livrierte Kellner reichten Scones und winzige Gurkensandwiches. Eine dreiköpfige Band spielte dezenten Jazz. Die Damen trugen helle Sommerkleider, die meisten Herren weiße Hosen und dunkle Blazer mit Goldknöpfen. Ein Duft nach Earl Grey mischte sich mit erlesenen Parfums und teuren Rasierwassern. Evi passte in diese illustre Gesellschaft wie ein Penner auf den Opernball.

»Verzeihung, haben Sie eine Einladung?«

Sie zuckte zusammen. Frechheit! Vor ihr stand der Vorsitzende des Clubs. Ein smarter Mittsechziger mit pechschwarz gefärbten Haaren und der gepflegten Bräune eines Mannes, der nur noch selten ein Büro betrat. Thomas von Drewitz galt als gefeierter Stararchitekt. Unter dem rechten Ärmel seines sandfarbenen Sommeranzugs blitzte eine unförmige goldene Armbanduhr auf.

Abfällig musterte er Evi. Du gehörst nicht hierher, sagte sein Blick. »Wenn ich dann um Ihre Einladung bitten dürfte …«

»Lieber Herr von Drewitz!« Sie zwang sich zu einem Lächeln. »Ich vertrete heute meinen Mann. Er ist leider erkrankt. Werner Wuttke. Ein großzügig zahlendes Mitglied Ihres Fördervereins, wenn ich es recht sehe.«

Auf der Stelle nahm der Vorsitzende Haltung an. »Gnädige Frau! Was für ein dummes Missverständnis. Willkommen zum High Tea!«

»Was ist das eigentlich – ein High Tea?«, fragte Evi mit ihrem dümmlichsten Grinsen. »Macht der Tee etwa high?«

»Nun …« Thomas von Drewitz drehte den Kopf zur Seite und winkte irgendjemandem zu. Es war klar, dass er dieses hoffnungslos naive Muttchen so schnell wie möglich loswerden wollte. »Warum kosten Sie nicht einfach? Da drüben ist das Buffet. Bedienen Sie sich, Frau Wuttke. Wenn Sie mich dann mal entschuldigen würden …«

Damit wollte er sich davonmachen. Doch Evi hatte nicht vor, ihn so einfach ziehen zu lassen. »Später. Wir sollten ein wenig plaudern.«

Sie legte eine Hand auf seinen Rücken und bugsierte ihn mit eisenharter Sanftheit zu einer freien Sesselgruppe in der Nähe. Dann öffnete sie ihre Handtasche und holte ihr Handy heraus.

Wie absichtslos drückte sie auf die Aufnahmetaste. Das hatte sie von Ralf Blumencron gelernt. Sie legte das Handy auf das Tischchen, das zwischen ihr und von Drewitz stand. Widerstrebend nahm der Vorsitzende Platz. »Also schön. Plaudern wir.«

Ein Kellner reichte Evi eine Tasse aus hauchdünnem Porzellan und füllte sie mit Tee. »Wünschen Sie Milch oder Zitrone?«

»Milch, Zitrone, Zucker und einen guten Schuss Rum«, antwortete Evi fröhlich. »Damit die Brühe nach was schmeckt.«

Es war alles so einfach. Sie musste nur das ordinäre Werner-Sprech imitieren, das sie jahrelang ertragen hatte. Man würde sie für einen Volltrottel halten. Und genau das wollte sie.

Der Kellner eilte davon, während Thomas von Drewitz enerviert mit den Augen rollte. »Wir lassen den Tee extra aus Indien importieren«, erläuterte er in betont arrogantem Tonfall. »Einen first flush, der nur auf einem ganz bestimmten Berg vor Sonnenaufgang geerntet wird. Aber das ist wohl eher etwas für Kenner.«

»Hey, ich kenn mich super aus«, versicherte Evi. »Sie sollten mal meine Erdbeerbowle probieren, mit Sekt und einer gehörigen Dröhnung Schnaps. Da hören Sie die Engelchen singen.«

Wie sie es genoss, sich komplett danebenzubenehmen! Immer hatte sie sich gefürchtet, dass sie den Regeln der Etikette nicht entsprach. Heute gab sie nach Herzenslust den Proll, bereit, mit Anlauf in jedes Fettnäpfchen zu springen, das sich ihr bot.

»Erdbeerbowle, exquisit«, sagte ihr Gegenüber gequält. »Und Ihr Gatte? Was ist mit ihm?«

»Liegt auf der Intensivstation«, erwiderte Evi. »Hat Pech gehabt, der Arme. Lange macht er's nicht mehr.«

Mit einem Mal sah auch von Drewitz leidend aus. »Wirklich? Ich hörte schon so etwas. Aber ich konnte es gar nicht glauben.«

Der Kellner erschien mit einem Silbertablett, auf dem ein Kännchen Milch, eine Zitronenpresse sowie eine Schale mit Zuckerwürfeln stand. Und ein Glas Rum.

Evi gab von allem große Portionen in ihren Tee, bis die Tasse fast überschwappte. Dann schlürfte sie, so laut sie konnte.

»Tja, bald gehen bei Werner die Lichter aus«, sagte sie und dachte dabei an Robert. »Deshalb führe ich ab jetzt die Geschäfte.«

Von einer Sekunde auf die nächste veränderte sich der Gesichtsausdruck des Vorsitzenden. »S-sie?«

»Warum nicht?«, antwortete Evi. »Oder denken Sie, dass ich nicht bis drei zählen kann? Ich habe sogar einen Taschenrechner.«

»Dann kann ja nichts passieren«, krächzte von Drewitz.

»Sehen Sie!«, strahlte Evi. »Na, und weil Werner doch immer reichlich abdrückt, wollte ich mal hören, was ich Ihnen demnächst so rüberschieben soll.«

»Rüberschieben …« Der Vorsitzende zerrte an seiner Krawatte, als sei er kurz vorm Ersticken.

»Schreiben Sie mir doch Ihre Kontonummer auf. Oder

wollen Sie lieber Bares? Wofür ist die Kohle eigentlich genau?«

Es war wunderbar zu sehen, wie sich der weltläufige Herr von Drewitz plötzlich in ein armseliges Männchen verwandelte, das sich vor Verlegenheit wand. Evi rülpste. Selten hatte ihr etwas so viel Spaß gemacht.

»Äußerst, äh, wichtige Projekte«, antwortete er. »Den Club betreffend.«

»Neue Golfbälle, oder was?«, fragte Evi. »Die müssten ja aus Gold sein, wenn ich an Werners fette Spenden denke. Er sagte mir, dass da ein paar andere Dinger laufen.« Sie lächelte vielsagend.

»Soso. Sagte er Ihnen.« Der Vorsitzende zögerte, dann stand er abrupt auf. Seine Miene war eisig. »Danke für das Gespräch. Ich muss mich jetzt um wichtige Gäste kümmern.« Grußlos ging er davon.

Das war nicht gut. Das war gar nicht gut. Sie hatte ihn zu hart angefasst, stellte Evi bedauernd fest. Leute gingen lachend vorbei und sahen sie mitleidig an, sie, das kleine Mauerblümchen im Orchideengarten. Ob sie sich verabschieden sollte? Als Geheimagentin hatte sie jedenfalls mit Pauken und Trompeten versagt.

Dann esse ich wenigstens was, dachte sie enttäuscht. Mal sehen, was die hier zu bieten haben. Man kann ja immer was lernen.

Die nächsten zwanzig Minuten verbrachte sie am Buffet. Die bleichen Gurkensandwiches waren mit Crème fraîche bestrichen, die Lachssandwiches mit Meerrettichsahne. Das schmeckte sie mit Leichtigkeit heraus. Hmm, die Brownies waren schwer wie Wackersteine, so wie sie es liebte. Und die Löffelbiskuits …

»Darf ich Sie noch einmal stören?«

Als sie sich umdrehte, stand Thomas von Drewitz vor ihr. Nervös rieb er sich die Hände.

Mit gespielter Arglosigkeit sah Evi ihn an. »Wieso nicht? Immer nur raus mit der Sprache.«

»Lassen Sie uns besser hineingehen. Es gibt das eine oder andere zu klären, was einer gewissen Diskretion bedarf.«

Evi ließ sich Zeit. Sie nahm einen neuen Teller und belud ihn in aller Ruhe mit nicht weniger als fünf Muffins. Dann schlenderte sie langsam zum Clubgebäude, wo Thomas von Drewitz ihr schon die Tür aufhielt.

»Nach Ihnen, gnädige Frau«, sagte er formvollendet. Evi entging nicht, dass sich Schweißflecken unter seinen Achseln abzeichneten.

Er führte sie in die Bibliothek. Es mochten Tausende von Büchern sein, die in deckenhohen Glasschränken aus poliertem Kirschholz aufgereiht standen. Aber Thomas von Drewitz war eindeutig nicht an erbaulicher Lektüre interessiert.

»Einen Drink vielleicht?«

Der alte Trick. Er wollte sie abfüllen. Aber da musste er früher aufstehen.

»Haben Sie Kakaolikör? Ich liiiebe Kakaolikör«, beteuerte sie.

»Unverzeihlicherweise nein.« Thomas von Drewitz hielt eine bauchige Flasche hoch, die er in der Hausbar gefunden hatte. »Aber einen alten Jahrgangsportwein. Den werden Sie genauso lieben.«

Er schenkte zwei Gläser ein, und sie machten es sich in den schweren Couchen bequem. Schweigend tranken sie.

»Ihnen geht der Stift, was?«, sagte Evi schließlich. Sie angelte sich einen Blaubeermuffin und biss ein großes Stück ab. Ihr Handy hatte sie neben sich gelegt und die Aufnahmetaste heruntergedrückt.

»Nun, in der Tat« – von Drewitz drehte an seinem auffallenden Siegelring – »sind einige Zahlungen vonnöten. Seit Tagen versuche ich, Ihren Mann zu erreichen. Ist er wirklich …«

»… so gut wie hinüber«, bestätigte Evi kauend.

»In diesem bedauerlichen Falle …« Er stellte sein Glas ab.

»Hm, Sie sind informiert über das Projekt in Mitte, nehme ich an? Das Eckgrundstück, auf dem ein Hotel mit Shoppingcenter und Kino entstehen soll?«

»Was denn sonst?« Evi machte ein Pokerface. »Werner hat ja schon jede Menge Knete darin versenkt, damit Sie beide den Auftrag abzocken.«

Sie bluffte. Und sie betete, dass sie auf der richtigen Fährte war.

In dem Gesicht des Architekten zuckte es. »Ich würde es ein wenig anders ausdrücken. Die Zeiten sind hart, der Wettbewerb ist es auch. Da muss man sich schon einiges einfallen lassen, damit sich die Baubehörde kooperativ zeigt.«

»Alter Schwede, Sie säuseln ja schon wie ein Politiker-Schwachmat«, lachte Evi. »Wie viel darf's denn sein, damit's in der Kiste rappelt?«

»Zwanzig«, sagte von Drewitz mit heiserer Stimme.

»…tausend?« Evi blieb fast der Muffin im Halse stecken. Das war ja Bestechung im ganz großen Stil!

»In Anbetracht eines Bauvolumens von zweihundert Millionen würde ich das als Kleingeld bezeichnen«, erklärte er obenhin.

»Kleingeld, das Sie nicht haben«, ergänzte Evi. »Schön. Ich lasse es demnächst rüberwachsen. Holen Sie es sich doch in unserer Villa ab. Dann können Sie mal meine Bowle probieren.«

Sie nahm sich einen zweiten Muffin. Er schmeckte noch köstlicher als der erste.

»Eine wundervolle Idee«, sagte Thomas von Drewitz säuerlich.

Er war nicht der Einzige, der Evi an diesem Nachmittag seine Aufwartung machte. Nachdem sie ihren Deal mit einem neuen Glas Port besiegelt hatten, schickte er Evi noch drei weitere Herren in die Bibliothek. Einen glücklosen Teppichfabrikanten, der das Hotel ausstatten wollte. Einen geschmacksverirrten Innenarchitekten. Und den Besitzer einer Zeitarbeitsfirma, die sich als ziemlich obskurer Beschaffungsverein für osteuropäische Saisonarbeiter entpuppte.

Sie alle waren ausgesucht höflich zu der unscheinbaren Frau im grauen Kleid, die gänzlich undamenhaft einen Muffin nach dem anderen verdrückte.

»It's raining men«, sang Evi vor sich hin, als sie sich einen Tag später heldenhaft in ihr Lederkleid schraubte. Katharina hatte es ihr inzwischen zurückgeschickt. Diesmal sollte die erotische Kostümierung in der Villa Wuttke stattfinden, im neuen Basislager der weiblichen Verschwörung. Sven und Kalli übernachteten bei Freunden, so hatten sie freie Bahn.

Die Uhr zeigte schon halb neun. Wo Beatrice und Katharina nur blieben? Evi stülpte sich die Perücke über den Kopf und legte großzügig Rouge auf. Dann umrandete sie ihre Augen mit dunkelbraunem Lidschatten. Die Verwandlung war atemberaubend. Anschließend schlüpfte sie in die Highheels aus schwarzem Lackleder und stöckelte in die Küche, um noch schnell eine heiße Schokolade zu trinken.

Endlich läutete es. Evi stellte die Tasse ab und stakste eilig zur Tür. »Ihr seid spät dr…«

Weiter kam sie nicht. Vor ihr standen nicht Beatrice und Katharina. Ganz und gar nicht. Vor ihr stand Lucrezia Diepholt, in einem perlgrauen Seidenkleid.

Ach du Elend! Mutter!, durchfuhr es Evi. Wie um Himmels willen sollte sie ihr das schräge Outfit erklären?

Entgeistert starrte Lucrezia sie an. »Wer sind Sie? Was machen Sie im Haus meiner Tochter?«

Selbst meine eigene Mutter erkennt mich nicht, jubelte Evi innerlich. Wenigstens das.

»Wenn Sie mir nicht sofort erklären, was Sie hier zu suchen haben, hole ich die Polizei«, drohte ihre Mutter mit schriller Stimme.

Was sollte Evi bloß sagen? Und vor allem: wie? Schon das erste Wort würde sie verraten. Die Mädchen aus dem Saunaclub fielen ihr ein. Ob ihre Mutter ihr das abkaufte? Versuch macht klug, dachte Evi.

»Biiin ich Nanny von die Junnn-gen«, gurrte sie mit tiefer Stimme, bemüht um den schweren russischen Akzent, den sie noch im Ohr hatte. »Frrrau Wuttke nicht da.«

»Sie träumen wohl!«, schnaubte ihre Mutter. »Eine Person wie Sie würde meine Tochter niemals in ihren vier Wänden dulden!«

Zu allem Überfluss erschienen jetzt auch noch Katharina und Beatrice am Gartenzaun. Evi spürte kleine Schweißlachen in ihren Highheels.

»Bin ich gutte Nanny«, radebrechte sie. »Sehrr gutte Nanny. Juuuu-ngen aberr niiicht mehrr zu Hause, gehen zu Parrrty.«

»Lassen Sie mich rein. Ich will sofort nach dem Rechten

sehen«, insistierte Lucrezia Diepholt. »Bestimmt haben Sie Helfershelfer, die soeben alles Wertvolle wegschaffen!«

Evi stemmte die Hände in die Hüften. »Kääänne ich Sie nicht, darrrf ich Sie nicht rrreinlassen. Vorrrschlag. Sie rrrufen Tochter an, und sie Ihnen sagen, werr bin ich.« Damit schlug sie ihrer Mutter die Tür vor der Nase zu.

Schon hörte sie das Handy klingeln, das auf dem Küchentisch lag. Sie schleuderte die Schuhe von den Füßen und rannte in Höchstgeschwindigkeit hin.

»Wuttke?«

»Evi, Gott sei Dank, ich bin vollkommen durcheinander. In deinem Haus ist eine schreckliche Person, die aussieht wie – mir fehlen die Worte.«

»Das ist Olga, unsere neue Nanny. Gut, sie hat einen eigenwilligen Kleidungsstil, ist aber eine Seele von Mensch.«

»Eine Seele nennst du so was?«, schrie Lucrezia Diepholt. »Und lässt es auf deine halbwüchsigen Söhne los? Hast du den Verstand verloren?«

»Nee, meinen Mann. Fast jedenfalls. Werner liegt im Krankenhaus. Und jetzt sei so gut und behellige Olga nicht weiter.«

»Im Krankenhaus?«

»Ja. Ich bin bei ihm. Bitte ruf mich morgen noch mal an. Ich darf hier eigentlich gar nicht telefonieren.«

Evi drückte das Gespräch weg. Mit klopfendem Herzen schlich sie zum Erker des Wohnzimmers, von wo man einen guten Ausblick auf den Eingang hatte. Wie zur Salzsäule erstarrt stand ihre Mutter da. Dann machte sie auf dem Absatz kehrt und marschierte davon.

In der Auffahrt prallte sie mit Beatrice und Katharina zusammen. Es war ein lebhafter Wortwechsel, der folgte. Immer wieder zeigte Lucrezia Diepholt aufgeregt zum Haus. Endlich gab sie auf, woraufhin die beiden Freundinnen den Eingang ansteuerten.

Evi wartete, bis ihre Mutter außer Sichtweite war, dann rannte sie zur Haustür und riss sie auf.

»Schnell, kommt rein«, rief sie.

»Trügt mich meine Erinnerung, oder war das wirklich deine Mutter?«, fragte Katharina.

»Nee, der Weihnachtsmann. Was hat sie gesagt?«

»Dass sich eine durch und durch verkommene Person in deinen Haushalt eingeschmuggelt hat«, lachte Beatrice.

»Und dass es ein Skandal sei«, ergänzte Katharina.

»Ich dachte, mich trifft der Schlag, als sie plötzlich vor der Tür stand«, jammerte Evi. »Sie wollte sogar die Polizei alarmieren.«

Beatrice schüttete sich aus vor Lachen. »So, wie du aussiehst, würde ich gleich das Überfallkommando bestellen!«

»Na, das geht ja gut los«, sagte Evi. »Habt ihr alles dabei?«

»Das ganze Equipment«, antwortete Katharina. Sie schwenkte eine Reisetasche, Beatrice eine Papiertüte mit einem Designerschriftzug.

Evi zeigte ihren Freundinnen den Weg ins Badezimmer. Noch vor ein paar Tagen hätte sie sich zu Tode geschämt für die gelben Blümchenkacheln, die goldenen Wasserhähne und den rosa Frottébezug auf dem Toilettendeckel. Aber die Geschmacksfrage war seit dem letzten Besuch der Freundinnen geklärt.

»Nicht vergessen: Wir heißen Uschi, Kiki und Jeannette«, sagte Beatrice, während sie ihre Lippen schminkte.

»Hauptsache, du hast dein Handy dabei«, erwiderte Evi.

Beatrice probierte einen Kussmund. »Sogar eine echte Digitalkamera. Frisch aufgeladen und einsatzbereit.« Sie holte einen hellblauen Kittel aus ihrer Tüte.

»Was ist das denn?«, fragte Katharina. »Willst du im Club durchputzen?«

Beatrice lächelte verschmitzt. »Eine Schwesternuniform. Davon träumt doch jeder Mann, eine Krankenschwester zu vernaschen. Heute werde ich alles verarzten, was mir über den Weg läuft! Bleibt es bei unserem Plan?«

»Klar doch«, bestätigte Katharina.

Evi sah stumm zu, wie ihre Freundinnen sich stylten. Eine Viertelstunde später waren auch Beatrice und Katharina nicht mehr wiederzuerkennen.

Joe begrüßte sie wie alte Bekannte, was er in drei herzhaften Klapsen auf die Hinterteile der Neuzugänge ausdrückte.

»Hallo, die Damen«, röhrte er. »Alles frisch im Schritt?«

Beatrice verdrehte die Augen. »Verbale Belästigung im Endstadium. Ein klarer Fall für die neuen Frauenbeauftragten, würde ich sagen.«

»Was, was?« Joe kam nicht ganz mit.

»Ich erklär's Ihnen bei Gelegenheit«, erwiderte Katharina von oben herab. »Obwohl ich nicht sicher bin, ob Ihr Resthirn diese intellektuelle Herausforderung verkraftet.«

Dann stöckelten sie an ihm vorbei ins Innere des Saunaclubs. Sie hatten sich kräftig verspätet, die Bar war bereits gefüllt mit Gästen. Beatrice sah sich vorsichtig um, konnte Hans-Hermann aber nicht entdecken.

»Auch schon da?«, schimpfte die Chefin, die am Tresen Bier zapfte. Sie trug eine pinkfarbene Perücke und ein tief ausgeschnittenes weißes Lackkleid. »Das nächste Mal pünktlich, sonst ziehe ich's von der Provision ab.« Sie musterte Beatrice. »Was soll das denn? Machst du heute die Krankenschwester? Egal, steht nicht blöd rum, der Laden brummt. Ist gerade Messe. Lauter hungrige Kerle aus der Provinz, die sich entspannen wollen.«

Lauter brave Ehemänner, die sich ungeniert aushäusig vergnügen, dachte Evi bitter. Männer eben. Ganz normale Männer, die es mit der Treue nicht so genau nehmen. Sie ekelte sich vor dem Dunst aus Schweiß und Alkohol, der ihr entgegenschlug. Beim ersten Mal war alles noch ein großes Abenteuer gewesen. Jetzt registrierte sie, wie schäbig der Club wirkte.

Eine Hand legte sich schwer auf ihre Schulter. »Hey, Ledermaus, bist genau meine Kragenweite!«

Evi drehte sich um. »Ja, bitte? Kennen wir uns?«

»Jetzt ja.« Der Mann war schätzungsweise Ende fünfzig und hatte einen unförmigen Bierbauch. Sein Gesicht war aufgedunsen, seine kleinen Schweinsäuglein glänzten unternehmungslustig. »Auf so ein Vollweib wie dich habe ich nur gewartet.«

Tapfer spielte sie mit. »Das Warten hat sich gelohnt, Süßer. Lädst du mich ein? Ich sterbe für ein Glas Sekt.«

Der Mann winkte der Chefin zu. »Schampus«, krähte er. »Und ein Bier!«

Er schob Evi zum Tresen, wo sie sich einen Barhocker eroberte. Krampfhaft hielt sie ihr Täschchen fest. Es war dasselbe Täschchen wie beim ersten Ausflug in den Club und enthielt noch immer ein gut durchdachtes Sortiment von Medikamenten. Heute würde sie es brauchen.

Aus dem Augenwinkel sah sie, wie Beatrice und Katharina auf einer der roten Ledercouchen Platz nahmen. Sofort waren sie umringt von mehreren Herren. In den Bassins ging es zu wie im Kinderplanschbecken. Erwachsene Männer aalten sich im Wasser und spritzten sich gegenseitig nass, während die Mädchen des Hauses höflich lachten. Männer waren so was von kindisch …

Lange halte ich das heute nicht aus, dachte Evi. Hoffentlich kommt Hans-Hermann bald. Das Trio fatal hatte nur einen mehr als vagen Plan und keine Ahnung, ob er funktionierte. Aber eines wusste Evi: Sie würde ihren Fuß kein weiteres Mal in diese abgeratzte Kaschemme setzen.

»… wie viel?«, tönte es dicht an ihrem Ohr.

»Eine Flasche sollte fürs Erste reichen«, antwortete sie.

»Doch nicht das, Dummerchen. Wie viel bekommst du für, na, du weißt schon.«

Für das Dummerchen würde sie sich mit Abführtropfen revanchieren, beschloss Evi. Sie versuchte, sich an die Preise zu erinnern, die die Chefin genannt hatte. »Äh, hundert, glaube ich.«

»So teuer?«, beschwerte sich der Mann. »Ich bin hier nicht der Millionär oder was.«

Aber ich habe demnächst schlappe hundert Mille auf dem Konto, dachte Evi voller Genugtuung. Dann kaufe ich diesen miesen Schuppen und sperre ihn zu. Oder mache ein Heim für gefallene Mädchen daraus. Der Gedanke gefiel ihr. Es wurde Zeit, dass sich auch hier etwas änderte.

Plötzlich stand Beatrice neben ihr. »Sweety, es geht los«, flüsterte sie atemlos. »Ehemann auf fünf. Ich tauche kurz ab.«

Evi sah zur Tür, durch die gerade Hans-Hermann stolziert kam. Mit Kennermiene sondierte er das Terrain, während er sein Jackett auszog. Dann hielt er direkt auf die Bar zu. Mit gesenktem Blick schlängelte sich Beatrice an ihm vorbei. Doch er war schneller. Geschickt erwischte er ihren Arm und hielt sie fest.

»Hey, kennen wir uns irgendwoher?«

»Nicht, dass ich wüsste«, piepste Beatrice mit verstellter Stimme.

»Wenn ich die Klamotten abgelegt habe, erkennst du mich bestimmt«, prahlte Hans-Hermann. »So ein Prachtstück von Männlichkeit vergisst man nicht.«

»Später vielleicht«, piepste Beatrice. »Ich geh mal für kleine Mädchen.«

Forschend blickte ihr Mann sie an. »Ist länger her, oder?«

Beatrice entwand sich seinem Griff. »Mindestens hundert Jahre.« Und schon war sie im Halbdunkel der Bar verschwunden.

»Raffiniertes Luder«, lachte Hans-Hermann. Dann fiel sein Blick auf Evi. »Aber wen haben wir denn da? Die süße kleine Jeanette. Und wieder ganz in Leder. Du bist echt Bombe!«

»Ich war als Erster da«, mischte sich Evis Kunde ein. »Und ich hab ihr auch schon was zu Trinken bestellt. Eine ganze Flasche Sekt.«

Hans-Hermanns Jagdinstinkt war geweckt. »Na, und? Dann bestell ich ihr eben zwei Flaschen. Gina? Mach mal zwei Pullen klar für die Lady hier.«

Die Chefin zwinkerte Evi anerkennend zu. »Aber immer doch, Henry.«

Henry? Nicht nur das Trio fatal hatte sich neue Namen fürs Nachtleben zugelegt.

Wütend räumte Evis Kunde das Feld. »Schlampe«, knurrte er.

»Noch so eine Frechheit, und Sie kriegen Ärger«, rief

Hans-Hermann. »Die hier ist viel zu schade für einen Schmalspurerotiker wie Sie.«

Evi verfolgte den Wortwechsel mit mulmigen Gefühlen. Die beiden Streithähne sahen aus, als ob jeden Moment die Fäuste fliegen würden. Eine Schlägerei konnte sie nun überhaupt nicht brauchen.

»Schluss jetzt.« Resolut knallte die Chefin zwei Sektflaschen auf den Tresen und deutete auf Hans-Hermann. »Wer am meisten zahlt, hat recht. Wem's nicht passt, der schwirrt gefälligst ab.«

»Ich helfe gern nach«, brummte Joe, der sich massig wie ein Kleiderschrank neben dem glücklosen Mann aufbaute. Murrend zog er sich zurück.

»Loser«, sagte Beatrices Mann verächtlich. »Und jetzt zum angenehmen Teil.« Er legte einen Arm um Evis Taille. »Hmmm, alles dran. Ich steh nicht auf Hungerhaken, weißt du? Hab's lieber weich und griffig.«

Und für den hat sich Beatrice in Größe 36 gehungert, dachte Evi. Was für eine sinnfreie Tortur. Der Typ hat wahrlich eine Lektion verdient. Die Rache ist unser.

Sie nahm das Glas, das Gina ihr hinschob, und trank einen Schluck. Auch Hans-Hermann griff sich ein Glas. Wie bekomme ich bloß die K.o.-Tropfen da rein?, überlegte Evi. An der Bar war es zu hell und zu übersichtlich.

»Sag mal, wollen wir uns nicht ein ruhigeres Plätzchen suchen?«, fragte sie kokett. »Wo wir ganz ungestört sind?«

»Von null auf hundert, solche Weiber liebe ich!«, rief Hans-Hermann. »Ab ins Séparée!«

»Perfekt«, zwitscherte Evi. »Ich nehme die Gläser und du den Sekt, ja, Süßer?«

»Immer schön praktisch denken«, grinste er. Mit geübter

Geste warf er Gina sein Jackett zu und griff zu den Flaschen. »Ich geh mal vor. Damit du dich nicht verläufst, Kätzchen.«

Evi spürte die Blicke ihrer Freundinnen auf sich ruhen, als sie Hans-Hermann in einen schlauchähnlichen dunklen Gang folgte. Lasst mich jetzt bloß nicht allein, flehte sie stumm. Doch als sie sich umdrehte, sah sie, wie Beatrice und Katharina sich erhoben.

Das Séparée, das Hans-Hermann ausgesucht hatte, entpuppte sich als winziger, stickiger Raum mit einer roten Kunstlederliege. Vom Gang war das enge Gelass nur durch einen Vorhang aus Perlenschnüren abgetrennt. Auf einem billigen Plastiktischchen stand eine Kleenexbox neben einer flackernden Kerze. Von der Decke baumelte eine Glühbirne, die rötlich bemalt war.

Hastig stellte Evi die Gläser ab und öffnete ihre Handtasche. Sie brauchte nur eine Sekunde. Aber Hans-Hermann ließ sie nicht aus den Augen.

»Was wird das denn?«, fragte er ungehalten. »Ohne Gummi, oder du kannst es vergessen.«

»Keine Sorge«, beschwichtigte Evi ihn. »Ich wollte nur nachsehen, ob mein Geld noch da ist.«

»Ach so.«

Er wandte sich ab und öffnete seinen Gürtel. Das war die Chance! Lautlos entkorkte Evi das Fläschchen mit den K.o.-Tropfen und träufelte eine wohlbemessene Dosis in sein Glas. Dann ließ sie das Fläschchen ebenso geräuschlos wieder in ihre Tasche gleiten. Aufatmend setzte sie sich auf die Liege.

»Na, was sagst du jetzt?«

Evi sah erst einmal nur zwei bestrumpfte Füße. Beatrice wusste offensichtlich, wovon sie sprach, als sie »Sex on the socks« erwähnt hatte. Dann glitt Evis Blick höher. Hans-

Hermann trug einen engen Slip, der kein Geheimnis über den Inhalt offenließ. Evi schluckte. Oha.

»Beeindruckt, was?«, fragte er selbstgefällig. »Das sind sie alle.«

»Sogar sehr beeindruckt«, versicherte Evi. Sie versuchte, nicht hinzusehen, obwohl sich sein bestes Stück direkt vor ihren Augen befand. »Ein Wunder der Natur. Lass uns vorher noch was trinken, ja?«

Lächelnd reichte sie Hans-Hermann ein Glas. Sie hatte darauf geachtet, dass es dasjenige ohne Lippenstift war. Dann stürzte sie ihren Sekt in einem Zug runter. Evi hoffte inständig auf den Nachahmungseffekt. Der blieb allerdings aus. Hans-Hermann stellte sein Glas auf das Tischchen zurück, ohne dass er auch nur daran genippt hatte.

»Den Schampus gönnen wir uns hinterher. Erst die Arbeit, dann das Vergnügen.« Er setzte sich zu Evi auf die Liege und machte sich an der Verschnürung ihres Kleids zu schaffen. »Ist ja wie Geschenkeauspacken. Was hast du mir denn da Schönes mitgebracht?«

»Was böse Jungs verdienen«, antwortete Evi.

»Und ich bin ein sehr, sehr böser Junge«, raunte Hans-Hermann. Ungeduldig riss er an der Schleife herum.

Der gute alte Doppelknoten, dachte Evi. Den kriegst du allenfalls mit einer Gartenschere auf.

»Gleich geht's zur Sache!«, verkündete er.

»Hui, da muss ich mir noch ein bisschen Mut antrinken.« Sie goss sich ein weiteres Glas ein. »Das Zeug törnt mich total an! Willst du nicht auch was?«

»Jetzt lass mal die warme Brause. Jetzt kriegst du was Besseres.«

O nein, alles lief ganz anders als geplant! Evi begann zu

zittern. Sie musste unbedingt die Taktik ändern. Männer waren kindisch? Und wie. Also versuchte sie es mit dem einfachsten Kindergartentrick.

»Ach, verträgst du etwa nichts?«, fragte sie mit einer Spur Überheblichkeit. »Ein gestandenes Mannsbild wie du?«

»Blödsinn. Ich stehe auch nach fünf Flaschen gerade wie ein Fahnenmast«, tönte Hans-Hermann.

»Na, das wollen wir ja mal sehen.«

Evi füllte nach und trank ihr Glas wieder aus, ohne es abzusetzen. Und tatsächlich, auch Hans-Hermann leerte endlich sein Glas. Geschafft. Zumindest die erste Etappe. Jetzt war nur die große Frage, wie schnell die Tropfen wirkten.

»Verdammt heiß hier.« Hans-Hermann schloss die Augen und wischte sich über die Stirn. »Mir ist ganz schwummrig. Also los jetzt, ein bisschen mehr Service.«

»Sehr wohl«, antwortete Evi. »Stets zu Diensten.«

Sie pikste ihm mit einem Finger in den Bauch. Die Wirkung setzte sogar schneller ein, als sie gehofft hatte, denn sein Oberkörper schwankte unkontrolliert. Verstohlen schaute Evi zum Vorhang, der leise klirrte. Was Beatrice und Katharina wohl von diesem unwürdigen Schauspiel hielten?

Währenddessen scheiterte Hans-Hermann an den Lederschnüren. Der Ärmste. Offenbar konnte er sich nicht mehr so recht konzentrieren.

»Mach selber«, blaffte er. Verwirrt massierte er seine Stirn. »Wieso dreht sich denn hier alles?«

Evi stellte fest, dass seine Lider schwer wurden. Mit einem kleinen Seufzer sank er zur Seite, und sein Körper erschlaffte. Die K.o.-Tropfen machten ihrem Namen alle Ehre.

Der Vorhang klirrte lauter. Zwei tropfnasse Mädchen kamen herein, die nur mit mikroskopisch kleinen Tangas bekleidet waren. Ohne Vorwarnung glitten sie auf die Liege und drängten sich dicht an Hans-Hermann.

»Was'n jetzt?«, murmelte er benommen.

Schnell rollte Evi sich weg, dann rappelte sie sich auf und drückte sich an die Wand. Schon zuckte ein Blitz auf. Hans-Hermann sah es nicht mehr. Bewegungslos lag er im Blitzlichtgewitter, flankiert von den halbnackten Mädchen. Im nächsten Moment standen Beatrice und Katharina im Séparée.

»High score. Ich war schon immer gut im Schiffeversenken«, flüsterte Beatrice. Sie steckte die Kamera in die Tasche ihres Schwesternkittels. »Hans-Hermann hat voll abgelost. Hättest du zufällig Geld für die Damen dabei, Evi?«

Ohne mit der Wimper zu zucken, holte Evi zwei große Scheine aus ihrer Handtasche und legte sie auf das Tischchen.

»Für euch«, sagte sie zu den Mädchen. »Nehmt euch mal einen Tag frei.«

»Spassiba«, erwiderte eine der beiden. »Und waaas wirrr sollen maaachen mit iiihm?«

Beatrice betrachtete kühl ihren Mann. »Schlafen lassen und später abkassieren. Er wird sich an nichts erinnern. Danke, ihr habt uns sehr geholfen.«

Erleichtert huschten die drei Freundinnen auf den Gang, wo ein Geschiebe und Gedrängel eingesetzt hatte wie beim Sommerschlussverkauf. Auch die anderen Gäste hielten sich nicht lange mit Konversation auf, sondern strebten lüstern zu den Séparées.

»Yippiiee!«, rief Evi leise aus. »Wir haben es gewuppt!«

»So weit jedenfalls.« Katharina sah sich besorgt um. »Wir haben nämlich was Entscheidendes vergessen: Wie kommen wir hier wieder raus?«

»Äh, durch die Tür vielleicht?«, scherzte Evi.

Beatrice dagegen hatte das Dilemma auf der Stelle erfasst. »Gina wird dich fragen, wo dein Kunde geblieben ist. Und das ist noch nicht alles. Sie wird ihren Anteil einfordern. Von uns übrigens auch. Erinnert ihr euch? Sobald wir den Gang zu den Séparées betreten, wird die Provision fällig. Tja. Ich habe nur einen Zwanziger fürs Taxi dabei.«

»Mein ganzes Geld habe ich gerade den Mädchen gegeben«, sagte Evi. Sie sah Katharina an. »Wie viel hast du noch?«

»Ich habe mein Portemonnaie vergessen«, antwortete Katharina schuldbewusst. »Und wir brauchen hundertfünfzig Mäuse!«

»Dann hole ich mir eben einen Schein wieder«, beschloss Evi. »Also noch mal zurück.«

Sie liefen los. Doch das Séparée war leer, bis auf den leblosen Hans-Hermann. Weder von den Mädchen noch vom Geld war irgendetwas zu sehen.

Evi schlug die Hände vors Gesicht. »Joe wird uns killen.«

»Vor allem, wenn er sieht, dass dein Kunde außer Gefecht ist«, sagte Beatrice. »Wir haben ziemlich Shit an der Hacke.«

Evi erstarrte vor Schreck. »Und nun?«

Kapitel 12

Ein Feuerwehrwagen raste heran und hielt mit blinkendem Blaulicht direkt vor dem Saunaclub Désirée. Das Heulen der Sirene war markerschütternd. Schon kam der nächste Wagen angefahren. Im Handumdrehen war der Vorgarten des Etablissements bevölkert mit uniformierten Männern, die sich Kommandos zubrüllten. Schläuche wurden entrollt. Ein Putto fiel um. Dann stürmten die Feuerwehrleute ins Haus, vorbei an halbnackten Herren und kreischenden Mädchen, die panisch das Weite suchten.

»Schneller«, keuchte Beatrice. »Da drin haben sie bestimmt schon gemerkt, dass es falscher Alarm war.«

Auf bloßen Strümpfen rannten sie die Straße entlang. Ihre Highheels lagen irgendwo im Gebüsch. Sie hatten sie weggeworfen, als sie laut schreiend aus dem Club gelaufen waren. »Feuer!«, hatten sie gerufen. Und vorher die Kleenexbox abgefackelt.

Es war Beatrices Idee gewesen. Zuerst hatte sie den Notruf gewählt und die Adresse durchgegeben. Sobald die Sirene zu hören gewesen war, hatte sie die Kerzenflamme an die Kleenexbox gehalten und die brennende Schachtel in den Gang geworfen. Im anschließenden Durcheinander war niemandem aufgefallen, wie sie entkamen. Das hofften sie jedenfalls.

»War 'ne Spitzenidee, Bella Beatrice!«, hechelte Katharina. »Hiermit befördere ich dich vom Frauenausschuss in den Krisenstab!«

»Gib lieber erst mal Speed!«, rief Beatrice. Im Laufen sah

sie sich um. »Mist. Wir haben Evi abgehängt!« Sie blieb stehen. »Eviiii? Wo bist du?«

Leider war Evi noch nie die Sportlichste gewesen. In der Schule hatte sie immer mit der Anmut eines Nildpferds am Reck gehangen, und Joggen gehörte nachweislich nicht zu ihren Freizeitbeschäftigungen. Vergeblich versuchte sie, mit Beatrice und Katharina Schritt zu halten.

»Der Medizinball, der da hinten über die Straße hüpft, ist das Evi?«, fragte Katharina.

Jetzt raste schon das dritte Feuerwehrauto an ihnen vorbei, gefolgt von einem Polizeiwagen, dessen Martinshorn durch die Nacht gellte. Evi holte langsam auf, bis sie schweißüberströmt vor ihren Freundinnen stand.

»Da-ha ha-haben wir ah-aber was ga-hanz D-dummes angestellt«, japste sie.

»Nee, was ziemlich Schlaues«, widersprach Katharina. »Geht's noch, Evi? Wir müssen hier schleunigst weg! Die suchen uns sicher schon.«

»Und haben genauso sicher Hans-Hermann gefunden«, gab Beatrice zu bedenken. »Nehmt die Beine in die Hand, Schwestern!«

Evi hielt sich ihren Bauch. Sie hatte fürchterliches Seitenstechen. »Ich kann nicht mehr. Wir müssen ein Auto anhalten!«

Winkend sprang sie einfach mitten auf die Straße. Eine schwarze Limousine bremste mit quietschenden Reifen. Die Scheibe der Seitentür wurde heruntergelassen.

»Hab ich euch!«, brüllte Joe.

Bevor er aussteigen konnte, waren sie schon ins nächstbeste Gebüsch gesprungen. Ohne auf die Dornen zu achten, die ihnen Arme und Beine zerkratzten, kämpften sie sich voran.

»Der holt uns gleich ein!«, rief Evi voller Panik.

»Jammer nicht, beeil dich«, sagte Beatrice. Sie kickte einen Gartenzwerg aus dem Weg. »Joe ist ein Muskelpaket, aber für einen anständigen Spurt ist er viel zu fett!«

»Ich auch«, schluchzte Evi.

»Ach was.« Katharina hakte sie unter und zog sie mit sich. »Los doch. Wir schaffen das. Für immer, für ewig …«

»… für uns!«, erschallte es dreistimmig.

Wieder war ein Martinshorn zu hören. Gut möglich, dass mittlerweile auch die Polizei hinter ihnen her war. Gina musste nur eins und eins zusammenzählen, um darauf zu kommen, wem sie den ganzen Schlamassel zu verdanken hatte. Den überaus geschäftsschädigenden Schlamassel.

Die Nacht schützte die Freundinnen, allerdings konnten sie nur ahnen, wohin sie traten. Geranienbeete? Rosenrabatten? Evi hatte eine Blase am Fuß und hinkte nur noch. Verzweifelt klammerte sie sich an Katharina, die unbeirrt vorwärtshastete.

»Aua! Hier ist die Welt zu Ende!«, rief Beatrice plötzlich. Sie war in der Dunkelheit gegen einen Maschendrahtzaun gelaufen.

Katharina ließ Evi los. »Drüberklettern! Schnell!«

»Toll. Habe ich ein Bergsteigerdiplom, oder was«, protestierte Evi.

»Einen Kran habe ich leider nicht dabei«, sagte Beatrice. »Aber zwei gesunde Hände.«

Sie machte eine Räuberleiter für Evi, während Katharina schon behände wie ein Äffchen auf die andere Seite kletterte.

»Ich hänge fest!«, schrie Evi auf. Die Schnüre ihres Kleids hatten sich in dem Drahtzaun verheddert.

Beatrice verlor allmählich die Geduld. »Dann zieh das verflixte Ding aus. Oder willst du warten, bis Joe das erledigt?«

»Ich kann das Kleid nicht ausziehen. Da ist ein Doppelknoten drin!«, wimmerte Evi. Wie ein nasser Sack Mehl hing sie auf dem Rand des Zauns und ruderte hektisch mit den Armen. »Lauft allein weiter, sonst sind wir alle drei geliefert!«

»Kommt nicht in die Tüte«, widersprach Beatrice mit zusammengebissenen Zähnen. »Wir sind ein Team. Das Trio fatal! Wir lassen dich nicht zurück wie Cowboys ein krankes Pferd. Katharina, du ziehst, ich schiebe!«

Mit heftigen Bewegungen zerrten sie an Evi herum, dann gab das Leder nach. Ein reißendes Geräusch folgte, und Evi plumpste über den Zaun, wobei sie auch gleich Katharina zu Boden warf.

Stöhnend richteten sie sich auf. Katharina war die Perücke vom Kopf gerutscht. Und Evis Kleid war vom Ausschnitt bis zum Saum aufgerissen. Wenigstens hatte der BH gehalten.

»Das mit dem eleganten Hürdenlauf üben wir noch«, ätzte Beatrice, die den Zaun ohne Komplikationen überwunden hatte. »Wo sind wir hier eigentlich?«

Sie standen auf einem schmalen Spazierweg. Gegenüber konnte man die Umrisse eines baufälligen Holzschuppens erkennen. Neugierig lief Beatrice hin und sah hinein.

»Was machst du da? Komm jetzt«, zischte Katharina. »Wir müssen weiter!«

Aber Beatrice war schon in dem Schuppen verschwunden. Nach einer Minute kam sie wieder heraus. »Das Schicksal hat einen guten Tag. Seht mal, was ich in dem Gerümpel aufgestöbert habe!«

Sie schleifte ein altersschwaches Fahrrad und einen Kinderroller hinter sich her.

»Nee, oder?«, sagte Katharina.

»Du kriegst das Fahrrad und nimmst Evi hinten drauf, ich probier's mit dem Roller«, kommandierte Beatrice.

»Aber …«

Ganz in der Nähe knackte es. Mit einem leisen Schrei schnappte sich Katharina das Fahrrad. Evi zog die Reste ihres Kleids hoch und schwang sich auf den Gepäckträger.

»Der Highway ist unser!«, rief Beatrice.

Trotz der brenzligen Situation musste sie über den unvergesslichen Anblick lachen: Katharina hatte Mühe, das Fahrrad überhaupt in Bewegung zu setzen. Die Reifen waren platt, außerdem schien das Gefährt eindeutig nicht für einen Schwertransport geeignet. Erst nach einigen Anläufen klappte es. Katharina trat kräftig in die Pedale, und im Zickzack ging es über den holprigen Weg. Beatrice war mit dem Roller schon ein paar Meter voraus.

»Nicht so schnell«, beschwerte sich Evi. »Das Teil ist nicht gepolstert.«

»Wenn du je wieder bequem sitzen willst statt in einer Gefängniszelle, trag's mit Fassung«, presste Katharina hervor.

Schließlich erreichten sie eine Straße.

»Seht mal, unsere Rettung haben wir dem Kleingartenverein Sonnenglück zu verdanken«, sagte Beatrice. Sie zeigte auf ein Schild, das über dem Weg hing. Dann beugte sie sich vor und spähte auf die Straße. »Kein Joe. Kein Polizeiwagen. Weiter geht's!«

Das Trio fatal war nicht zu stoppen. Auch wenn Katharina mit ihrer schweren Ladung verkehrsgefährdende Schlingerkurven fuhr. Autos hupten sie an, verspätete Spaziergänger blieben verwundert stehen. Mit Ach und Krach erreichten sie einen Taxenstand. Ein einziger Wagen stand dort.

»Fluchtauto auf zwölf!«, schrie Beatrice. »Alles absteigen!« Sie lehnten das Fahrrad und den Roller an einen Baum und rissen die Türen des Taxis auf.

»Wir müssen die Sachen zurückbringen«, stieß Evi außer Atem hervor. »Irgendjemand wird den Roller und das Fahrrad vermissen. Kinder vielleicht.«

»Blendende Idee«, schnaubte Katharina. »Häng doch gleich einen Zettel mit unseren Namen und unseren Adressen dran. Damit man uns auch findet.«

Sie saß schon auf dem Rücksitz. Evi schob sich kleinlaut neben sie.

»Wohin?«, fragte der Fahrer. »Ins Irrenhaus? Oder in die Ausnüchterungszelle?«

»Hauptsache, weg!« Beatrice ließ sich auf den Beifahrersitz fallen.

Der Fahrer musterte überrascht ihren Schwesternkittel. »Sind Sie etwa die Betreuerin?«

»Genau«, antwortete Beatrice. »Ich bringe die beiden zurück ins Heim.«

Evi kochte heiße Schokolade. Einen extragroßen Topf voll. Sie hatte geduscht und einen Bademantel angezogen. Kafka lag zu ihren Füßen und kaute an einem Knochen. Währenddessen saßen Beatrice und Katharina am Küchentisch und versorgten ihre Kratzer mit Heilsalbe.

»O nee, ich sehe aus, als wäre ich in einen Aktenvernichter gefallen«, kicherte Katharina. »Hat jemand eine gute Geschichte, wie ich das Horst erkläre?«

»Du warst beim Jubiläum eines Tierheims und hast eine

neurotische Katze gestreichelt«, schlug Beatrice vor. »Oder wie wäre das: Die Kindergarteneröffnung für schwer erziehbare Youngsters endete im Nahkampf.«

Es war fast zwei Uhr morgens. Doch sie waren hellwach und bester Stimmung. Unablässig riefen sie sich die Ereignisse des Abends ins Gedächtnis, voll Stolz, dass sie das schier Unmögliche geschafft hatten.

»Das war die abenteuerlichste Flucht seit dem Gefangenenausbruch von Alcatraz!«, rief Beatrice triumphierend.

»Unsere sportlichen Leistungen reichen locker fürs Sechstagerennen«, fügte Katharina hinzu.

Evi sagte lieber nichts. Ihre Rolle bei der Flucht war nicht die rühmlichste gewesen. Ihr Po brannte, ihre Arme waren voller Schrammen. Doch sie hatten es bis nach Hause geschafft. Nur das zählte. Hingebungsvoll rührte sie in der braunen Flüssigkeit. Dann holte sie drei Tassen aus dem Schrank.

»Heiße Schokolade für alle«, ordnete sie an. »Keine Widerrede. Das wird euch guttun.«

»Die Herbergsmutter hat gesprochen«, grinste Beatrice. »Okay, gib schon her.«

Auch Katharina nahm sich eine Tasse. »Wenn man so eine Nummer verkraftet, dann übersteht man alles«, philosophierte sie. »Ich glaube, ab heute habe ich vor nichts mehr Angst.«

»Das ist auch der Sinn der Sache«, sagte Beatrice. »Wisst ihr noch, wie depri wir waren, damals beim Klassentreffen? Seit wir auf dem Kriegspfad sind, ist die volle Power wieder da. Und einschüchtern lassen wir uns sowieso nicht mehr.«

»Was sie wohl mit Hans-Hermann angestellt haben?«, fragte Evi.

»In seinem Zustand haben sie ihn kaum der Polizei präsentiert«, antwortete Beatrice. »Macht keinen guten Eindruck, ein Kerl in Socken und Unterhose, der weggetreten in der Ecke hängt. Den haben sie bestimmt im Hinterzimmer versteckt. Vor morgen Mittag kommt der nicht nach Hause.«

Evi horchte auf. »Sagt mal, wenn keiner auf euch wartet – wollt ihr nicht hier übernachten? Platz ist genug. Ich beziehe euch das Ehebett und schlafe im Gästezimmer. Morgen früh mache ich uns dann lecker Frühstück.«

»Typisch Evi«, lachte Beatrice. »Immer hart am Futternapf. Du würdest noch auf dem Mond ein Vier-Gänge-Menü servieren.«

»Also, ich finde die Idee gar nicht so übel«, sagte Katharina. »Horst spielt morgen den lieben Papi. Der steht erst Montagmorgen wieder auf der Matte. Gibt es hier übrigens ein Radio?«

»Ja, wieso?«, fragte Evi.

»Lass mal hören, ob sie in den Nachrichten schon was bringen.«

Evi knipste ihr altes Küchenradio an. Sie drehte so lange an den Sendern herum, bis die sachliche Stimme eines Nachrichtensprechers zu hören war.

»Seid mal still!«, rief Katharina.

Aufgeregt lauschten sie. Der Sprecher näselte sich durch diverse politische News. Gesundheitsreform. Rentenerhöhung. Staatsbesuch eines gekrönten Herrscherpaars. Dann machte er eine kleine Pause. »Berlin. Vor einer Stunde wurde Großalarm in einem Nachtlokal an der Heerstraße ausgelöst.«

»Lauter!«, befahl Beatrice

Folgsam betätigte Evi den Lautstärkeregler.

»Die Feuerwehr hatte insgesamt fünf Wagen im Einsatz«, verkündete der Sprecher. »Menschen kamen nicht zu Schaden. Offenbar handelte es sich um falschen Alarm. Die Polizei fahndet nach drei Frauen mittleren Alters. Eine von ihnen trug eine Krankenschwesteruniform. Die genaue Beschreibung der Gesuchten finden Sie im Internet auf www.polizeiberlin.de. Zweckdienliche Hinweise werden an jeder Dienststelle entgegengenommen. Und nun zum Wetter.«

Evi stellte das Radio aus. Wie versteinert sahen sie sich an. Dann fingen sie an zu lachen.

»Die können lange nach den Feuerteufelchen suchen!«, prustete Beatrice. »Uschi, Kiki und Jeanette haben sich soeben von ihrem einträglichen Nebenjob verabschiedet.«

»Wir müssen den ganzen Sexkrempel entsorgen«, sagte Katharina, deren Verstand wieder zu arbeiten begann. »Meine Perücke liegt irgendwo im Kleingartenverein Sonnenglück, aber alles andere sollte unauffindbar sein.«

Nachdenklich schlürfte Evi ihre heiße Schokolade. »Der Kamin. Wir haben ihn noch nie benutzt, aber ich glaube, dass er funktionstüchtig ist.«

»Wie romantisch«, erwiderte Beatrice. »Genau so machen wir's. Aber den Schwesternkittel behalte ich, als Souvenir. Na dann, legen wir ab.«

Evi lächelte, froh, dass sie auch mal eine gute Idee gehabt hatte. »Ich hole euch Nachthemden und warme Decken.«

Kurze Zeit später hockten sie im Wohnzimmer auf dem Teppich und sahen zu, wie die Überbleibsel ihrer erotischen Mission in Flammen aufgingen. Knackend schmolzen die Lackstiefel. Die Corsagen knisterten. Die zerrissenen Strümpfe brannten lichterloh so wie die Perücken. Es stank infernalisch. Dann war nur noch ein schwarzer Klumpen übrig.

»Eigentlich schade um das sexy Zeug«, sinnierte Beatrice. »Irgendwie hat es doch auch Spaß gemacht, oder?«

»Stimmt«, sagte Katharina. »Irgendwie.«

»Ihr musstet ja auch nicht ins Séparée«, schmollte Evi. »Ich bin fast in Ohnmacht gefallen, als ich die Bescherung sah.«

»Hans-Hermann ist history«, sagte Beatrice. »Der lässt so schnell seine Hose nicht mehr runter.«

Evi griff zum Kaminbesteck und stocherte in der glühenden Asche herum. Ein paar trockene Holzscheite, die immer nur als Dekoration im Kamin herumgelegen hatten, fingen Feuer. Die drei rückten näher zusammen und starrten versonnen in die Flammen.

»So wie damals am Baggersee, als wir nachts Lagerfeuer gemacht haben, wisst ihr noch?«, schwärmte Evi.

»Wie könnten wir das vergessen«, sagte Beatrice. »Damals haben wir allerdings Cola mit Rum getrunken statt heißer Schokolade.«

Mit beiden Armen umschlang Katharina ihre Knie. »Und nun?«

»Keep the flame burning«, summte Beatrice. »Belastendes Material haben wir genug. Wie steht's mit dem Cashflow?«

Evi erzählte von ihrem Besuch bei Dr. Mergenthaler. Von seinen Skrupeln und von ihrer Eingebung, eine Stiftung zu gründen. Die Summe, um die es ging, verschwieg sie vorsichtshalber. Sie konnte es ja selbst kaum glauben. Und noch war die Schlacht nicht gewonnen. Es blieben ihr nur wenige Tage, um den gewagten Coup durchzuziehen.

»Eine Stiftung!« Katharina piff durch die Zähne. »Evi Forever ist wirklich immer für eine Überraschung gut.«

»Es wäre mir eine Ehre, wenn unsere zukünftige Familienministerin die Aufgabe der Schirmherrin übernehmen würde«, strahlte Evi.

»Die Ehre ist ganz auf meiner Seite«, erwiderte Katharina gespielt förmlich.

Wieder sahen sie in das Feuer und tranken ihre heiße Schokolade. Evi holte einen Teller mit selbstgebackenen Keksen. Es konnte in diesem Augenblick keinen gemütlicheren Platz auf der Welt geben.

»Deine Stiftung ist Hammer, Evi«, sagte Beatrice nach einer Weile. »Aber falls Werner nach seiner wundersamen Genesung trouble macht, was dann?«

»Für diesen Fall habe ich vorgesorgt. Werner hat so viele Leute illegal mit Geld gefüttert, dass er schön den Mund halten wird.«

»Hast du denn Beweise?«

Mit einigem Stolz erzählte Evi vom High Tea im Golfclub. Schwer beeindruckt hörten Katharina und Beatrice zu.

Beatrice zog sich die Wolldecke fester um die Schultern. »Voll aufgeschlaut, unsere Evi. Der schwarze Charity-Engel. Ich sollte mich auch allmählich um meine Finanzen kümmern, bevor Hans-Hermann das Ersparte verjubelt.«

»Habt ihr Gütertrennung?«, erkundigte sich Katharina.

»Zugewinngemeinschaft. Leider. Dummerweise habe ich gerade etwas geerbt. Aber keinen Cent soll er kriegen, der Schuft.«

»Das sollte unsere leichteste Übung sein«, sagte Evi. »Mir ist da gerade etwas eingefallen. Hat mit Immobilien zu tun. Wir besprechen alles beim Frühstück.«

Um ein Uhr mittags lag die Villa immer noch im Dornröschenschlaf. Es war Kafka, die die drei Freundinnen weckte.

Zuerst lief sie ins Elternschlafzimmer und bellte Beatrice und Katharina an, dann machte sie kehrt, fand Evi im Gästezimmer und leckte ihr übers Gesicht.

»Kafka!«

Evi schlug die Augen auf. Was war passiert? Erst, als sie Stimmen aus dem Badezimmer hörte, fiel ihr wieder alles ein. Der Saunaclub. Hans-Hermann. Die tollkühne Flucht. Sie hatte Muskelkater. Und unbändige Lust auf Croissants. Mit steifen Gliedern machte sie sich auf den Weg zum Bad.

»Ausgeschlafen?«

Katharina hielt ihr Beatrices Kamera hin. »Wir schwelgen gerade im Racherausch. Die Fotos aus dem Saunaclub sind wirklich ein Klopfer. Guck doch mal!«

Evi verspürte wenig Lust, unliebsame Erinnerungen aufzuwärmen. »Besser nicht. Wollt ihr duschen? Oder ein heißes Bad nehmen? Ich kümmere mich inzwischen ums Frühstück.«

Beatrice legte einen Arm um sie. »Pass mal auf, liebste Evi. Es ist absolutely cute, dass du immer die Kaltmamsell spielst. Aber heute machen wir das zusammen. Duschen können wir später. Gib uns was anzuziehen, dann rocken wir deine Küche.«

»Wenn du meinst …«

Sie gingen ins Schlafzimmer, wo Evi ihren Kleiderschrank öffnete. »Bedient euch. Unter Größe 46 werdet ihr allerdings nichts finden.«

Beatrice wählte ein knallrotes Wickelkleid, das sie sich zweimal um die schlanke Taille schlang, Katharina suchte sich ein schwarzes Kostüm aus, das sie mit einem Gürtel in Form brachte. Feixend stellten sie sich vor den Spiegel.

»Sonst habe ich mich immer in Kleider reingehungert«,

kicherte Beatrice. »In das Teil hier müsste ich mich wochenlang reinfuttern!«

»Wenn du noch Tipps brauchst, wie man in die Moby-Dick-Abteilung aufsteigt, wende dich vertrauensvoll an mich«, erklärte Evi.

Das Frühstück zog sich bis in den späten Nachmittag hinein. Sie hatten Croissants aufgebacken, Eier mit Speck gebraten und den gesamten Kühlschrank ausgeräumt. Der Tisch bog sich vor Leckereien. Ausgelassen langten sie zu, als gäbe es keine Kalorien mehr. Katharina probierte Wackelpudding, Beatrice aß sogar ein Leberwurstbrot.

Als sie die wichtigsten Strategien erörtert hatten, gab sich Evi einen Ruck. Es musste heraus. Sie hielt es keinen Tag länger aus.

»Ihr müsst jetzt ganz stark sein«, sagte sie unvermittelt.

»Sind wir schon«, erwiderte Katharina. »Was'n los?«

Evi schlug die Augen nieder. »Ich – ich weiß selbst nicht, wie es dazu kommen konnte. Aber als ich Werner besuchte, stand Robert plötzlich im Zimmer, und als Werner dann schlief ...«

Beatrice neigte den Kopf. »Jetzt sag nicht, ihr habt ...?«

»Doch, haben wir«, nickte Evi mit Tränen in den Augen. »Nebenan im Badezimmer. Könnt ihr mir verzeihen? Es hat mich einfach weggespült.«

Betreten sah sie auf ihren Teller. War dies das Ende einer wunderbaren Freundschaft? Würde sich das Trio fatal wieder in alle Winde zerstreuen, weil sie schwach geworden war?

»Na, Hauptsache, Robert hat dich nicht weggespült«, sagte Beatrice. »Du bist eine echte Erotomanin. Ich hoffe, es war schön.«

Evi schniefte. »Heißt das etwa – du bist nicht böse auf mich?«

»Wir sind nur ein gaanz klein bisschen eifersüchtig«, lächelte Katharina. »Hör zu, Schatz, jetzt vergiss mal die ganzen Schuldgefühle. Ich in der Situation hätte dasselbe getan. Das Leben ist zu kurz für Verzicht.«

»Zu lang«, verbesserte Beatrice. »Wir gönnen es dir aus vollem Herzen, Darling. Ich hatte sowieso immer den Eindruck, dass Robert ganz besonders auf dich abfährt. Nimm, was du kriegen kannst! Wenn wir erst mal mit Stützstrümpfen im Rollstuhl sitzen, brauchen wir sweet memories.«

»Das nenne ich Freundschaft«, flüsterte Evi.

Ergriffen genehmigte sie sich das dritte Croissant. Eine zentnerschwere Last fiel von ihrer Seele.

Katharina goss sich eine neue Tasse Tee ein. »Habt ihr zufällig die *Spreezeitung* abonniert?«

»Ja, müsste schon im Briefkasten liegen.« Evi lief zur Haustür und kam mit der Sonntagsausgabe zurück.

»Sag schon, bin ich drin?«

»Hier!« Evi hielt Katharina die aufgeschlagene Zeitung hin. »Da steht es schwarz auf weiß: ›Dr. Katharina Severin – eine von uns. Die sympathische Staatssekretärin spricht zum ersten Mal über ihre Familie.‹«

Katharina überflog den Artikel. »Das ist ja großartig! Blumencron hat nicht zu viel versprochen.« Sie legte die Zeitung auf den Tisch. »Er hat mich gestern Morgen angerufen. Ob ich Lust hätte, mit ihm essen zu gehen.«

Beatrice schlürfte einen Löffel Cappuccinoschaum. »Und?«

»Ich denke ernsthaft darüber nach. Er will ja nur essen gehen.«

»Kein Mann, der eine Frau ins Restaurant einlädt, ist an

der Nahrungsaufnahme interessiert« sagte Beatrice. »Essen ist ein Vorspiel mit Messer und Gabel. Und der Fleischgang wird ohne Besteck genossen, verlass dich drauf.«

Katharina zog die Schultern hoch. »Also besser nicht?«

»Geh mit ihm ins Amore mio«, schlug Evi vor. »Unter Aufsicht der neuen Frauenbeauftragten. Wir werden uns diskret im Hintergrund halten, aber gut auf dich aufpassen.«

»Und bei der Gelegenheit biegst du ihm die Geschichte vom moralisch zweifelhaften Horst bei«, fügte Beatrice hinzu.

Die Türglocke schellte. Bellend lief Kafka zum Eingang. Komisch, dachte Evi. Die Jungen wollten doch erst am Abend zurückkommen.

»Erwartest du jemanden?«, fragte Beatrice.

»Nö, am Sonntag eigentlich nicht.«

Evi schlich zum Wohnzimmererker. Was sie draußen sah, ließ ihr Herz stocken. In Windeseile rannte sie zurück ins Esszimmer.

»Polizisten!«, rief sie halblaut. »Was wollen die denn hier?«

Es schellte erneut.

Katharina warf ihre Serviette auf den Teller. »Wir sind aber auch so was von dämlich! Der Taxifahrer! Der hat genauso Nachrichten gehört wie wir. Und seine zweckdienlichen Hinweise brühwarm der Polizei weitergereicht!«

Eine Schrecksekunde lang waren sie unfähig, sich zu bewegen. Dann sprang Katharina auf. »Los, los, das Geschirr in die Spülmaschine! Gibt es einen Hinterausgang?«

»Ihr könnt über die Terrasse raus », rief Evi. »Der Zaun zum Nachbargrundstück sollte für euch ja kein Hindernis sein.« Sie stapelte schon die Teller und rannte in die Küche.

Wieder wurde die Türglocke geläutet. Evi zog ihren Bademantel fest zu und hielt die bellende Kafka am Halsband fest. Sie wartete eine Minute, um Beatrice und Katharina einen Vorsprung zu geben, dann ließ sie Kafka los und ging in den Flur. Himmel, hilf, flehte sie. Mit eiskalten Händen öffnete sie die Haustür.

»Einen schönen guten Tag. Entschuldigen Sie die Störung«, sagte ein untersetzter, grauhaariger Polizeibeamter. Er nahm seine Dienstmütze ab. »Ich bin Hauptkommissar Bremer, das hier ist mein Kollege Teichmann. Dürften wir mal reinkommen?«

»Oh, ich bin gar nicht auf Besuch eingestellt«, gähnte Evi. Sie rieb sich die Augen, als sei sie gerade erst erwacht. »Ich fühlte mich nicht recht wohl und hatte mich hingelegt. Worum geht es denn?«

Kafka knurrte. Evi klopfte ihr beruhigend den Rücken. »Schon gut, Kafka.«

»Ist Ihnen der Saunaclub Désirée ein Begriff, gnädige Frau?«, fragte der untersetzte Polizist.

»Ein Saunaclub?« Evi blinzelte die beiden Polizisten verständnislos an. »Meine Herren, ich fürchte, dass ich Ihnen über solche – Clubs – kaum Auskunft geben kann.«

»Ja, natürlich«, erwiderte Bremer.

Ihm schien das Ganze peinlich zu sein. Als altgedienter Polizist besaß er genügend Erfahrung, um die Dame des Hauses als unverdächtig einzustufen. Das meinte er jedenfalls.

Jens Teichmann dagegen war noch jung, ein drahtiger, durchtrainierter Polizist, der ohne Frage mit Ehrgeiz an seine Fälle ging. Skeptisch betrachtete er Evi. Überzeugt wirkte er nicht. Was er allerdings sah, war nichts weiter als eine kleine,

rundliche Frau in einem rosa Bademantel, die in einer groß-
bürgerlichen Villa wohnte. Und ganz bestimmt keine Liebes-
dienerin, die ihr Geld in üblen Clubs verdiente.

»Ein Taxifahrer hat zu Protokoll gegeben, dass er genau
hierhin gestern Nacht drei Frauen gefahren hat, deren Beschreibung zu polizeilich gesuchten Personen passt«, sagte er
streng.

Evi griff sich an den Hals. Eine Oktave höher rief sie: »Ich
war ganz allein hier letzte Nacht! Aber sagen Sie mal, was bedeutet das? Bin ich in Gefahr? Muss ich mir Sorgen machen?«

»Möglicherweise«, antwortete Teichmann kalt.

»Um Gottes willen«, schrie Evi auf. »Ich habe Angst!«
Quassel sie tot, dachte sie. Männer hassen so was. »Sie müssen wissen, dass mein Mann im Krankenhaus liegt. Es steht
schlimm um ihn. Ich bin selbst schon halb krank. Es hat ganz
langsam angefangen. Schwindelanfälle. Gedächtnisstörungen,
Erbrechen. Dann stellte man eine Infektion des Bauchraums
fest. Ein EPH-Syndrom. Es soll unheilbar sein! Ich weiß
nicht mehr ein noch aus. Und jetzt das! Das ist zu viel! Das
ertrage ich nicht! Warum …«

Bremer hob beschwichtigend die Hände, um Evis Rede-
schwall zu bremsen. Aber er hatte keine Chance.

»Die Schläuche«, schluchzte sie. »Die Herz-Lungen-Maschine. Seine Ärzte geben ihm nur noch wenige Wochen! Wir
sind zwanzig Jahre verheiratet! Es ist furchtbar, einfach
furchtbar. Was soll ich denn tun? Sagen Sie es mir: Was soll
ich tun?«

Die Polizisten zuckten lahm mit den Schultern. Sichtlich
genervt ließen sie Evis Geplapper über sich ergehen. Bestimmt haben sie Frauen daheim, die genauso redselig sind
wie ich, dachte Evi vergnügt.

»Wir müssten zumindest mal nachsehen, ob alles in Ordnung ist«, sagte Bremer schließlich.

»Ja, ja, ja, machen Sie das!«, rief Evi. »Durchsuchen Sie sofort das ganze Haus! Am Ende verbirgt sich hier jemand!« Kafka begann aufgeregt zu bellen, als hätte sie jedes Wort verstanden. Leicht befangen betraten die Polizisten die Villa. So eine Pracht sah man schließlich nicht alle Tage. Eingeschüchtert betrachteten sie die verschwenderische Ausstattung des Entrees.

»Schuhe ausziehen«, befahl Evi. »Meine Zugehfrau hat gerade gestern erst gesaugt.«

Zu ihrem größten Erstaunen gehorchten die Männer. Hauptkommissar Bremer hatte ein riesiges Loch im Strumpf, aus dem sein großer Zeh herausragte.

»Das müsste mal gestopft werden«, sagte Evi tadelnd, während sich ihr Blick an dem Strumpf festheftete. »Haben Sie keine Frau, die Ihre Wäsche in Ordnung hält? Aber die Frauen von heute haben ja nur noch andere Sachen im Kopf, nicht wahr? Sie sind emanzipiert, sie sind selbstbewusst, doch für Hausarbeit sind sie sich zu fein. Das habe ich noch nie verstanden.«

Bremer murmelte etwas Unfreundliches vor sich hin. Vermutlich hatte er bereits mehr als genug von Evis verbalem Durchfall.

Evi ging voran. »Dies ist das Esszimmer, echtes Chippendale, aus einem englischen Schloss. Wir haben das Mobiliar auf einer privaten Auktion erstanden«, erklärte sie wie ein Möbelverkäufer, der seine Ware anpreist.

Auf dem Esstisch stand immer noch das üppige Frühstück, aber nur eine einzige einsame Tasse. Beatrice und Katharina hatten nichts dem Zufall überlassen.

»Mein Mann hat ein Faible für den britischen Lebensstil. Er nennt es die Landlord-Klasse.« Evi machte eine einladende Geste. »Und hier schließt sich das Wohnzimmer an, alles in Eiche gehalten, es sind kostbare Erbstücke dabei. Seien Sie so gut und schauen Sie auch in die Schränke.«

Unauffällig schielte sie zum Kamin. Zum Glück war der verräterische schwarze Klumpen von Asche bedeckt.

»Heiße Schokolade, die Herren? Ich trinke immer heiße Schokolade, wenn ich aufgeregt bin. Ist gut für die Seele. Also, wie wär's mit einem Tässchen?«

»Nee, vielen Dank«, wehrte Bremer ab. Evi hörte, wie er Teichmann »Voll hysterisch, die Alte!« zuraunte.

Doch ihre Aufmerksamkeit wurde von etwas ganz anderem gefesselt. Ein Slip aus schwarzem Latex war dem Feuer entgangen. Er lag neben dem Sofa, genau dort, wo Beatrice und Katharina sich ihrer Sachen entledigt hatten. Wie hatten sie das nur übersehen können? Immer wieder musste Evi hinsehen. Es war wie ein Zwang.

Teichmann folgte ihrem Blick. »Was haben wir denn da?«, fragte er.

Wie ein Spürhund schnürte er zum Sofa und hob den Slip mit spitzen Fingern auf.

Evi gab die Begriffsstutzige. »Was denn?«

»Das frage ich Sie.«

Misstrauisch sah Teichmann zwischen dem Slip und Evi hin und her. »Nicht ganz Ihre Größe, würde ich sagen. Hatten Sie vielleicht doch Gäste letzte Nacht? Sehr – spezielle Gäste?«

O nein! Sie saß in der Falle! Ihr war so schlecht, dass sie sich setzen musste. Es fehlte nicht viel, und sie hätte das gesamte Frühstück wieder herausgewürgt. Sofort kam Kafka angetrabt und legte ihre Schnauze auf ihre Knie. Das brave Tier schien zu spüren, dass sich sein Frauchen in höchster Not befand. Mit zitternden Fingern kraulte Evi sein Fell.

»Nun, meine Herren, was Sie sehen, ist …«

»Ja?« Teichmann machte einen Schritt auf sie zu.

»Eine … eine Schutzvorrichtung«, sagte Evi. »Für meinen Hund. Für Kafka!«

»Seit wann tragen Hunde Reizwäsche?«, fragte Teichmann. Seine Stimme nahm einen schnarrenden Ton an.

»Reizwäsche?«, fragte Evi erstaunt zurück. »Kafka ist eine Hündin. Wenn sie läufig ist, kann eine Menge passieren. Die Rüden wittern so was ja sofort. Und um eine …«, sie räusperte sich, »… äh, Kopulation zu verhindern, so sagt man doch?, hat mir der Tierarzt das Ding gegeben. Sieht zwar merkwürdig aus, aber erfüllt durchaus seinen Zweck.«

Hauptkommissar Bremer starrte mit offenem Mund auf Kafka. Evi nahm Teichmann den Slip aus der Hand und hielt ihn an Kafkas Hinterteil.

»Sehen Sie? Ein Keuschheitsgürtel für Hunde!«, behauptete sie. »Demnächst werde ich Kafka sterilisieren lassen, aber vorerst behelfe ich mich so. Das Material ist äußerst dehnbar. Wollen Sie es mal ausprobieren?«

»Das reicht«, kürzte Bremer Evis Erklärungen ab. Vorwurfsvoll sah er seinen jungen, allzu engagierten Kollegen an. »Wir sollten besser mit der Durchsuchung weitermachen.«

Treppauf, treppab stapften die Polizisten. Gewissenhaft suchten sie alles ab, auch im Keller sahen sie nach. Schließlich gingen sie hinaus in den Garten. Evi entdeckte als Erste die heruntergetretenen Büsche nah am Zaun.

»Herrjeminee!« Sie schlug die Hände über dem Kopf zusammen. »So sehen Sie doch! Jemand hat meine kostbaren

Rhododendren zertrampelt. Es ist eine Spezialzüchtung aus – aus Indien, von einem ganz bestimmten Berg! Die sind ein Vermögen wert! Zahlt das eigentlich die Versicherung? O mein Gott, es war tatsächlich jemand hier!«

Bremer kratzte sich den Kopf, während sein Kollege eine Kamera zückte. »Spurensicherung«, erklärte er.

»Kommen die wieder? Bin ich hier noch sicher?«, fragte Evi mit ersterbender Stimme. »Könnten Sie vielleicht in der kommenden Nacht bei mir bleiben? Ich beziehe Ihnen das Gästebett.«

Teichmann lächelte schlau. »Im Gästebett hat bereits jemand geschlafen. Sie sagten doch, Sie seien letzte Nacht allein gewesen?«

Erwischt. Evi sackte innerlich in sich zusammen. Dann fiel ihr Blick auf Kafka, die schwanzwedelnd im Gebüsch herumschnüffelte. Das gute Tier hatte sich heute einen Extraknochen verdient, bei so viel Inspiration.

»Es ist so – ich weiß nicht, ob Sie das verstehen ...« Sie bedeckte mit einer Hand ihre Augen. »Mein Hund ist alles, was mir geblieben ist. Er ist wie mein drittes Kind, seitdem meine Söhne die Gesellschaft ihrer Freunde vorziehen. Deshalb, bitte lachen Sie nicht, darf er im Gästebett schlafen.«

»Na, wenn das so ist ...« Bremer knuffte seinen jungen Kollegen in die Rippen. »Wir sollten die Dame nicht weiter belästigen.« Er reichte Evi eine Visitenkarte. »Falls Ihnen irgendetwas Verdächtiges auffällt, rufen Sie mich an. Und entschuldigen Sie noch mal die Störung. Nichts für ungut, aber wir tun nur unsere Pflicht.«

»Dafür bin ich Ihnen un-end-lich dankbar«, sagte Evi. »Danke, dass Sie da waren.«

Sie gingen wieder ins Haus, wo die Polizisten ihre Schuhe anzogen. An ihren Socken klebten Grashalme.

Evi hielt ihnen die Haustür auf. »Und Sie könnten wirklich nicht heute Nacht …?«

»Nein!«, bellte Bremer. »Ausgeschlossen! Schönen Sonntag noch!«

Fluchtartig machten sich die beiden davon.

»Kommen Sie jederzeit wieder!«, rief Evi ihnen nach. »Das nächste Mal trinken Sie aber eine heiße Schokolade! Für die Seele!«

Ohne sich umzudrehen, sprangen die Polizisten in ihren Streifenwagen und rasten mit einem Kavalierstart davon. Die würden so bald nicht wieder aufkreuzen, stellte Evi befriedigt fest.

Ihr Handy klingelte. »O hallo, Mutter. Wie? Nöö, hier ist nichts Besonderes los. Wirklich nicht.«

Im Amore mio war es noch ziemlich leer. Katharina hatte eine frühe Uhrzeit vorgeschlagen, um der Verabredung mit Ralf Blumencron eine sachliche Note zu verleihen. Es waren nur zwei Tische besetzt, und der einzige Kellner lehnte untätig an einer Säule.

Evi fühlte sich schon fast zu Hause hier. Wie sie dieses Lokal liebte! Und die köstlichen Düfte! Beim Gedanken an die Lasagne lief ihr das Wasser im Mund zusammen. Demnächst gehe ich mal mit den Jungs hierher, nahm sie sich vor.

»Meinst du wirklich, das ist die richtige Location, Beatrice?«, fragte Katharina.

Sie trug ein ärmelloses schwarzes Kleid und hohe Schuhe. Ihre Lippen glänzten korallenrot, in ihren Ohrläppchen steckten winzige Brillanten. Ganz so sachlich, wie sie vorgab, betrachtete sie diese Einladung offensichtlich nicht. Auf ihren Wangen zeigten sich leicht hektische Flecken.

»Understatement kommt immer gut«, erklärte Beatrice. »Blumencron wird voll drauf abfahren, dass du den gemütlichen Italiener um die Ecke gewählt hast. Ein Familienrestaurant. Ein warmes Nest. Total cosy. Kein steifes Nobelding, wie man es bei dir vielleicht erwarten würde.«

»Und ihr wollt tatsächlich dableiben? Der wittert euch doch zehn Meter gegen den Wind«, sagte Katharina kopfschüttelnd. »Wie habt ihr euch das eigentlich vorgestellt?«

Beatrice ging mit langsamen Schritten durch das Ristorante. »Nimm die Nische hier«, antwortete sie. »Achte darauf, dass dein Ralf mit dem Rücken zum Lokal sitzt. Der wird sowieso nur Augen für dich haben – I only have eyes for you-huuu!«

»Langsam.« Katharina strich sich über ihren Haarknoten. »Wir wissen ja noch gar nicht, ob er wirklich an mir interessiert ist.«

»Interessiert?«, sagte Evi. »Der brennt so lichterloh wie unsere Perücken im Kamin! Und damit wir nichts verpassen, wählst du jetzt meine Nummer auf dem Handy.«

Katharina zog die Nase kraus. »Soll ich etwa mit dir telefonieren, während …«

»Leg es einfach auf den Tisch. Dann können wir zuhören«, erwiderte Evi, die in diesen Dingen neuerdings äußerst versiert war.

Beatrice zwinkerte ihr zu. »Allerhand. James Bond ist eine armselige Pfeife gegen dich.«

»Cara mia!«, ertönte es von der Bar. »Endlich! Habe ich gewartet Tag und Nacht, dass bella Beatrice kommt.«

Pietro schoss heran. Im Laufen trocknete er seine Hände

an einem karierten Handtuch ab, dann hauchte er Beatrice einen Kuss auf die Wange. Sein Gesicht unter den grauen Locken war vor Freude gerötet. »Haste du gebracht deine Freundinnen! Magnifico. Eine Sprizz für die ragazze?«

Seine Augen blitzten. Glücklich strahlte er Beatrice an. Warum merkt sie denn immer noch nichts?, dachte Evi. Der Mann wartet doch nur darauf, sie auf Händen in seine Küche zu tragen.

»Gern einen Sprizz. Hör zu, Pietro. Unsere Freundin Katharina hat ein crazy Date«, erzählte Beatrice. »Wir müssen sie ein bisschen im Auge behalten. Damit sie nichts Unüberlegtes tut.«

Pietro bekreuzigte sich. »Heilige Madonna! Biste du eine sehr gute Freundin!«

In diesem Moment betrat Ralf Blumencron das Lokal. Er trug wieder seine alte Armyjacke, aber ein frisch gebügeltes weißes Hemd darunter. Eilig tippte Katharina Evis Nummer ins Handy. Evi nahm das Gespräch sofort an.

»Viel Glück«, flüsterte Beatrice. »Und immer schön zickig bleiben. Das alte Spiel: Jag ihn hoch und lass ihn dann ganz langsam wieder runterkommen.«

Sie nahm Evi an die Hand und zog sie zu einem entfernten Tisch. Ganz dicht steckten Evi und Beatrice die Köpfe zusammen, um beide per Handy zu belauschen, was sich am anderen Ende des Lokals tat.

Währenddessen ging Ralf Blumencron auf Katharina zu und begrüßte sie mit einem artigen Handschlag. »Ist mein Glückstag heute«, sagte er. »Erst hat mein Chef mich gelobt für den grandiosen Artikel über Sie, jetzt darf ich mit Ihnen feiern.«

Katharina setzte sich so, dass für ihn nur der Platz mit

dem Rücken zum Lokal frei blieb. »Das freut mich. Leider habe ich nicht unbegrenzt Zeit. Sie wissen ja, die Pflicht. Morgen früh tagt ein Ausschuss, und ich muss noch einige Fakten aufbereiten.«

»Mit dem ehrenwerten Herrn Familienminister?«, fragte Blumencron ein bisschen zu schnell.

Beatrice hämmerte alarmiert mit den Fingern auf die Tischdecke. Sie bedeckte das Handy mit einer Serviette. »Der hat Lunte gerochen!«

»Ja, und nicht nur, weil er ein Profi ist«, sagte Evi halblaut. »Der hat die Spürnase eines verliebten Mannes.«

»Solche Dinge erledige ich natürlich allein«, konterte Katharina vollkommen ruhig. »Ich bin kein Anhängsel, falls Sie das meinen. Als Frau in der Politik sollte man schon eigenständig sein.«

»Eigenständig, soso. Ja, so wirken Sie durchaus. Was halten Sie von einem Aperitif?«

Bevor Ralf Blumencron bestellen konnte, trat Pietro an den Tisch und kredenzte ihnen zwei Sprizz.

»Haben Sie die etwa geordert, Frau Dr. Severin?«, lachte der Journalist. »Sie verlieren wirklich keine Zeit.«

»Na jaa, wenn Sie das Zeug nicht mögen …«, sagte Katharina.

»Ach was, ich hab schon gemerkt, dass Sie ein Kontrollfreak sind«, erwiderte Blumencron. Evi und Beatrice konnten sehen, wie er sein Glas erhob. »Auf Sie! Sie bringen mir Glück!«

»Sie mir auch«, erwiderte Katharina. »Ihr Artikel hat ein großes Echo in der politischen Szene hervorgerufen. Tja. Warum wollten Sie mich eigentlich sprechen?«

»Ehrlich gesagt habe ich nicht nur einen professionellen

Anlass«, raunte Blumencron. »Sie sind eine faszinierende Frau. Und jeder fragt sich doch: Was steckt eigentlich hinter der klugen und korrekten Politikerin? Was verbirgt sich hinter dieser hübschen Stirn?«

»Finsterste Rachegelüste«, flüsterte Beatrice.

»Kinderwunsch«, raunte Evi.

»Arbeit, Arbeit, Arbeit«, seufzte Katharina.

»Ach. Keine labilen Eskapaden?«, setzte der Journalist nach.

Evi umkrallte ihr Handy. Der Junge ging ja ran wie nix!

»Nun«, Katharina schluckte hörbar. »Falls Sie auf den Familienminister anspielen, so muss ich mich entschuldigen. Ich war wohl etwas zu offen.«

»Nein, nein, das ist äußerst spannend«, widersprach Blumencron. »Sex und Macht, ein großes Thema. Weiß man denn Einschlägiges?«

Katharina hüstelte. »Wir sollten erst einmal bestellen. Die Lasagne hier ist sehr zu empfehlen. Die hatte ich schon öfter.«

Beatrice nickte befriedigt.

»Sie erstaunen mich«, sagte Blumencron. »Erst bestellen Sie Prosecco Sprizz, obwohl Sie doch angeblich keinen Alkohol trinken, dann essen Sie Dinge, die man Ihrer Figur überhaupt nicht ansieht.«

Evi verdrehte die Augen. Sie deckte das Handy wieder ab. »Der Sprizz war ein Fehler!«

»Leider hat er mehr Grütze unter der Mütze als andere Männer«, seufzte Beatrice. »Dem entgeht nichts.«

»Sagen wir es so«, erwiderte Katharina. »Heute zeige ich Ihnen mal meine ganz private Seite. Dienst ist Dienst, und Schnaps ist Schnaps, sagt meine Mutter immer.«

Der Journalist drehte sich um und winkte Pietro. Erschrocken tauchten Evi und Beatrice unter ihrem Tisch ab, neugierig beäugt von einem Rentnerehepaar, das in der Nähe saß.

»Wir tun nichts«, wisperte Beatrice ihnen zu. »Wir spielen nur.«

Mit einem wissenden Lächeln erschien Pietro an Katharinas Tisch. »Wasse ich kann tun füre die beide hübsche Turteltauben?«

»Ach, so sehen wir aus?« Blumencrons Tonfall wirkte amüsiert. »Nun, die beiden Turteltauben hätten gern Ihre legendäre Lasagne.«

»Keine Vorspeise?«, fragte Pietro enttäuscht. »Haben wir heute Carpaccio! Und frische Muscheln.«

»Vielleicht hinterher ein Dessert«, lenkte Katharina ein, und Pietro zog sich achselzuckend zurück.

»Wenn es überhaupt zum Dessert kommt, bei Ihrem pflichtgesteuerten Terminkalender«, zog ihr Gegenüber sie auf. »Der Familienminister jedenfalls scheint es mit seiner Pflicht weniger genau zu nehmen. Man munkelt schon länger, dass er ein ausschweifendes Liebesleben hat.«

Evi und Beatrice hielten den Atem an.

»Nun jaaa ...« Katharina ließ ein paar Sekunden verstreichen. »Es gab hin und wieder Gerüchte. Wie gesagt, die Familie ist weit weg, da kommt mancher in Versuchung.«

»Und Sie? Sind Sie auch zuweilen in Versuchung, etwas furchtbar Dummes anzustellen?« Blumencrons Stimme vibrierte auf einmal.

»Bis jetzt nicht«, antwortete Katharina kokett. »Aber vielleicht waren die Versuchungen bislang nicht attraktiv genug.«

»Wow! Dann hätte ich einen Vorschlag.«

Beatrice kniff Evi vor lauter Aufregung in den Arm.

»Ja?«, erkundigte sich Katharina.

Ralf Blumencron lehnte sich zurück. »Wir stellen jetzt mal das Handy aus und schicken Ihre beiden Frauenbeauftragten nach Hause. Im Allgemeinen pflege ich Damen nämlich nicht mitten in einem Lokal anzufallen. Selbst, wenn es sich um so auffallend attraktive wie Sie handelt.«

Kapitel 13

Evi hatte einige Mühe, die Adresse zu finden – Lindenweg 8 in Kleinmalchowthal. Seit einer Stunde war sie unterwegs und hatte sich bereits mehrfach verfahren. Hier, auf dem flachen Land, versagte ihr Navi kläglich. Nichts als Wald und Wiesen, so weit das Auge reichte. Endlich tauchte ein Schild am Straßenrand auf: »Haus zu verkaufen«. Der Pfeil darunter zeigte nach rechts.

Sie las das Straßenschild: Lindenweg. Das musste es sein. Die schmale Straße war von uralten Bäumen gesäumt. Dann hielt sie ihren Wagen vor einem großen weißen Bungalow an. Unsicher betrachtete sie sich im Seitenspiegel und rückte ihren Hut zurecht, ein Ungetüm in Dunkelblau, dessen Spitzenschleier ihr Gesicht halb verdeckte. Und das war heute auch mehr als nötig.

Vor dem Haus standen Beatrice und Katharina, die wild gestikulierend miteinander sprachen. Schnell stieg Evi aus.

»Hallo, Evi Forever. Eure Überwachungsaktion war ja ein Volltreffer!«, begrüßte Katharina sie. »Ich dachte, ich versinke im Boden vor lauter Peinlichkeit.«

»Aber die Idee war super, das musst du zugeben«, sagte Evi trotzig.

Katharina bohrte mit ihrem Schuh im Kies der Auffahrt herum. »So super wie dein lachhafter Hut. Auf solche billigen Tricks fällt vielleicht dein Werner herein, Ralf ist viel zu klug für so was.«

»Ralf?« Beatrice malte mit den Händen ein Herz in die Luft. »Seid ihr etwa schon – per duuu?«

»Ach, ich weiß auch nicht, wie das passiert ist«, antwortete Katharina. »Ich glaube, beim Tiramisu.«

Eine leichte Röte färbte ihre Wangen. Evi und Beatrice tauschten einen wissenden Blick. Es war rührend, zu sehen, wie verlegen Katharina auf einmal war. Wie ein Backfisch. Evi lächelte beglückt. »Wenigstens hast du anständig gegessen. Das ist doch schon mal ein Anfang.«

»Kam es zum Austausch von Körperflüssigkeiten?«, fragte Beatrice streng wie ein Oberstaatsanwalt.

»Wangenkuss«, mehr verriet Katharina nicht. »Was machen wir eigentlich hier? Ich habe extra eine Sitzung abgesagt.«

Sie sah sich um. Es war früher Abend. Ein leichter Wind strich durch die Bäume, von fern hörte man das Geschnatter von Enten. Ein Paradies, dachte Evi. Weit weg von der Stadt, weit weg von allem.

»Wir schauen uns Hans-Hermanns Hinrichtungsstätte an«, erklärte Beatrice. »Das Immobilienhäppchen, an dem er sich verschlucken wird.«

Sie trug ein königsblaues Mantelkleid, üppigen Goldschmuck und sah sehr teuer aus. Wie eine Frau, die mal eben zwischen Maniküre und Dinner ein Haus kauft. »Aber ihr habt das Beste noch gar nicht gesehen: den See!«

Beatrice ging voran, und gemeinsam umrundeten sie das Haus. Der Bungalow war auf einem Wassergrundstück erbaut worden, das einen eigenen Bootssteg hatte. Ein Ruderboot schaukelte auf dem Wasser. Im leicht verwilderten Garten befand sich ein Swimmingpool.

»Wo bleibt denn die Maklerin?« Beatrice trat von einem Fuß auf den anderen. »Sie sollte längst da sein.«

»Wie viel Zimmer hat das Anwesen?«, fragte Katharina.

»Zehn«, antwortete Beatrice. »Und vier Bäder. Alles in allem etwa dreihundert Quadratmeter. Wer donnert sich bloß so einen Klotz in die Pampa?«

Katharina grinste. »Wahrscheinlich ein Wurstfabrikant, der pleite gegangen ist und jetzt seinen Palast verticken muss. Für wie viel eigentlich?«

»Sechshunderttausend«, erwiderte Beatrice. »Ich habe ja was geerbt. Außerdem hatte Hans-Hermann in letzter Zeit ein gutes Händchen an der Börse. Sitzt schließlich an der Quelle als CEO einer Bank. Insiderinformationen sind Gold wert. Nicht legal, aber lukrativ.«

Evi ließ sich auf einer verwitterten Gartenbank nieder und betrachtete den See, auf dem ein paar Enten herumpaddelten. »Dann hoffen wir mal, dass er tatsächlich euer Erspartes in diesen Bungalow stopft.«

»Ich habe ihm erzählt, dass ich von nun an beruflich low trade machen will. Um vier Tage die Woche hier draußen zu verbringen. Womit er sturmfreie Bude hätte und in Ruhe sein schmuddliges Triebleben pflegen kann.« Beatrice starrte erbittert vor sich hin. »Er würde alles tun, um mich loszuwerden.«

Im Abstand von wenigen Minuten trudelten nun die Maklerin und Hans-Hermann ein. Die Maklerin war eine ältere Dame im grauen Kostüm, die sichtlich froh war, dass sich so schnell Interessenten gemeldet hatten. Erst seit wenigen Tagen stehe der Bungalow zum Verkauf, erzählte sie.

Als Hans-Hermann aufkreuzte, blieb Evi etwas abseits. Ihre Wiedersehensfreude hielt sich in Grenzen. Noch hatte sie Hans-Hermanns hormonell gesteuerte Aktivitäten im Séparée nicht verkraftet. Auch wenn der Hut sie weitgehend unkenntlich machte, blieb sie lieber auf ihrer Bank sitzen, während die anderen im Haus verschwanden.

»Ein Schnäppchen«, hörte sie die Maklerin sagen, als alle wieder herauskamen. »Herr und Frau Kramer, wenn Sie ernsthaft kaufen wollen, sollten Sie sich umgehend entscheiden. Wie Sie sehen, gibt es zwei weitere Interessentinnen.«

»Ich könnte was drauflegen«, sagte Katharina cool.

»Ach neee ...« Hans-Hermann straffte sich. »Das werden Sie mal schön vergessen. Meine Frau will das Haus, also kriegt sie das Haus. Aus die Maus.«

»Ich könnte sogar ziemlich viel drauflegen«, erwiderte Katharina.

Verwirrt sah die Maklerin vom einen zum anderen. »Meine Herrschaften, bleiben Sie ganz ruhig. Wir werden eine einvernehmliche ...«

»Zehntausend«, knurrte Hans-Hermann.

Katharina steckte die Hände in die Hosentaschen. »Zwanzig. Und ein Wochenende im Luxushotel für unsere charmante Maklerin.«

»Fünfzig!«, brüllte Hans-Hermann. »Und vier Wochen Urlaub in einem Fünf-Sterne-Schuppen. Wo ist der verdammte Vertrag?«

Eilig fingerte die Maklerin ein Schriftstück aus ihrem Aktenkoffer und reichte es Hans-Hermann.

»Meiner!«, rief Katharina. Wie eine Raubkatze hatte sie der überrumpelten Frau den Vertrag entrissen.

»Siebzig«, rief Evi von ihrer Bank aus.

Hasserfüllt fixierte Hans-Hermann die zweite Interessentin. »Noch so ein habgieriges Weibsstück? Wo sind wir denn hier?«

Er zögerte kurz, dann holte er seine Geldbörse heraus. Sein Mund war nur noch ein Strich, als er Katharina ansah. »Ein Tausender, wenn Sie mir den Vertrag geben.«

»Zweitausend, und er gehört Ihnen«, lächelte sie.

Mit hochrotem Gesicht zählte Hans-Hermann vier Fünfhunderter ab und warf sie Katharina vor die Füße.

»Verbindlichsten Dank.« Betont langsam hob sie die Scheine auf. Dann überreichte sie ihm den Vertrag. »Bitte sehr. Sie haben es sich verdient.«

Hans-Hermann murmelte etwas, was wie »verdammte Schlampe« klang. Er unterzeichnete das Schriftstück und gab es Beatrice, die die Szene beobachtet hatte, ohne sich eine Gemütsregung anmerken zu lassen.

»Sechshundertfünfzigtausend! Na, zufrieden?«, bellte er.

»Nur wenn du es bist«, flötete Beatrice. Sie setzte ebenfalls ihre Unterschrift unter den Vertrag und reichte die Durchschrift der Maklerin. Dann hauchte sie ihrem Mann zwei Küsschen auf die Wangen. »Danke, Schatz. Auch du wirst dich hier sehr wohl fühlen. Und ein ideales Investment ist es allemal. Hattest du nicht noch etwas vor? Ich erledige dann die weiteren Formalitäten.«

»Mach das«, erwiderte er barsch. »Warte nicht auf mich. Wird spät heute.«

Mit großen Schritten rauschte er davon.

»Sehr – temperamentvoll, Ihr Gatte«, sagte die sichtlich mitgenommene Maklerin. »Wir sehen uns dann beim Notar.«

»Sicher.« Beatrice zupfte ihr Kleid zurecht. »War nett, Sie kennenzulernen. Sagen Sie mir noch Bescheid wegen des Notartermins?«

»Den kann ich kurzfristig organisieren«, versicherte die Maklerin. »Bevor es sich Ihr Mann anders überlegt. Dann auf Wiedersehen.«

Eine Minute später hörte man einen Motor aufheulen. Es war alles so rasch gegangen, dass die drei erst einmal Atem schöpfen mussten. Beatrice und Katharina setzten sich zu Evi auf die Gartenbank. Allmählich fiel die Anspannung von ihnen ab.

»Absolutely genious«, stöhnte Beatrice. »Ihr seid phantastisch! Hätte nicht gedacht, dass es sooo gut laufen würde.«

»Hier«, Katharina faltete die Scheine zusammen und gab sie Beatrice. »Ist ja schließlich dein Geld. Hui, war der böse!«

»Der *ist* böse«, verbesserte Beatrice ihre Freundin. »Morgen gehen wir gemeinsam zur Bank und überweisen sechshundertundfünfzigtausend Mäuse.«

»Aber wie holst du sie dir wieder zurück?«, fragte Katharina.

»Sie muss sich das Geld gar nicht zurückholen«, erwiderte Evi. Sie schlug ihren Schleier zurück und griente vom einen Ohr zum anderen.

»Versteh ich nicht«, sagte Katharina.

»Honey, the money geht auf mein funkelnagelneues Konto«, erklärte Beatrice.

Evi schnippte vergnügt mit den Fingern. »Nicht legal, aber lukrativ!«

»Kann mich bitte mal jemand aufklären, was hier abgeht?«, fragte Katharina. Sie zog die Augenbrauen hoch. »Ist das hier etwa …?«

»Eine der vielen Immobilien, die Werner gesammelt hat wie andere Leute Briefmarken«, erklärte Evi. »Die Maklerin kennt mich nicht. Wir haben nur telefoniert. Aber in dem Vertrag steht Beatrices Kontonummer. Dafür habe ich gesorgt. Und sobald das Geld angewiesen ist, wird Beatrice zu ihrem größten Bedauern von dem Vertrag zurücktreten.«

»Das ist ja …« Katharina hob fassungslos die Hände.

»Rache XXL«, vollendete Beatrice den Satz.

Sie umarmten sich. Dann brachen sie in Lachen aus.

»Du hast mich geflasht, Katharina!« kicherte Beatrice. »Wie bist du nur auf das Wettbieten gekommen?«

Katharina lächelte. »Weißt du noch im Saunaclub? Wie er sich Evi gekapert hat? Ich wusste sofort: Der Mann kann nicht verlieren! Der ist ein Jäger, immer auf der Pirsch. Und sobald er Konkurrenz bekommt, ballert er nur noch blind in der Gegend rum.«

Beatrice steckte die Geldscheine ein. »Eine richtig abgekochte Politikerin, unsere Katharina. Sophisticated Lady.«

Evi betrachtete währenddessen träumerisch das Ruderboot. »Es ist wirklich schön hier. Hat jemand Lust auf einen Bootsausflug?«

»Genau das wollte ich auch gerade vorschlagen«, erwiderte Beatrice.

Sie stapften über den Rasen zum See. Trotz ihrer hohen Absätze sprang Beatrice behände in den schaukelnden Kahn. Dann hielt sie Evi die Hand hin. »Kommst du, Süße? Ich habe Hunger!«

Nachdem auch Katharina im Boot saß, ergriff Beatrice die Ruder.

»Schaffst du es bis zu dem Ausflugslokal da drüben?«, fragte Evi. »Es soll da was ganz Tolles geben: Hugo.«

Beatrice stutzte. »Hast du etwa einen neuen Versuch bei dreamboy.de gestartet?«

»Doch kein Mann, ein Drink«, erwiderte Evi. »Prosecco mit Minze und Holunderblütensirup. Soll wunderbar schmecken.«

Evi wischte Staub. Sie besaß eine umfangreiche Kollektion verschiedenster Staubtücher, eins für die Möbel, eins für die

Glasflächen und einige weitere, die sie sorgfältig nach ihren jeweiligen Bestimmungen geordnet hatte. Staubwischen entspannte sie nun mal. Andere machten Yoga. Evi putzte.

Sie war in Hochstimmung. Die Uhr zeigte kurz vor zwölf Uhr mittags. Vermutlich zog Beatrice gerade ihren treulosen Gatten über den Tisch eines renommierten Bankhauses. Gerechtigkeit, dachte Evi. Endlich auch für Bella Beatrice.

Wie ertappt schrak sie zusammen, als es an der Tür klingelte. Lautlos ging sie in den Flur und klappte den Spion auf – für den Fall, dass Oberkommissar Bremer und sein alerter Kollege Lust auf eine heiße Schokolade hatten. Doch es war Katharina. Sie war totenbleich. Sofort öffnete Evi die Tür.

»Wie kommst du denn hierher? Was ist passiert?«

»Ich hab's getan«, sagte Katharina. Mit hängenden Schultern stand sie da. Ihr sonst so streng gekämmter Dutt befand sich in einem Zustand beginnender Auflösung. Sie strich sich eine Haarsträhne aus der Stirn.

»Was denn?«

»Ich habe Horst gestern einen anonymen Brief geschickt. Mit einem Screenshot von dem Video. Dazu ein paar einschlägige SMS – ›Zieh dich aus, bin gleich da‹ und dergleichen.«

Evi bekam eine Gänsehaut. »Ach, du dickes Dotter. Und?«

»Er machte heute Morgen zuerst den Coolheimer. Ließ sich nichts anmerken, dabei surfte er auf der letzten Rille. Da habe ich ihn angesprochen.«

»Weiter!«, rief Evi.

»Erst mal brauche ich was zu trinken«, ächzte Katharina.

Evi führte sie in die Küche und goss ihr ein Glas Wasser ein. Mit weichen Knien lehnte sie sich an die Spüle.

»Komischerweise fühlt es sich nicht so gut an, wie ich dachte«, bekannte Katharina. »Aber es gibt kein Zurück mehr. Ich habe Horst gesagt, dass nach meinen Informationen auch einem Redakteur der *Spreezeitung* ähnliches Material vorliegt.«

»Und? Liegt es?«, fragte Evi angstvoll.

Die Küchenuhr tickte überlaut. Wie eine Bombe mit Zeitzünder, dachte Evi. Ihr wurde schwindelig.

»Ich habe den Brief in meiner Handtasche«, antwortete Katharina. »Frankiert und adressiert. Soll Horst etwa seiner Strafe entgehen? Der will natürlich alles vertuschen. Er hat sich auch schon eine Strategie überlegt – das sei nur eine Intrige des politischen Gegners. Schmutzkampagne und so.« Sie trank einen Schluck. »Weißt du, was er sich ausgedacht hat? Ich soll zurücktreten! Das würde die Öffentlichkeit ablenken.«

»Nein!«, rief Evi. »Auf was für einem Trip ist der denn?«

»Die Arroganz der Macht«, befand Katharina resigniert. »Der hält sich für den Silberrücken auf dem Pavianhügel. Und das will er auch bleiben. Also – soll ich nun den Brief an Ralf abschicken oder nicht?«

Evi fühlte sich komplett überfordert. »Wir müssen Beatrice anrufen. Das ist eine Schicksalsentscheidung, über die nur das Trio fatal befinden kann.«

Sie erwischten Beatrice mitten in einem Meeting. Dennoch war sie sofort mit einem Treffen einverstanden. Evi zog nicht einmal den Kittel aus, den sie bei ihren morgendlichen Putzorgien trug. So wie sie war, in Kittel und Hausschlappen, rannte sie mit Katharina zur Garage.

Als sie auf die Straße einbog, sah sie einen schwarzen Kombi, der dort gehalten hatte und nun ebenfalls anfuhr. Das war ungewöhnlich. In dieser ruhigen Villengegend hielten normalerweise nicht irgendwelche Autos.

»Sieh mal unauffällig nach hinten«, sagte Evi. »Werden wir etwa verfolgt?«

Katharina drehte sich um. »Keine Ahnung. Aber wir werden es herausbekommen. Fahr mal ein bisschen wirr. Rechts abbiegen, dann links, dann wieder rechts.«

Evi tat das Verlangte. Der Kombi blieb ihnen in einigem Abstand auf den Fersen.

»Kannst du im Rückspiegel erkennen, wer drin sitzt?«, fragte Katharina. Ihre Stimme bebte.

Evi konnte vor Aufregung kaum das Lenkrad halten. »Zu weit weg. Die Person trägt was Dunkles, würde ich sagen. Ein Mann, vielleicht auch eine Frau. Wer kann das sein?«

Katharina biss sich auf die Lippen. »Polizei, Geheimdienst, Presse – ich habe keinen blassen Schimmer. Das Kennzeichen ist jedenfalls nicht von hier.«

Wie ein dunkler Schatten folgte ihnen der Wagen quer durch die Stadt, bis sie in zweiter Reihe vor einem Eiscafé in der Nähe von Beatrices Büro hielten. Für eine korrekte Parkplatzsuche war keine Zeit. Mit gesenkten Köpfen stiegen Evi und Katharina aus und liefen in das Lokal. Standen etwa schon Paparazzi bereit, Katharina abzuschießen? Alles schien möglich.

Das Eiscafé war eine türkisfarben gestrichene Bar, die überwiegend von jungen Leuten frequentiert wurde. Wummernde Hiphop-Sounds ließen die Gläser auf den Tischen leise klirren. Beatrice war schon da. Sie trank Iced Latte macchiato mit einem Strohhalm und sah ungeduldig auf die Uhr.

»Mädels, ihr crasht mich. Jetzt möchte ich aber einen

guten Grund hören, warum ich gerade meine besten clients sitzengelassen habe. Und warum Evi aussieht wie eine Putzperle im Ausnahmezustand.«

In kurzen Worten referierte Katharina den Stand der Dinge. Dass sie den Brief abgeschickt hatte. Und dass ein zweiter in ihrer Handtasche lag, dessen Wirkung weit verhängnisvoller sein würde.

Beatrice fackelte nicht lange. Erregt stand sie auf. »Her mit dem Brief! Am Ende der Straße hängt ein Postkasten. Da schmeiß ich ihn jetzt rein. Langes Nachdenken führt nur zu Irritationen der weiblichen Intuition.«

Ohne Widerspruch händigte Katharina ihr das Kuvert aus, und im Laufschritt hastete Beatrice nach draußen. Als sie wiederkam, war auch sie etwas blasser als sonst.

»Touché«, sagte sie. »Jetzt nur nicht schwächeln, Katharina. Shit happens. Sonst stolperst du am Ende selbst in die Falle, die du deinem Horst gestellt hast.«

Katharina fröstelte. »Das Ganze wird eine Regierungskrise auslösen. Wir sollten …«

Mitten im Satz brach sie ab. Eine schmale Frau in einem schwarzen Trenchcoat war an den Tisch getreten. Rötliche Locken umspielten ihr verhärmtes Gesicht. Ihre Mundwinkel zuckten.

»Darf ich mich kurz zu Ihnen setzen?«, fragte sie.

»Ich wüsste nicht, warum«, entgegnete Beatrice. »Mit wem haben wir denn das zweifelhafte Vergnügen?«

Die Frau setzte sich. »Ich bin Amelie Hoffner. Die Frau von Familienminister Horst Hoffner.«

Evi konnte sich später nicht mehr erinnern, wie lange sie dagesessen hatten, unfähig, auch nur eine Silbe herauszubringen.

Eine gefühlte Ewigkeit jedenfalls. Es war Amelie Hoffner, die das Schweigen schließlich brach.

»Ich weiß alles«, sagte sie, an Katharina gewandt. »Ich habe Sie beide beobachtet, länger schon. Habe nächtelang vor Ihrem Appartement gestanden und mich nicht getraut zu klingeln. Aber als Horst ...«, sie schluckte, »... mich heute Morgen anrief und von dem Erpresserbrief erzählte, bin ich sofort losgefahren. Dreihundert Kilometer Vollgas. Ich musste Sie einfach sprechen.«

»Es tut mir alles so leid«, flüsterte Katharina. »Ich wollte doch nicht ...«

Amelie Hoffner hob resigniert die Hand. »Egal. Wenn Sie es nicht gewesen wären, dann eine andere. Horst war noch nie treu. Gleich nach dem ersten Kind hat er mich mit einer Wahlkampfhelferin betrogen.« Sie kämpfte mit den Tränen.

Die Arme. Evi zerfloss in Mitleid. Und hatte ehrlichen Respekt vor dieser Frau, die so aufrecht wirkte, obwohl sie unendlich verletzt sein musste. Auch Beatrice war tief betroffen. Unruhig bastelte sie an ihrem Strohhalm herum, bis sie ihn völlig zerknickt hatte.

»Konnte man schon herausfinden, was der Erpresser will?«, fragte die Frau des Familienministers.

Katharina hob die Schultern. »Ein politisches Motiv, nehme ich an. Soweit ich weiß, gibt es keine Geldforderungen.«

»Ich habe drei kleine Kinder«, schluchzte Amelie Hoffner. »Den Skandal überstehe ich nicht. Und Horst, Himmel, er könnte sich was antun. Er hat ja nichts Anständiges gelernt. War immer nur Politiker, von Anfang an.«

Wäre sie doch nur fünf Minuten früher gekommen, dachte Evi verzweifelt. Wir hätten den Brief zerrissen, und alles wäre gut. Es brach ihr das Herz, diese tapfere, schmale Frau zu sehen, die um ihre Familie bangte, um ihren Ruf, um ihre gesamte Existenz.

»Vielleicht war es nur ein schlechter Scherz«, sagte sie.

»Dann gäbe es nicht dieses Foto«, widersprach Amelie Hoffner leise. »Da hat es jemand ganz gezielt auf Horst abgesehen.«

Wohl wahr. Zerknirscht hockten die drei Freundinnen auf ihren Stühlen. Es gab nichts mehr zu sagen. Das Unheil würde seinen Lauf nehmen, und sie konnten nichts mehr dagegen unternehmen.

Amelie Hoffner erhob sich. »Danke, dass Sie mich angehört haben. Ich werde jetzt nach Hause fahren. Zu meinen Kindern.« Sie verknotete den Gürtel ihres Trenchcoats.

»Wenn ich irgend etwas für Sie tun kann …« Katharina stand auf und ging auf Horsts Frau zu. »Bitte, verzeihen Sie mir. Ich bin kein schlechter Mensch. Wenn ich geahnt hätte, was für Folgen das Ganze haben könnte, nie hätte ich mich darauf eingelassen.«

Wehmütig betrachtete Amelie Hoffner ihre Nebenbuhlerin. »Verzeihen? Ach, Ihre Absolution müssen Sie sich woanders holen. Eine wie Sie hat doch alles. Sie sind intelligent. Sie haben einen tollen Job. Und Sie könnten jeden Mann kriegen. Warum musste es ausgerechnet Horst sein?«

Katharina hatte keine Antwort darauf. Auch in ihren Augen standen Tränen. Es waren Tränen bitterer Reue.

Ohne ein weiteres Wort drehte sich Amelie Hoffner um und ging. Eine Schrecksekunde starrten die drei ihr hinterher. Dann sprang Beatrice auf.

»Wir müssen uns den Brief zurückholen!«, rief sie. »Von mir aus zünden wir den verdammten Postkasten an. Das Foto darf nie in die Hände von Blumencron gelangen!«

Sie legte einen Geldschein auf den Tisch und stürmte nach draußen. Evi und Katharina liefen hinterher. Schon von weitem sahen sie den gelben Postkasten. Und einen ebenso gelben Transporter, der daneben hielt. Seelenruhig schüttete ein Mann in einer blauen Uniform die Briefe in seinen Postsack, stieg in den Transporter und fuhr davon.

Werner tat das, was er immer machte, sobald er sich in der Horizontalen befand: Er schnarchte. Die Bettdecke war von seinem unförmigen Körper gerutscht und gab den Blick auf ein grünliches Krankenhaushemd frei. Er war umgeben von pfeifenden Geräten und Infusionsvorrichtungen.

»Ich habe ihn heute Morgen operiert, er scheint stabil zu sein«, erzählte Robert. »Ist das nicht verrückt? Du wolltest Rache – und hast ihn gerettet. Ohne den Eingriff wäre es früher oder später zum Exitus gekommen. Ich habe selten einen derart drastischen Fall menschlichen Sperrmülls erlebt.«

Geistesabwesend starrte Evi auf den schnarchenden Fleischberg. Immerzu sah sie Amelie Hoffner vor sich. Die grenzenlose Traurigkeit in ihrem Gesicht. Die Angst vor der Vernichtung. Von Anfang an hatte Evi ein ungutes Gefühl bei der Sache gehabt. Und nun war die Situation so verfahren, dass es keinen Ausweg gab. Oder doch?

»Robert, mein Liebster«, sagte sie. »Ich danke dir von Herzen. Aber im Moment habe ich ein Problem, das mir über den Kopf wächst.«

Evi hatte zwar mittlerweile ihren Kittel ausgezogen, aber ihr graues Kleid und die Schlappen waren alles andere als kleidsam. Plötzlich fühlte sie sich alt. Alle Energie war von ihr gewichen.

»Was denn, meine Kleine?« Robert streichelte ihre Wange.

Er schien sich an ihrem seltsamen Aufzug nicht im mindesten zu stören. »Brauchst du mehr Zeit? Dann werde ich Werner in die Reha schicken. Und du bist ihn mindestens drei weitere Wochen los.«

»Das ist es nicht«, erwiderte Evi. »Könntest du dich mal kurz hier abseilen?«

Robert sah sie zärtlich an. »Für dich doch immer. Was ist denn dein Problem?«

»Ein Brief, der seinen Adressaten nie erreichen darf«, antwortete Evi düster.

Fünf Minuten später betraten sie die Krankenhaus-Cafeteria, wo Beatrice und Katharina auf sie gewartet hatten. Die Cafeteria war ein so trostloser Ort, dass er bestens zur Verfassung der drei Freundinnen passte. Eine Ansammlung verschmutzter Kunststoffmöbel, die irgendein Sadist in die zugigste Ecke des betongrauen Eingangsbereichs gestellt hatte.

»Ihr seht ja aus, als ob euch jemand das Spielzeug weggenommen hätte«, schmunzelte Robert. »Handelt es sich um einen Notfall? Einen erotischen Notfall vielleicht?«

Beatrice stützte seufzend ihre Ellenbogen auf den Tisch. Sie litt besonders heftig, denn sie war es ja gewesen, die den fatalen Brief in den Postkasten geworfen hatte. Katharina klopfte sich ein nicht existentes Stäubchen von ihrem Nadelstreifenanzug. Evi faltete ihre schweißnassen Hände.

»Es geht um Leben und Tod«, erklärte Katharina heiser.

Robert grinste. »Kommt mir bekannt vor. Leider habe ich Spätdienst, bis um zehn. Aber danach …«

»Das ist es nicht«, fiel Beatrice ihm ins Wort. »Ich Dämlack habe einen Brief auf die Reise geschickt, der eine ganze Familie zerstören könnte. Von den Turbulenzen der zu erwartenden Regierungskrise mal ganz abgesehen.«

»Holla. An wen ist der Brief denn gerichtet?«, fragte Robert. Er grüßte zwei junge Krankenschwestern, die lachend am Tisch vorbeigingen, dann kehrte sein Blick zu Katharina zurück. Evi spürte eine schreckliche Eifersucht in sich aufsteigen. Den lieben langen Tag war Robert von hübschen Frauen umgeben. Und hieß es nicht, die meisten Paare lernten sich am Arbeitsplatz kennen? Wie hatte sie sich nur einbilden können, dass sie etwas Besonderes für ihn war? Aber darum ging es jetzt nicht.

»An einen Journalisten«, antwortete Katharina. »Von der *Spreezeitung*. Falls er den Brief öffnet, kommt es zur Katastrophe.«

»Ihr macht mich echt neugierig«, sagte Robert.

Evi rang mit sich. Durften sie Robert ins Vertrauen ziehen? Würde er schweigen? Oder machten sie alles nur schlimmer, wenn sie ihm die Wahrheit offenbarten?

»Sag mal, als Arzt unterliegst du doch der Schweigepflicht, oder?«, fragte sie. »Egal, worum es geht?«

Roberts Züge verhärteten sich »Nur um das klarzustellen: Ich tue prinzipiell nichts Ungesetzliches. Und nichts, was meiner medizinischen Ethik widerspricht. Keine Abtreibungen, keine Verstümmelungen, keine Gefährdung von Menschenleben.«

»Robert!«, rief Evi erschrocken. »So was würden wir doch nie von dir verlangen!«

Er griff zu dem Becher, den Beatrice ihm hinschob, und stürzte den Kaffee hinunter. »Okay, okay. 'tschuldigung. Aber ihr seid mir manchmal ein bisschen unheimlich. An was hattet ihr denn gedacht?«

Fragend sah Evi ihre Freundinnen an. »Wollen wir ihn einweihen?«

»Es bleibt uns wohl nichts anderes übrig«, stimmte Katharina zu. »Also. Es ist ein Foto in dem Brief, das Familienminister Hoffner beim Liebesspiel zeigt. Nicht mit seiner Frau, wohlgemerkt.«

Ein verstehendes Grinsen huschte über Roberts Gesicht.

»Könnte das Foto von einer Kamera stammen, die ich selber installiert habe?«

Katharina schloss die Augen, was so viel wie ja bedeutete.

»Ach, und jetzt haben es sich die Damen anders überlegt?«, erkundigte sich Robert sarkastisch.

Alle drei nickten schuldbewusst.

»Tja.« Er drehte den Kaffeebecher in seinen Händen hin und her. »Ich fürchte, da kann ich euch nicht weiterhelfen. Wenn ihr die Postzentrale in die Luft sprengen wollt, bitte. Aber definitiv ohne mich.«

»Vielleicht gibt es einen anderen Weg«, flüsterte Evi.

Das Redaktionsgebäude der *Spreezeitung* war ein spektakulär hässlicher Siebziger-Jahre-Bau, dessen Fassade mit Graffiti besprüht war. Robert und Beatrice beobachteten vom Auto aus, wie Katharina und Evi die Pförtnerloge ansteuerten. Trotz der frühen Morgenstunde wirkten sie wie aus dem Ei gepellt. Katharina hatte einen schwarzen Hosenanzug gewählt, Evi ein schwarzes Kostüm.

»Als ob sie zu einer Beerdigung gehen«, amüsierte sich Beatrice. »Die zwei schwarzen Witwen.«

Robert hatte nur Augen für Evi. »Einen schönen Menschen entstellt nichts«, sagte er lapidar. »Katharina ist sowieso immer perfekt. Du könntest in deiner Krankenschwesteruniform auf die Welt gekommen sein. Und Evi könnte auch einen Kartoffelsack tragen, sie wäre immer noch einzigartig.«

»Einzigartig ist wohl das richtige Wort«, lächelte Beatrice. Gespannt sahen sie zum Eingang. Robert unterdrückte ein Gähnen. Seit sieben Uhr in der Früh warteten sie schon darauf, dass die Post ausgeliefert wurde. Soeben hatte ein Briefträger mit einem Rollcontainer das Haus betreten. Es ging los.

Der Pförtner war nicht der Schnellste. Umständlich blätterte er in einer Besucherliste herum. Er war ein alterer Herr mit einem weißen Vollbart und musste seine Brille aufsetzen, um die Namen zu entziffern.

»Wie war das? Staatssekretärin Dr. Severin und Eva-Maria Wuttke?«, murmelte er vor sich hin. »Ah, da haben wir's. Dürfte ich mal Ihre Persos sehen?«

»Die – was?«

»Die Personalausweise.«

Katharina stellte einen Pappbecher mit Latte macchiato auf dem Tresen der Pförtnerloge ab. »Wenn Rübezahl noch länger braucht, ist der Kaffee kalt, bevor wir oben sind«, raunte sie Evi zu, während sie ihren Ausweis aus der Handtasche zog.

Der Pförtner kniff die Augen zusammen, um die Passfotos mit den Gesichtern der beiden Frauen zu vergleichen. »Könnte hinkommen«, sagte er. »Dann immer nur rein in die gute Stube.«

Aufmerksam betrachtete Evi den Poststapel, den der Briefträger neben dem alten Mann auf einen Tisch türmte. »Ist was für Ralf Blumencron dabei? Wir wollen nämlich zu ihm. Da könnten wir seine Post praktischerweise gleich mitnehmen.«

»Nee, nee«, der Pförtner drohte ihnen schelmisch mit dem Finger. »Schon mal was von Briefgeheimnis gehört?«

»Sicher«, erwiderte Katharina eisig. »Dann gehen wir mal.«

Ralf Blumencrons Arbeitsplatz lag im dritten Stock in einem Großraumbüro. Es war erfüllt mit dem Stimmengewirr telefonierender Redakteure und dem Geklacker von Computertastaturen. Die Schreibtische waren beladen mit Papieren, angebissenen Brötchen und Wasserflaschen. Ein beißender Geruch nach abgestandenem Kaffee und überquellenden Aschenbechern lag in der Luft. An den verblichenen Wänden hingen wellige Plakate.

»Wundert mich überhaupt nicht, dass der hier rauswill«, wisperte Evi. »Wie kann man in so einem Abfallhaufen arbeiten? Hier müsste mal gründlich saubergemacht werden.«

Aus einer hinteren Ecke kam ihnen Ralf Blumencron entgegen gelaufen. Er trug ein T-Shirt mit der Aufschrift »Sorry, I'm sexy«, das seinen muskulösen Körper zur Geltung brachte. Er war das krasse Gegenteil von Horst Hoffner. Als hätte das Schicksal ihn für Katharina gebacken, dachte Evi. Die ideale Lockerungsübung für unsere verspannte Freundin.

Einladend breitete er die Arme aus. »Hi! Der Chefredakteur ist begeistert von eurem Redaktionsbesuch! Eine Blattkritik von der beliebtesten Spitzenpolitikerin der Stadt! Seit einer Stunde redet er von nichts anderem. Wollt ihr erst mal einen Kaffee? Auf dem Flur gibt es einen Automaten.«

»Ich habe dir was Besseres mitgebracht«, sagte Katharina. »Hier, frisch aus dem Coffeeshop!«

»Wie nett!« Er senkte die Stimme. »Wir sollten uns besser siezen. In zwanzig Minuten beginnt die Konferenz. Wollt ihr euch ein bisschen umsehen?«

Mit ausgestrecktem Arm hielt Katharina ihm den Becher hin. »Erst mal der Muntermacher!«

Doch er hob abwehrend die Hände. »Morgens nur Tee, tut mir leid. Sonst fährt mein Magen Achterbahn.«

Evi holte tief Luft. Eigentlich toll, dachte sie, zwei Teetrinker, das passt. Leider war es in dieser hochbrisanten Situation völlig unpassend.

»Sie sind doch ein Frauenflüsterer, oder?«, gurrte sie. »So erzählt man sich jedenfalls.«

Blumencron strich sich durch seine Surfermähne und grinste verstohlen Katharina an. »Hm, könnte hinkommen.«

»Dann sollten Sie das Geschenk einer Dame nicht ausschlagen, selbst, wenn es sich um einen einfachen Latte macchiato handelt.«

Ein dicklicher junger Mann zwängte sich an ihnen vorbei. Er trug eine Plastikwanne vor sich her, die bis obenhin mit Briefen und Paketen gefüllt war. Missmutig begann er, die Post auf die Schreibtische zu verteilen.

Uns läuft die Zeit davon, dachte Evi panisch. Nun mach schon!

»Also, wenn das so ist …« Respektvoll nahm Blumencron den Pappbecher in Augenschein, als handele es sich um einen üppigen Präsentkorb. »Dann kann ich wohl nicht ablehnen.«

»Können Sie nicht«, bekräftigte Evi.

Seine Hand berührte leicht Katharinas Finger, als er ihr den Becher abnahm. Mit der gespannten Miene eines Billardspielers, der beobachtet, wie sich die Kugel in Richtung Loch bewegt, sah Evi ihm zu. Sie hielt es kaum noch aus. Ihre Stirn fühlte sich fiebrig an.

»Nicht nippen, trinken!«, forderte sie ihn auf.

Er nahm einen kräftigen Schluck. »Gewöhnungsbedürftig. Ist das mit irgendeinem Aroma?«

»Mandelsirup«, lächelte Katharina. »Was Süßes für den Süßen.«

Das schien ihm zu gefallen. Während er einen zweiten Schluck trank, zeigte er zur rückwärtigen Wand. »Kommt mit zu meinem Schreibtisch. Dann könnt ihr mal sehen, was für ein irres Pensum jeden Morgen auf mich wartet. Die Leute schmeißen mich mit Post zu. Jeder denkt wohl, ein Lokalredakteur ist so was wie eine Kummerkastentante.«

Evi und Katharina entging nicht, dass sich alle Köpfe nach ihnen umdrehten, während sie Ralf Blumencron durch die Reihe der Schreibtische folgten. Als sie an seinem Tisch ankamen, stapelte der Botenjunge gerade Briefe und Pakete darauf. Der Journalist nahm ein paar Briefe in die Hand und warf flüchtige Blicke auf die Absender.

»Man erkennt schon an der Schrift, ob das ein Gestörter ist oder was Seriöses«, erklärte er. »Aber am spannendsten sind die ohne Absender. Hier!« Er hielt Katharinas Brief hoch. »Der sieht vielversprechend aus. Gutes Papier, akkurate Blockschrift, bestimmt eine anonyme Info. Wir leben von so was.«

Achtlos stellte er den Becher ab. Den Brief behielt er in der Hand.

Evi entschied sich für hemmungslose Aufdringlichkeit. »Schmeckt Ihnen der Kaffee etwa nicht? Soll ich Ihnen einen neuen holen?«

»Sie sind ja wie eine Mutter zu mir«, wunderte sich Ralf Blumencron. »Alles in Ordnung. Schmeckt wunderbar.«

Demonstrativ setzte er den Becher an und trank ihn bis auf den letzten Tropfen leer. Na, dann prost, dachte Evi erleichtert. Hoffentlich haben die genug Toilettenpapier in diesem versifften Schuppen.

Blumencron griff wieder zu dem Brief. »Sollen wir mal nachsehen, was drin ist?«

Katharina atmete schwer. »Das Paket da vorn finde ich viel geheimnisvoller. Vielleicht schickt dir, äh, Ihnen eine Verehrerin Pralinen.«

»Ist auch schon vorgekommen«, lachte Blumencron. Dann fuhr er sich mit dem Daumen über die Stirn. »Entschuldigt ihr mich für einen Moment?«

»Natürlich.«

Mit gehetztem Blick eilte er davon.

Gerade wollte sich Katharina den Brief schnappen, als ein eleganter Herr in einem dunkelblauen Dreireiher vor ihnen auftauchte. »Frau Staatssekretärin! Welch eine Freude!«

Schnell zog Katharina ihre Hand wieder zurück. »Plan A fällt aus, also Plan B«, raunte sie Evi zu. »Der komplette Zirkus.«

»Darf ich mich vorstellen? Günter Fehling, meines Zeichens Chefredakteur dieser Zeitung. Ich muss gestehen, dass wir uns geehrt fühlen von Ihrem spontanen Besuch. Tja, das nennt man eben Volksnähe.«

»Die konstruktive Kooperation mit der Presse lag mir schon immer am Herzen«, erwiderte Katharina. »Sie kennen Eva-Maria Wuttke, die neue Frauenbeauftragte?«

Der Chefredakteur runzelte die Stirn. »Wuttke, Wuttke ... haben Sie was mit Werner Wuttke zu tun?«

»Mein Mann«, antwortete Evi. »Wissen Sie, die Kinder sind bald aus dem Haus, da wollte ich einer sinnvollen Beschäftigung nachgehen. Es gibt viel zu tun für das Wohl der Frauen.«

Auch wenn ich da meine eigenen Methoden habe, fügte sie innerlich hinzu. Und zwar sehr durchschlagende Methoden. Evi hatte mit einem neuartigen Mix aus Abführmittel und K.o.-Tropfen experimentiert.

Günter Fehling nestelte an seinem Einstecktuch. »Wir sollten dann schon mal in den Konferenzraum gehen. Hier entlang, wenn ich bitten darf.« Er deutete auf eine offene Tür, hinter der ein großer ovaler Tisch zu sehen war. »Wo ist eigentlich Blumencron?«

»Für kleine Jungs?«, witzelte Evi.

»Bestimmt kommt er gleich wieder«, sagte Katharina.

Aber Ralf Blumencron blieb verschwunden. Der Konferenzraum füllte sich zusehends, er jedoch ließ sich nicht blicken.

Der Chefredakteur zog eine ungehaltene Grimasse. »Kann mal jemand nach unserem jungen Kollegen fahnden?«

Eine schlanke junge Frau in Jeans stand auf. »Ich suche Ralf.«

»Unverzeihlich«, zischte Fehling einem glatzköpfigen Mann zu, der neben ihm saß. Dann machte er eine entschuldigende Geste in Katharinas Richtung. »Wir können ja schon mal anfangen. Wie gefiel Ihnen die Schlagzeile der heutigen Ausgabe? Die hatte Drive, oder?« Er lächelte selbstgefällig. »Ich sage immer: Eine Zeitung ohne Schlagzeile ist wie ein Straßenstrich ohne Bordsteinschwalben!«

»Zu Hilfe!«, kreischte das junge Mädchen, das in größter Aufregung zurückgelaufen kam. »Wir brauchen einen Arzt! Einen Krankenwagen! Ralf liegt bewusstlos vor der Herrentoilette!«

Evi hatte ihr Handy schon kurz vorher herausgeholt. »Ich mache das! Ich habe den Notruf einprogrammiert!« Flugs wählte sie Roberts Nummer.

Alle redeten aufgeregt durcheinander. Einige Kollegen

rannten raus, um nach Ralf Blumencron zu sehen. Besorgt sah Katharina auf ihre Uhr. Jetzt kam es darauf an, wie schnell Beatrice und Robert den Pförtner knackten. Oder scheiterte Plan B an Rübezahl?

Die Antwort ließ nicht lange auf sich warten. Eine Sekunde später sprinteten Robert und Beatrice in den Konferenzraum.

»Wo ist der Notfall?«, rief Robert, der in seinem weißen Kittel mal wieder eine Augenweide war. Hinter ihm erschien Beatrice in ihrer hellblauen Schwesternuniform. Sie trug einen Arztkoffer aus Aluminium.

Alle folgten ihnen, als sie sich den Weg zur Toilette zeigen ließen. Ralf Blumencron lag zusammengekrümmt auf der fleckigen Auslegeware und gab kein Lebenszeichen von sich. Robert zog seine geschlossenen Lider hoch und leuchtete in die Pupillen. Ein unangenehmer Fäkaliengeruch ging von dem leblosen Körper aus. Erwartungsvoll starrten alle auf den Arzt, der neben dem ohnmächtigen Kollegen kniete.

»Sofort raus hier!«, brüllte Robert. »Durchfall mit Kreislaufkollaps, das sieht nach der neuen Virusepidemie aus. Sie müssen auf der Stelle einen Arzt aufsuchen und sich untersuchen lassen! Alle!«

Vollkommen verdattert stand der Chefredakteur da. »Die neue Virusepidemie? Warum wussten wir nichts davon? Das hätten wir doch als Erste erfahren!«

Robert machte ein finsteres Gesicht. »Das hier ist eine Zeitung, richtig? Da haben Sie bestimmt reichlich Erfahrungen mit der Politik gesammelt. Die Herren da oben schlagen doch immer erst Alarm, wenn es Tote gibt. Soviel zur Informationspolitik. Hier ist vermutlich schon alles verseucht. Wenn ich Ihnen einen guten Rat geben darf ...«

Der Rest seiner kleinen Ansprache ging im Getümmel

unter. Alle stoben in Panik davon. Dann war es auf einmal still.

»Sie sind weg«, sagte Katharina. »Jetzt kann ich mir endlich den Brief holen. Und Ralf wird auch wirklich nichts passieren?«

»Der Krankenwagen ist schon unterwegs«, wurde sie von Robert beruhigt. »Dein Ralf bekommt ein Einzelzimmer. Und wenn er in geschätzten zwei Stunden wieder aufwacht, freut er sich bestimmt, wenn eine ihm nahestehende Person anwesend ist.«

»Dann fahre ich am besten gleich im Krankenwagen mit«, seufzte Katharina.

»No way«, fuhr Beatrice dazwischen. »Wir haben noch was Dringendes zu erledigen, Honey.«

»Was könnte denn wichtiger sein als Ralf?«

»Die finale Dröhnung für deine Einschlafhilfe«, sagte Beatrice. »Jetzt knöpfen wir uns den Herrn Familienminister vor.«

Ein Taxi brachte sie zum Familienministerium. Im Eiltempo marschierten sie auf das Gebäude zu. Beatrice hatte ihren Schwesternkittel einfach unterwegs in einen Papierkorb geworfen. Darunter war ein giftgrünes Seidenkleid mit passendem Jackett zum Vorschein gekommen.

Der Security Check war ein Kinderspiel dank der Autorität, die Katharina hier genoss. Schon wurden Evi und Beatrice Besucherausweise ans Revers geknipst. Sie passierten eine Sicherheitsschleuse, dann waren sie drin. Im Zentrum der Macht.

Das Ministerium war riesig. Evi spürte fast so etwas wie Ehrfurcht, als sie mit Beatrice und Katharina die langen Flure entlangwanderte. Frauen und Männer mit ernsten Gesichtern kamen ihnen entgegen. Die Welt der Politik schien ziemlich humorfrei zu sein.

»Mir ist schon ganz schlecht«, jammerte Katharina.

»Bestimmt das gefährliche Virus«, gluckste Beatrice. »Keine Sorge, wir machen es kurz. Thrill and kill. Jetzt wird Blitzschach gespielt. Der König wackelt schon, und gleich ist die Dame am Zug.«

Nachdem sie endlose Flure hinter sich gebracht hatten, blieb Katharina vor einer Tür stehen. »Hier ist es.« Sie, die nie schwitzte, hatte Schweißtröpfchen auf der Stirn.

»Wird schon«, sprach Evi ihr Mut zu. »Du kriegst das hin. Und wir sind ja auch noch da.«

»Denk an seine Schuftigkeiten. Denk daran, wie er dich in diese verdammte Klinik geschickt hat«, sagte Beatrice kalt. »Knall ihm die volle Packung vor den Latz. Ready to rock 'n' roll?«

Ohne zu klopfen, betrat sie das Vorzimmer des Ministers. Das Büro war unpersönlich wie ein Operationssaal. Ein Schreibtisch, ein Stuhl, ein Aktenschrank. Streifig fiel das Tageslicht durch herabgelassene Jalousien.

Die Sekretärin sah von ihrem Laptop auf und musterte irritiert die drei Frauen. »Oh, Frau Dr. Severin. Leider kommen Sie ungelegen. Sie müssen sich etwas gedulden, Herr Dr. Hoffner hat einen Gast.«

»Irrtum, Frau Liebenthal, Dr. Hoffner erwartet uns schon«, sagte Katharina.

Ungerührt lenkte sie ihre Schritte zu der Tür, hinter der sich das Büro des Familienministers befand.

»Frau Dr. Severin!« Mit aufgerissenen Augen sah die Sekretärin ihr hinterher.

»Morgen, die Herren«, begrüßte Katharina die beiden Männer, die in angeregtem Gespräch auf einer hellblauen Couch saßen.

Horst Hoffner wirkte alles andere als erfreut. »Was hat das zu bedeuten? Sie können hier nicht einfach reinplatzen, Frau Dr. Severin. Und was wollen Ihre, äh, Frauenbeauftragten hier?«

»Die Gleichstellung der Frau befördern«, erwiderte Beatrice. Sie fixierte den Besucher. »Und Abmarsch, Süßer. Du hast drei Sekunden. Sonst erinnere ich mich an meinen Selbstverteidigungskurs. Der erste Tritt geht übrigens immer in die Kronjuwelen. Falls du weißt, was ich meine.«

Wie sprach Beatrice denn auf einmal? Evi traute ihren Ohren nicht. So hatte sie ihre Freundin noch nie erlebt. Beatrice musste wirklich eine Mordswut haben.

»W-wir w-waren ohnehin am Ende unseres G-gesprächs«, stammelte der Besucher. Mit einem ängstlichen Blick auf seinen Gastgeber erhob er sich und eilte aus dem Büro.

Sogleich erschien die Sekretärin im Türrahmen. »Herr Minister? Stimmt was nicht? Soll ich den Sicherheitsdienst rufen?«

»Raus!«, brüllte Horst Hoffner.

Krachend fiel die Tür zu.

»Sind Sie völlig verrückt geworden?« Mit hochrotem Kopf starrte Horst Hoffner Beatrice an. »Das war der Cheflobbyist der deutschen Pharmaindustrie! Unser wichtigster Partner für das familienfreundliche Gesundheitspaket! Frau Dr. Severin, das gibt eine saftige Abmahnung. Ich werde umgehend dafür sorgen, dass …«

»Dazu wird es nicht mehr kommen«, unterbrach Katharina ihn. »Du bist angezählt, schon vergessen? Oder denkst du, dass dieser Brief sich in Luft auflöst?«

Er zuckte zusammen, als sie ihn duzte. »Ach das.« Unbehaglich sah er zu Evi und Beatrice. »Das hatten wir doch geklärt.«

Er stand auf und legte Katharina begütigend eine Hand auf die Schulter. »Am besten erzählen wir es gleich deinen neuen Mitarbeiterinnen. Sehen Sie …« Er kreuzte theatralisch die Arme vor der Brust. »Der Mensch ist schlecht. Ein Erpresserbrief erreichte mich heute Morgen. Eine elende Stümperei, aber nicht ungefährlich. Frau Dr. Severin übernimmt die volle Verantwortung. Sie wird morgen zurücktreten.«

Jetzt wurde es Evi zu viel. Dieser heuchlerische Hoffner soll sich doch gehackt legen, dachte sie. Der merkt ja gar nichts mehr! Ganz gerade machte sie sich. Dann legte sie los. »Nun hören Sie mal gut zu, Sie Horst! Oder soll ich lieber ›Fröschchen‹ sagen?« Wieder zuckte Hoffner zusammen.

»Sumpfkröte wäre angemessener«, knurrte Beatrice.

»Ich kenne Sie nur aus dem Fernsehen«, rief Evi. »Aber nach allem, was ich über Sie weiß, sind Sie das armseligste Häufchen Sondermüll, das diese Bude je gesehen hat.«

»Katharina, was soll das?«, schrie der Minister. »Bring sie zum Schweigen. Wie diesen elenden Schreiberling von der *Spreezeitung*. Den hast du doch hoffentlich schon um den Finger gewickelt, oder? Mit deinem sprichwörtlichen« – er spuckte das Wort förmlich aus – »Charme! Oder sollte ich besser sagen: mit deiner raffinierten Verführungskunst?«

In Evi tobte ein Sturm. Das war einfach gemein. Amelie Hoffner fiel ihr wieder ein. Wie konnten Männer so brutal sein?

»Nicht nur, dass Sie Katharina eine Affäre aufgezwungen haben«, stieß sie voller Abscheu hervor. »Nicht nur, dass Sie völlig ahnungslos sind, wie man eine Frau im Bett glücklich macht. Sie haben ein Kind getötet! Ihr eigenes Kind!«

Das war bei weitem zu viel Input für den Herrn Minister. »Was?«, bellte er. »Was? Was? Wovon reden Sie?«

»Du hast sie schon richtig verstanden«, sagte Katharina. Sie war auf einmal die Ruhe selbst. »Es ist vorbei. Ich war es, die eine Kamera am Bett hat anbringen lassen. Es gibt ganze Filme von dir. Äußerst unvorteilhafte Filme. Mein Partner von der Presse wartet nur darauf, sie auf Youtube einzustellen.«

»Außerdem weiß bald jeder, dass Sie Ihren Doktortitel im Internet geshoppt haben«, rief Beatrice. »Bei einer Uni, die gar nicht existiert. Sie sind nichts weiter als ein peinlicher Poser! Mit Verlaub, das überleben Sie nicht.«

Wie ein Stein sank Horst Hoffner auf die Couch. Einen Moment lang sah er aus, als wollte er weinen. »Warum, Katharina? Warum tust du mir das an? Ich habe dich immer gefördert!«

»Benutzt hast du mich«, sagte Katharina kalt. »Wer hat denn deine Reden geschrieben, für die du so gelobt wurdest? Wer hat nächtelang Dossiers ausgearbeitet, mit denen du geglänzt hast? Wer hatte die Ideen für all die Konzepte und Projekte und den ganzen Krempel? Sag mir, wer?«

Der Minister rang nach Luft.

»Haben Sie mal an Ihre Frau gedacht? An Ihre Kinder?« Außer sich stemmte Evi die Hände in die Hüften. »Nur so nebenbei: Amelie ist im Bilde. Wir haben sie gestern getroffen. Eine wunderbare Frau.«

Hoffner sackte in sich zusammen wie ein Luftballon, der von einer Stecknadel perforiert wurde.

Beatrice übernahm. »Soll sie mit ansehen, wie ihr Herr

Gemahl zum Pornostar wird? Wie sich die Stammtischbrüder auf die Schenkel klopfen, weil Ihr sinnfreies Sexgerödel im Internet zu besichtigen ist?«

Stöhnend griff sich Horst Hoffner an die Herzgegend. »Ein Alptraum!«

»Dann wach auf«, erwiderte Katharina. »Und den Herzkasper brauchst du uns auch nicht vorzuhampeln. Die Nummer ist so was von durch.«

Sofort wechselte Horst Hoffner seine Taktik. »Dann verhandeln wir«, schlug er vor. »Welche Optionen habe ich?«

»Genau eine«, sagte Katharina. »Du trittst zurück. Aus gesundheitlichen Gründen. Und empfiehlst für deine Nachfolge ...«

»Ja?« Horst Hoffners Gesicht war ein einziges Fragezeichen.

»Na – mich natürlich.«

Jetzt war es heraus. Der Minister wurde kreidebleich. »Das träumst du wohl.«

Statt einer Antwort zog Katharina ihr Handy heraus. Sie klickte sich in den Speicher und hielt es ihm hin. Das zweistimmige Gekeuche und die dazugehörigen Bilder gaben ihm den Rest.

»Wenn du es ganz genau wissen willst – noch hat die Presse nichts in der Hand. Gar nichts. Aber das kann sich schnell ändern.« Immer noch wirkte Katharina gefährlich ruhig. »Der Erpresserbrief kam von mir. Ich sitze ja an der Quelle. Habe deine Mails, deine SMS und sogar die Adresse dieser kruden Briefkastenuni. Das reicht dazu, dass sie dich schlachten.«

Blanker Hass loderte in Horst Hoffners Augen auf.

»Ich mache dir sogar ein Abschiedsgeschenk«, verkündete

Katharina gönnerhaft. »Ich schreibe dir den Text für die Pressekonferenz. Morgen früh gibst du deine Abschiedsvorstellung. Und wenn du auch nur den kleinsten Fehler machst, dann gnade dir Gott.«

Jedes Wort drückte den Minister tiefer in die Couch. Seine Mundwinkel zeigten steil nach unten.

»Jetzt sollten Sie uns aber von Ihrer Anwesenheit befreien«, sagte Beatrice. »Katharina kann sich schon mal an ihr neues Office gewöhnen. Ihre Sachen können Sie sich später beim Pförtner abholen. Und Abflug.«

Wie ein geprügelter Hund schlich der Mann davon, der noch eine Viertelstunde zuvor ein erfolgreicher Familienminister gewesen war.

Katharina ging zum Schreibtisch und wählte die Nummer der Sekretärin. »Frau Liebenthal? Würden Sie uns freundlicherweise etwas zu trinken bringen? Nein, keinen Kaffee. Versuchen Sie doch mal, Champagner aufzutreiben. Aber bitte kalt wie ein Eisbärpopo.«

Kapitel 14

Werners Entlassung fand unter Anteilnahme der gesamten Station statt. Vom Oberarzt bis zur Putzfrau waren alle heilfroh, den Despoten von Zimmer zehn endlich loszuwerden. Sie standen Spalier auf dem Flur, vielleicht in der Hoffnung, dass der stadtbekannte Bauunternehmer sich mit einem Trinkgeld für seine Zumutungen bedanken würde. Noch wussten sie nicht, dass sie vergeblich warteten.

Evi verstaute Werners Sachen in einem Koffer. Sie summte unternehmungslustig vor sich hin. Soeben hatte sie mit Dr. Mergenthaler die letzten Dinge geregelt. Die Stiftung war offiziell gegründet, das Vermögen transferiert.

»Alles Gute«, sagte Robert höflich. »Erholen Sie sich ein bisschen. Nicht gleich arbeiten, ja?«

»Das könnte Ihnen so passen, Sie Komiker«, grunzte Werner. »Jetzt geht's wieder in die Vollen! Die Arbeit ruft!«

»Also, ich hör nichts«, raunte Evi Robert zu.

»Auf Ihre Verantwortung. Wenn Sie dann mal bitte die Entlassungspapiere unterschreiben würden?« Robert hielt seinem Patienten ein eng bedrucktes Schriftstück und einen Kugelschreiber hin. »Das ist nur zur Absicherung. Weil Sie vorzeitig entlassen werden wollten. Normalerweise hätten wir Sie noch eine weitere Woche hierbehalten.«

»Her mit dem Schrieb«, murmelte Werner und setzte seine Unterschrift darauf. »Und jetzt ab durch die Mitte. Hab genug Zeit in dieser elenden Absteige verplempert.«

»Selbstverständlich, Schnuffelbär«, sagte Evi. Sie zwinkerte Robert zu. »Und verbindlichsten Dank, Herr Professor. Sie waren mir eine unentbehrliche Stütze.« Verträumt streifte ihr Blick die Tür des Badezimmers.

»Gern geschehen«, erwiderte Robert.

»Jetzt ist aber gut mit dem Gesäusel. War bestimmt teuer genug, das Ganze!« Werner zog seinen Mantel an. »Ich hoffe doch, dass wir uns nie wiedersehen.«

Robert lächelte. »Das hoffe ich auch.«

Während der gesamten Heimfahrt schimpfte Werner auf die »verdammte Quacksalberanstalt«, wie er sich ausdrückte. Evi störte es nicht im Geringsten. Sie kommentierte seine Ausfälle nur mit eingestreuten »Achs« und »Ohs«. Werner schwitzte. Es war ein ungewöhnlich heißer Tag, doch über eine Klimaanlage verfügte das Auto nicht. Mit Bedacht hatte Evi den roten Kleinwagen gewählt, um Werner abzuholen. Er sollte keinerlei Verdacht schöpfen, dass sich irgendetwas in Evis Leben geändert haben könnte.

Zu Hause angekommen, schleppte Werner sich ins Wohnzimmer. »Cognac«, befahl er. »Und 'ne Zigarre.«

Evi protestierte nicht. »Kommt sogleich, Schnuffelbär«, hauchte sie.

Als Werner paffend auf der Couch saß und seinen Cognac trank, schmiegte sie sich an ihn. Sie hatte sich auch ein Glas eingeschenkt, und das nicht ohne Grund. Jetzt brach das schwierigste Kapitel ihrer Rache an. Aber es musste sein. Werner sollte sie schließlich vermissen, wenn sie ihn für immer aus ihrem Leben entfernte. So richtig vermissen.

»Prost«, sagte sie. »Auf uns.«

Werner verzog den Mund. »Es ist neun Uhr morgens. Da trinkst du doch nie Alkohol.«

»Ist eben ein Festtag«, versicherte Evi. »Und den sollten wir gebührend feiern.« Sie probierte von dem Cognac, der grässlich schmeckte. Werner füllte immer irgendwelchen Discounterfusel in die Markenflaschen. Todesmutig kippte sie den gesamten Inhalt des Glases herunter.

»Was verstehst du denn so unter feiern?«, brummte Werner.

Evi öffnete den obersten Knopf ihres Hemdblusenkleids. »Sollten wir nicht da weitermachen, wo wir aufgehört haben?« Sie deutete auf den schwarzen Spitzen-BH, den sie darunter trug.

»Na hallo, da wird Vati wieder jung!«, begeisterte sich Werner. »Dann schieben wir doch mal ein geiles Nümmerchen! Ab ins Schlafzimmer!«

Die Angelegenheit dauerte zum Glück nicht lange. Nach, freundlich geschätzt, zweieinhalb Minuten ließ sich Werner stöhnend zur Seite plumpsen.

»Ah«, grunzte er. »Supernummer. Mensch, du kleine Stute, ich bin echt in Form, was? Dein Werner bringt es immer noch! Das sollten wir jetzt öfter machen.«

»Machen wir, Schnuffelbär«, flötete Evi. »Machen wir.«

Dann ging sie ins Badezimmer und ließ heißes Wasser in die Wanne. Sie hätte Jahre gebraucht, um sich den klebrigen Werner von der Haut zu schrubben. Doch plötzlich standen die Jungen vor ihr.

»Papa ist wieder da«, sagte Sven bestürzt.

Kalli schob die Unterlippe vor. »Er hat uns ausgeschimpft, weil wir unsere Freunde mitgebracht haben.«

Evi rutschte etwas tiefer in die Wanne, bis ihr Körper von Seifenschaum bedeckt war. »Wieso seid ihr nicht in der Schule?«

»Hitzefrei«, antwortete Sven. »Ist jetzt etwa alles wieder wie früher? Haustyrann reloaded, oder was?«

Evi nahm eine Handvoll Schaum und zerdrückte ihn. »Früher ist vorbei. Macht euch keine Sorgen.« Tja, wie sag ich's meinen Kindern?, dachte sie. Aber es war wohl besser, wenn sie die Jungen gleich jetzt auf die kommenden Ereignisse vorbereitete.

»Was würdet ihr davon halten, wenn Papa für eine Weile woanders wohnen würde? Ihr könnt ihn natürlich sehen, sooft ihr wollt.«

»Kein Bedarf«, sagte Sven. »Papa meckert doch sowieso immer nur rum. Ich bin froh, wenn er verschwindet. Und du bist auch ganz anders ohne ihn.«

»Stimmt«, bekräftigte Kalli.

»Anders? Wie denn?«

Sven grinste. »Die tollste Mami der Welt.« Kalli nickte.

Evi ließ sich jedes Wort auf der Zunge zergehen. Die tollste Mami der Welt. Ihre Augen füllten sich mit Tränen der Rührung und der Erleichterung.

»Na, wenn das so ist … Ich habe euch leckere Frikadellen gemacht. Die könnt ihr mit euren Freunden in der Küche essen. Und danach ins Freibad vielleicht? Wenn ihr heute Abend wiederkommt, ist die Sache durch.«

»Ehrlich?« Mit offenem Mund standen die beiden da.

»Ehrlich«, versicherte Evi. »Und dann gehen wir zu einem ganz tollen Italiener. Da gibt es die beste Lasagne der Welt.«

Evi machte sich hübsch. Sie frisierte und schminkte sich sorgfältig und zog eines ihrer neuen Kleider an. Es war sonnengelb, wie die Slingpumps, die sie sich dazu gekauft hatte. Das Hausmütterchen in steingrauem Seniorenpopeline war Vergangenheit.

Breit lächelnd ging sie ins Schlafzimmer. »Liebling, ich habe eine Überraschung für dich!«

Schläfrig betrachtete Werner seine Frau. »Mann, siehst du gut aus, Evilein. Hast du dich extra für mich so aufgebrezelt? Komm mal her. Ich könnt' schon wieder.«

»Später, Schnuffelbär. Man erwartet uns um zwölf Uhr. Wir sollten pünktlich sein. Es ist so etwas wie eine Willkommensparty für dich.«

»Saublöde Idee«, raunzte er. »Mach lieber was zu essen. Bei dir gibt es ja zum Glück was Anständiges, nicht diesen miesen Krankenhausfraß.«

Die Suppe wartet schon, dachte Evi. Die Suppe, die du dir eingebrockt hast. Und die du so lange auslöffeln wirst, bis du den Löffel abgibst. Sie holte einen Anzug mit Hemd und Krawatte aus dem Kleiderschrank.

»Wird feierlich«, erklärte sie. »Ich habe sogar Fotografen bestellt, damit wir den großen Augenblick deiner offiziellen Rückkehr nie vergessen.«

Widerstrebend machte Werner sich fertig. Evi band ihm die Krawatte, so wie sie es all die Jahre getan hatte. Es würde das letzte Mal sein.

»So Schnuffelbär, ich fahr schon mal den Wagen vor. Es wird dir Spaß machen, ganz bestimmt!«

Diesmal nahm sie den Porsche. Werner schürzte abfällig die Lippen, als er einstieg. »Was soll das denn? Ist doch Perlen vor die Säue, wenn du den Porsche fährst.«

»Wenn schon, denn schon«, erwiderte Evi. »Wir wollen doch einen guten Eindruck machen, oder?«

Beherzt gab sie Gas. Eine halbe Stunde später hielt sie an der Schranke eines Parkplatzes im Regierungsviertel. Sie zeigte ihren Ausweis, und ein Sicherheitsmann ließ sie passieren.

»Äh, Evi, wohin gehen wir eigentlich?«, fragte Werner.

»Staatskunde für Anfänger«, erwiderte Evi lässig. »Dies ist das Haus der Bundespressekonferenz.«

Sie deutete auf einen würfelförmigen Bau, vor dem sich eine kleine Menschenansammlung gebildet hatte. Reporter mit Kameras liefen umher, ein Fernsehteam baute sein Equipment auf.

Werner rückte seine Krawatte gerade. »Sind die etwa alle wegen mir hier?«

»Nicht nur wegen dir, aber auch«, sagte Evi geheimnisvoll. »Wir nehmen besser den Hintereingang.«

Sie parkte den Wagen und lotste Werner zu einer unscheinbaren Tür, etwas entfernt von dem Menschenauflauf. Auch hier hatte man sie schon erwartet. Ohne weitere Kontrollen ließ man sie hinein. Im leeren Foyer stand Beatrice. Mit Verschwörermiene umarmte sie Evi.

»War's schlimm?«, flüsterte sie. »Die Abschiedsnummer?«

»Der Saunaclub Désirée war ein Kuschelkurs dagegen«, raunte Evi. »Aber Werner ist hingerissen.«

Beatrice lächelte. »Genauso ist es richtig.« Dann streckte sie Werner die Hand hin. »Beatrice Kramer. Willkommen zur Pressekonferenz. Ich habe für Sie und Ihre Frau Gemahlin einen Platz in der ersten Reihe reserviert.«

Werner kam aus dem Staunen nicht mehr heraus. Verständnislos sah er Beatrice an, dann musterte er den glänzenden Marmorboden und den chinesischen Steingarten neben der Bar. Das weitläufige Foyer und die Parade der Kellner, die mit vollen Tabletts dastanden, beeindruckten ihn sichtlich.

»Sogar Schampus«, frohlockte er. »Da nehm ich mir doch gleich mal was und begieß mir die Lampe.«

Beatrice atmete geräuschvoll ein. »Später. Bitte folgen Sie mir. In wenigen Augenblicken wird das Haus für die Kollegen von der Presse geöffnet.«

Mit stolzgeschwellter Brust ging Werner hinter ihr her in einen großen Saal. Es waren Stühle für mindestens zweihundert Gäste aufgestellt. Auf dem Podium vorn sah man einen Tisch mit mehreren Mikrophonen. Als sich Evi und Werner gesetzt hatten, strömten auch schon von allen Seiten Leute herein.

»Muss ich etwa was sagen?«, erkundigte sich Werner.

»Entspann dich«, antwortete Evi. »Das tun heute andere für dich.«

Innerhalb von zwei Minuten war der Saal völlig überfüllt. Selbst an den Wänden standen dicht gedrängt Journalisten, in den Gängen hockten jüngere Kollegen. Manche hatten Schreibblöcke auf den Knien, andere hielten Aufnahmegeräte in die Luft. Überall wurde aufgeregt gemurmelt.

Evi sah auf die Uhr. Es war Punkt zwölf.

Beatrice glitt auf den freien Platz neben Evi. Sie hatte Hans-Hermann mitgebracht. »Showdown!«, wisperte sie ihrer Freundin ins Ohr.

Evi lächelte Hans-Hermann zuckersüß zu. Und genoss es, als er plötzlich begriff, wen er vor sich hatte.

Ein Blitzlichtgewitter setzte ein, als Familienminister Dr. Horst Hoffner und Staatssekretärin Dr. Katharina Severin auf das Podium zugingen. Katharina trug ein beigefarbenes Kostüm und war weiß wie die Wand. Mit durchgedrücktem Rücken stieg sie auf das Podium. Horst Hoffner schien völlig durch den Wind zu sein. Sein Haar stand unordentlich zu Berge, und auf seinem Kinn prangte ein Pflaster, als hätte er sich beim Rasieren geschnitten.

Dann betrat ein alerter junger Mann das Podium und rückte ein Mikrophon zurecht, neben dem ein Schild mit der Aufschrift »Pressesprecher« stand. »Meine Damen und Herren, ich begrüße Sie zur Pressekonferenz des Familienministers«, sagte er. »Ich bitte um absolute Ruhe. Der Herr Minister wird nun eine Erklärung verlesen. Im Anschluss haben Sie Gelegenheit, einige Fragen zu stellen.«

»Was soll das denn?«, brummte Werner. »Wieso hast du mich hierhergeschleppt? Ich dachte schon, ich krieg 'nen Orden oder so was.«

Evi sah unverwandt geradeaus. »Wart's ab.«

Horst Hoffner entfaltete einen Zettel. Evi konnte sehen, dass seine Hände kaum das Papier halten konnten, so sehr zitterten sie. Hoffner sah eindeutig aus wie ein Mann, der schlecht geschlafen hatte. Sehr wahrscheinlich hatte er in der Nacht zuvor kein Auge zugetan.

»Verehrte Damen und Herren«, las er mit brüchiger Stimme vor. »Es ist mir eine traurige Pflicht ...« Er brach ab und räusperte sich. Einige Kameras klackten. »... Ihnen meinen Rücktritt ...«, die Kameras klackten lauter, »... vom Amt des Familienministers mitzuteilen.«

Rufe des Erstaunens wurden laut. Ein paar Fotografen durchbrachen die Sicherheitszone und bezogen kniend vor dem Podium Stellung. Das waren Sternstunden für die Presse. Gnadenlos wurde das zerfurchte Gesicht des Politikers abfotografiert.

»Der Grund meiner Demission ...«, Hoffner warf einen kurzen Blick zu Katharina, »... ist gesundheitlicher Natur. Ich bitte um Verständnis, dass ich hier nicht weiter ins Detail gehe.«

Der Familienminister griff nach einem Wasserglas, das

neben seinem Mikro stand, als könnte es ihn noch retten. Mit geschlossenen Augen trank er es leer. »Selbstverständlich möchte ich dieses so überaus wichtige und ehrenvolle Amt weiterhin in den besten Händen wissen. Daher habe ich mich nach eingehender Beratung in Regierungskreisen und einem Vieraugengespräch mit der Kanzlerin ...« Seine Stimme versagte ihren Dienst. Eine ungesunde Röte überzog sein Gesicht, und er blinzelte nervös.

»Wer?«, rief ein Journalist. »Wer wird Ihr Nachfolger?«

»... dazu entschlossen«, quetschte Hoffner mit letzter Kraft hervor, »eine der fähigsten und kompetentesten Politikerinnen meines Stabs mit dieser Aufgabe zu betrauen: Staatssekretärin Dr. Katharina Severin!«

Plötzlich schrien alle durcheinander. Einige Pressevertreter zückten ihre Handys, um die Neuigkeiten an ihre Redaktionen durchzugeben, andere hackten wie ferngesteuert auf ihre Laptops ein.

»Ruhe!«, mahnte der Pressesprecher. »Sonst lasse ich den Saal räumen!«

Tatsächlich trat wieder Stille ein. »Und nun erteile ich Frau Dr. Severin das Wort.«

Evi und Beatrice fassten sich an den Händen und drückten sie fest.

»Meine Damen und Herren, es ist mir durchaus bewusst, welch eine Dramatik es hat, wenn ein so«, Katharina schaute zu Hoffner, und jedes Wort musste in seinen Ohren wie ein Peitschenknall klingen, »verdienter, engagierter und integrer Politiker wie Dr. Hoffner vorzeitig sein Amt zur Verfügung stellt. Ich versichere Ihnen, dass ich es mit hohem Pflichtbewusstsein und Liebe zur Sache ausfüllen werde.«

Spontaner Applaus brandete auf. Nur Evi und Beatrice

waren unfähig zu klatschen. Beide hatten eine Gänsehaut. Dies war ein historischer Moment, und das nicht nur für die Welt der Politik.

»Bevor Sie Ihre Fragen stellen«, fuhr Katharina fort, »möchte ich Ihnen ein Projekt präsentieren, das ich als zukunftsweisend für meine künftige Arbeit betrachte. Hierzu bitte ich Frau Eva-Maria Wuttke aufs Podium.«

Evis Herzschlag setzte aus. Beatrice musste sie anstoßen, damit sie sich fing. Dann ging sie nach vorn, dorthin, wo noch ein Platz auf dem Podium frei war: zwischen Katharina und Horst.

Vollkommen perplex starrte Werner sie an. Hans-Hermann versteinerte. Eine Reihe dahinter entdeckte Evi Amelie Hoffner, die ihr dankbar zulächelte.

»Frau Wuttke?« Aufmunternd nickte Katharina Evi zu.

»Nun«, Evi schluckte, »ich bin es nicht gewohnt, Reden zu halten. Für gewöhnlich halte ich mich im Hintergrund. Aber ich habe Ihnen etwas zu sagen. Schon lange bewundere ich die Arbeit von Frau Dr. Severin, besonders das, was sie für die Frauen tut.«

Sie sah Amelie Hoffner an. »Frauen haben es trotz der Emanzipation immer noch schwer. Besonders verlassene, betrogene und misshandelte Frauen. Deshalb haben mein Mann Werner Wuttke und ich uns entschlossen, eine Stiftung zu gründen. Die Werner-Wuttke-Gedächtnis-Foundation.«

Werner fiel die Kinnlade herunter.

»Schirmherrin dieser Organisation wird die künftige Familienministerin sein«, ergänzte Evi. »Darf ich Ihnen bei der Gelegenheit zu Ihrem neuen Job gratulieren?«

Katharinas blasses Gesicht verzog sich zu einem Lächeln. »Vielen Dank, Frau Wuttke. Auch für das Haus in Kleinmalchowthal, das demnächst in ein Heim für alleinerziehende Mütter umgebaut wird. Die Spenderin möchte nicht genannt werden, identifiziert sich jedoch voll und ganz mit den Zielen der Stiftung.«

Evi spähte in die erste Reihe. Hans-Hermann stand kurz vor einem Kollaps. Mit wutverzerrtem Gesicht packte er Beatrice am Arm. Doch Beatrice schüttelte ihn ab wie ein lästiges Insekt.

Auch Katharina war die kleine Szene nicht entgangen. Sie lächelte fein.»Und mein allerherzlichster Dank gilt natürlich ebenso Werner Wuttke, der sein gesamtes Vermögen der neuen Stiftung zur Verfügung gestellt hat.«

Werner rutschte fast vom Stuhl. Mit schmerzverzerrter Miene griff er sich an den Bauch.»Mein gesamtes Vermögen? Um Gottes willen! Nein! Nein!«, ächzte er. Niemand hörte es in dem tosenden Applaus. Einzelne Bravorufe mischten sich in das Getöse. Die Fotografen, die vor dem Podium auf der Lauer gelegen hatten, drehten sich um und hielten ihre Kameras auf Werner.

Beatrice legte ihm einen Arm um die Schulter.»Klappe halten und lächeln, oder du bist mausetot.«

Die Sanitäter waren schnell. Nachdem der Saal sich geleert hatte, verfrachteten sie Werner auf eine Liege. Er konnte kaum sprechen, nur ein paar wilde Flüche sickerten zwischen seinen blutleeren Lippen hervor.

Während er festgeschnallt wurde, beugte sich Evi über ihn.»Geht es dir nicht gut, Schnuffelbär?«

»Schlampe, Miststück«, zischte er, unhörbar für die wenigen Journalisten, die übriggeblieben waren und nun ebenfalls den Saal verließen.

»Gibt's den auch in nett?«, fragte Beatrice grinsend. »Der ist ja emotional total entkernt!«

Katharina gab draußen Interviews, Hans-Hermann hatte sich tobend davongemacht. Aber Beatrice war bei Evi geblieben. Wer konnte schon wissen, wozu der gute Werner fähig war? Wenigstens konnte er sich nicht mehr bewegen, denn die Sanitäter verstanden ihr Handwerk.

Evi lächelte huldvoll auf Werner herab. »In den vielen dunklen Stunden, als du im Krankenhaus darbtest und ich um dein Leben bangte, habe ich nachgedacht.«

Er lachte unfroh auf. »Nachgedacht? Dafür bist du doch viel zu behämmert.« Er sah Beatrice an. »Als Hausfrau top, ein Brüller im Bett, aber sonst ...«

»Ich fass es nicht!« Beatrice schnaubte vor Entrüstung. »Wer hat dem denn die Birne weichgeföhnt? Manche schlafen sich hoch, andere heiraten sich runter. Und du, Evi, hast eindeutig die zweite Variante gewählt.«

Evi schickte die Sanitäter hinaus, bevor sie weitersprach. »Danke, Schnuffelbär. Immer charmant. Nun, was soll werden?, dachte ich. Was soll ich tun?« Sie sah zur Decke des Saals, als könnte sie von dort eine Eingebung empfangen. »Zunächst habe ich mir einen Überblick verschafft über unser nicht unbeträchtliches Vermögen.«

Werner stöhnte auf. »Was?«

»Und da es so aussah, als ob du für immer die Augen schließen würdest, habe ich getan, was das Beste ist. Als Erstes habe ich den Porsche auf mich überschreiben lassen. Dann das Haus.«

Werner zerrte an den Gurten der Liege. »Hast du nicht!«

»Aber sicher doch«, erklärte Evi. »Die Gründung der Werner-Wuttke-Gedächtnis-Foundation war dann ein Spaziergang. Zumal ich die Konten von den Caymans nach Deutschland transferiert habe. Die Immobilien wurden verkauft, die Aktiendepots auch. Mit tatkräftiger Unterstützung von Hubert.«

»Mergenthaler? Ihr steckt unter einer Decke? Damit kommst du nicht durch«, schrie Werner. Sein Gesicht war aschfahl.

»Bin ich schon«, verkündete Evi fröhlich. »Du hast heute Morgen im Krankenhaus die Einverständniserklärung unterschrieben. In Gegenwart von Zeugen und im Vollbesitz deiner geistigen Kräfte. Außerdem kann ich jederzeit beweisen, dass du die Baubehörde geschmiert hast. Tja. Für dich fällt ein Zimmer in einem Seniorenheim ab. Ganz idyllisch gelegen, in einem Park.«

»Warum? Warum tust du mir das an?«, brüllte Werner.

Beatrice hielt den Atem an, während Evi sich aufrichtete.

»Weil du mich zwanzig Jahre lang geknechtet hast. Ebenso wie unsere Kinder. Weil du ein lausiger Liebhaber bist. Weil du heimlich Scheidungspläne betrieben hast, durch die ich bettelarm werden sollte. Weil du mir alles wegnehmen wolltest, was mir lieb ist. Reicht das fürs Erste?«

Werner schloss die Augen. Sein Mund formte Worte, die man nicht verstehen konnte. Er wimmerte nur noch.

»Ich denke, wir können die Sanitäter wieder hereinrufen«, befand Evi. »Werner Wuttke sollte sich ein wenig auf seinen Lorbeeren ausruhen.«

»Du kannst mich mal«, kam es aus den Tiefen von Werners Eingeweiden.

Evi tätschelte ihm die Hand. »Du mich auch.«

Das Schlosshotel Seeblick war festlich erleuchtet, als Evi ihren Porsche auf dem Parkplatz abstellte. Ihr elegantes dunkelblaues Abendkleid bauschte sich im Abendwind. Ihre neue Frisur, ein verwegen gestylter Pagenkopf, stand ihr ausgezeichnet, und das wusste sie.

Die dramatischen Ereignisse des Vortags waren längst von ihr abgeperlt. Sie hatte den gestrigen Abend mit Sven und Kalli im Amore mio verbracht und ausgiebig ihre neue Freiheit gefeiert. Pietro hatte für die Jungen ein gigantisches Dessert mit Wunderkerzen ausgetüftelt, das locker für einen Eintrag ins Guinessbuch der Rekorde gereicht hätte.

Bestens gelaunt holte Evi eine Reisetasche aus handschuhweichem Leder aus dem Kofferraum und tänzelte zum Eingang.

Der Concierge begrüßte sie mit einer Verbeugung. »Dürfte ich Ihnen das Gepäck abnehmen? Die Präsidentensuite ist selbstverständlich vorbereitet. Darf es vielleicht ein Glas Champagner als Willkommensdrink sein?«

Noch vor ein paar Wochen hätte er sie übersehen. Vorbei.

»Aber gern«, erwiderte Evi. »Sind meine Gäste schon angereist?«

Wieder verbeugte sich der Concierge. »Man erwartet Sie an der Bar.«

Auch Beatrice und Katharina trugen Abendkleider. Beatrice zog alle Blicke auf sich mit ihrer tief dekolletierten Robe aus violettem Taft und dem schweren Goldschmuck. Katharina trug ein bodenlanges schwarzes Kleid, das ihre makellosen Schultern frei ließ.

Evi flog ihnen förmlich entgegen. »Für immer!«

»Für ewig!«, rief Katharina.

»Und nuuuur für uns!«, gluckste Beatrice. »Schätzchen, du siehst zauberhaft aus. Evi Forever!«

Hier hatte es angefangen. In dieser schummrigen Bar, wo sie sich nach fünfundzwanzig Jahren wiedergesehen hatten. Wo sie einander rundum geglückte Lebensläufe vorgeschwindelt hatten. Und nicht ahnen konnten, dass ein banales Klassentreffen ihrem Schicksal einen unfassbaren Kick verpassen würde.

»Wie geht es unserem lieben Hans-Hermann?«, erkundigte sich Evi.

Beatrice lächelte fein. »Er hat mir zu Hause eine Riesenszene gemacht, als ich von der Pressekonferenz zurückkam. Big drama, mit Geschrei und Tränen. Und ich? Habe ihn einfach rausgeschmissen. Jetzt wohnt er in irgendeiner muffigen kleinen Pension, komplett pleite und schwer demoralisiert.«

Der Barmann stellte drei Gläser Champagner auf den Tresen. Er wusste gar nicht, wohin er zuerst sehen sollte. Das Trio fatal war ein Hingucker, der selbst im glamourösen Schlosshotel Seeblick seinesgleichen suchte.

Evi erhob ihr Glas. »Auf einen unvergesslichen Abend!«

»Auf die Gleichstellung der Frau«, ergänzte Katharina.

»Und auf unseren Neustart!«, sagte Beatrice. »Reset and play!«

Sie hatten kaum ausgetrunken, als sie sich auch schon auf den Weg zur Präsidentensuite machten. Die Suite war verschwenderisch mit Blumen geschmückt. Aus den Lautsprechern zirpte sanfte Harfenmusik. Der Esstisch am Fenster war für drei gedeckt, und die vielen Bestecke und Gläser verhießen ein wahres Gelage.

»Das Schlemmermenü wartet schon«, erklärte Evi. »Acht

Gänge, acht Weine und die Rohmilchplatte Brandenburg. Wisst ihr eigentlich, wie glücklich ich bin?«

»Hauptsache, ich bin zur Vereidigung wieder nüchtern«, sagte Katharina, während sie die Batterie der Gläser betrachtete. »Aber heute wird abgerockt!«

Die Zeitungen überschlugen sich mit Berichten über den sensationellen Aufstieg der tüchtigen Staatssekretärin. Auch Evis Stiftung wurde ausführlich gewürdigt sowie die großzügige Schenkung der ungenannten Spenderin. Horst Hoffner, so hatte es Katharina angeordnet, würde mit einer angemessenen Abschiedszeremonie und vollen Bezügen in den vorzeitigen Ruhestand gehen. Ohne den Hauch eines Skandals.

Übermütig ließen sich die drei Freundinnen an der Tafel nieder. Wieder wurde ein Gang nach dem anderen hereingerollt. Es waren immer andere Kellner, die servierten. Niemand im Hotel wollte sich entgehen lassen, wie ausgelassen die drei Damen von der Präsidentensuite es krachen ließen. Ihr Gelächter konnte man bis ans Ende des Flurs hören.

Bevor der Nachtisch kam, klopfte Evi mit einem kleinen Löffel an ihr Glas. »Bella Beatrice! Katharina die Große! Ihr tragt eure Namen zu Recht. Ohne euch säße ich immer noch depressiv in meiner Küche. Ohne euch wäre ich das geplagte Hausmütterchen. Mit zwei Kindern, die in mir nichts weiter sähen als die verhuschte Servicekraft. Ich habe euch viel zu verdanken. Nein, alles! Und deshalb …«

Gebannt hörten Beatrice und Katharina zu. Was kam denn jetzt?

»Deshalb habe ich mir etwas ganz Besonderes fürs Dessert ausgedacht.«

Evi stand auf und ging gemessenen Schritts zur Tür. »Ready for take-off?«

Katharina strich sich seufzend über den Bauch. »Ich glaub, ich kann nicht mehr.«

»Da glaube ich aber was ganz anderes«, kicherte Evi.

Mit Schwung öffnete sie die Tür. Beatrice und Katharina reckten die Hälse. Was hatte Evi nur geordert? Eine Eisbombe? Eine Torte?

»Treten Sie ein, meine Herren!«

Katharina stieß ihr Weinglas um, und Beatrice fächelte sich mit der Serviette hektisch Luft zu. Es war plötzlich heiß. Sehr heiß. Sprachlos starrten sie zur Tür.

Einer nach dem anderen traten drei Herren in die Suite. Sie trugen Smokings und hielten rote Rosen in den Händen.

»Ich dachte mir, dass ihr ein kalorienfreies Dessert schätzen würdet«, erklärte Evi. »Und wer weiß, vielleicht entwickelt sich der Abend ja noch zu einem figurfreundlichen Workout!«

Robert nahm sie in den Arm und gab ihr einen zärtlichen Kuss auf die Wange. »Hätte nicht gedacht, dass ich noch mal hier hereinspazieren würde.«

»Sagt man nicht, dass sich die meisten Paare am Arbeitsplatz kennenlernen?«, fragte Evi, aufgekratzt wie ein Teenager.

»Wie, äh, wie hast du denn Pietro hierherverfrachtet?«, fragte Beatrice, die sich noch nicht ganz von dem Schock erholt hatte.

»Sammeltaxi«, erwiderte Evi. »Pietro war sofort einverstanden. Schwierig war nur, Ralf aus der Redaktion zu befreien. Sein Chef wollte erst noch die ultimative Story über die designierte Familienministerin.«

»Ich bin nur zur Recherche hier«, grinste Ralf Blumencron.

Ein Kellner erschien mit einem Eiskübel, in dem eine Flasche Champagner auf crushed ice ruhte. Ein zweiter brachte neue Gläser.

»Danke schön!«, sagte Evi. »Wir brauchen Sie dann nicht mehr. Um genau zu sein: Wir würden es schätzen, wenn wir bis morgen Mittag ungestört blieben.«

Feixend drehten die Kellner ab. Noch eine abgefahrene Story aus der Präsidentensuite, die sie ihren Kollegen erzählen konnten.

Pietro goss den Champagner ein. Als er Beatrice ein Glas reichte, raunte er: »Aber biste du nicht böse, bella Beatrice? Hatte mich eingeladen gestern deine Freundin.«

»Böse?« Beatrice schüttelte den Kopf. »Ich freue mich wie verrückt. Molto oder wie das heißt.«

Sie zog Pietros Kopf ganz nah zu sich heran und spitzte ihre Lippen. Seine fühlten sich warm und weich an. Verzückt schloss sie die Augen, während Pietro sie mit einem sanften Kuss dahinschmelzen ließ.

Steif wie ein Stock saß Katharina am Tisch und beobachtete die beiden Paare. Sie schien nicht recht zu wissen, wie es weitergehen sollte. Ralf Blumencron ging zu ihr und überreichte ihr seine rote Rose.

»Ist ein bisschen zu viel alles, was?«, flüsterte er.

»Zu viel und doch nicht genug«, flüsterte sie zurück. »Aber eine Affäre wäre im Moment nicht angebracht, verstehst du?«

Ralf setzte sich neben sie. »Wer redet denn von einer Affäre? Gut, wir kennen uns noch nicht lange. Aber um mal mit der Tür ins Haus zu fallen: Ich hatte an mehr gedacht. Ich will eine Familie, Kinder. Und du?«

»Kinder …« Katharina schossen die Tränen in die Augen.

Ralf fasste unter ihr Kinn und hob es sachte an. »Na ja, nicht gleich. Aber wir könnten doch schon mal ein bisschen üben ...«

Glückselig betrachtete Evi, wie sich alles fügte. Selbst wenn sich alles wieder in Luft auflösen sollte, diese Nacht würde ein Meilenstein in den Annalen des Trio fatal sein. Was war schon für die Ewigkeit? Kam es nicht vielmehr darauf an, den Augenblick zu genießen?

Robert umfasste ihre Taille. »Ich habe mit den Jungs Fußball gespielt, als du heute Nachmittag beim Friseur warst. Ich glaube, sie mögen mich.«

»Ich dich auch«, flüsterte Evi. Dann nahm sie Robert an die Hand und führte ihn zur Tür ihres Schlafzimmers. So wie damals. Sie war einfach nur glücklich. Und hatte unbändige Lust auf die Petersburger Schlittenfahrt.